摩吉奇遇食光族

The Improbable Wonders of

Moojie Littleman

罗宾·格雷戈里（Robin Gregory）著
舒丽萍 译

天津出版传媒集团
百花文艺出版社

图书在版编目（CIP）数据

摩吉奇遇食光族 /（美）罗宾·格雷戈里著；舒丽萍译. -- 天津：百花文艺出版社，2018.5
ISBN 978-7-5306-7312-6

Ⅰ. ①摩… Ⅱ. ①罗… ②舒… Ⅲ. ①长篇小说 – 美国 – 现代 Ⅳ. ① I712.45

中国版本图书馆 CIP 数据核字 (2017) 第 192287 号

天津市版权局著作权合同登记章　图字：02-2017-160

责任编辑： 刘佩莲

出版发行： 百花文艺出版社
地址： 天津市和平区西康路 35 号　**邮编：** 300051
电话传真： +86-22-23332651（发行部）
+86-22-23332656（总编部）
+86-22-23332478（邮购部）
主页： http://www.baihuawenyi.com
印刷： 廊坊市长岭印务有限公司
开本： 880 × 1230 毫米　1/32
字数： 300 千字
印张： 9.75
版次： 2018 年 5 月第 1 版
印次： 2018 年 5 月第 1 次印刷
定价： 39.80 元

目 录

CONTENTS

I

one

一年的结束与另一年的开始 1892 年

Ⅱ
two

摩吉和他信任的猫在圣伊西多尔的经历

III

three

一条漫长而曲折的路——通向不可预见的困难

献给我的儿子

For my son

序 言

Prologue

有一次，我梦见自己成了跛子，而且在树林里迷了路。我用雨伞当拐杖，绕了三圈还是回到一棵巨大的橡树跟前。我倒在地上，大哭起来。树上的叶子沙沙作响，我抬起头问：“从这儿我该走哪条路？”

“这取决于你要去的地方。”树说。

“我想回家。”

“你就是家。”

“但我想找到我真正的家。”

“你不必去任何地方。”树说。

我哭得更厉害。

树继续对我说：“好吧！去旅行吧，如果你一定要这样做的话。站起来走吧。”

“但这简直是奇迹。”

“奇迹？你信吗？”

“我不相信奇迹。”

“为什么不？你在和一棵树对话，不是吗？”

——M.L.

I

one

一年的结束

与

另一年的开始

1892 年

第一章

part 1

小摩吉

他紧随着一场地震之后到来。随着灾难过去，一些小问题也浮出水面。海底发出连续低沉的声音，使海湾里停泊的平底渔船起伏不定，蜘蛛蟹像幽灵般的粉色海啸充斥着海滩。这是一场大地震，它在筑巢的鸟儿和昏昏欲睡的蝴蝶奋力冲出所栖息的树木之前，瞬间使一切归于寂静。它使你的心脏雀跃，因为你意识到地球正以每小时一千英里（约 1609 千米）的速度穿越太空，而你已经避免了整个世界在分崩离析之后，又不得不重新拼凑在一起的可怕体验。圣米格尔教堂的修女称这场地震是一种神秘的怨言。的确，没有任何迹象暗示这一可怕的奇观正在逼近。

七点一刻，教堂里枝形烛台上的烛光停止摇曳。修女们在胸前画着十字，走到外面，发现门廊上有一个木制钓鱼桶。她们期待看到这一天的收获，却惊骇地看到桶里竟然是一个被捆绑在皮毛大衣里的男婴。他有一双明亮的黑眼睛，耳朵很大，他的头发很像毛毛虫的绒毛。

“他是印第安人，我见过的。”修女院长提加丁说。

他额头上的“摩吉”俩字已经被弄脏了。她们就管他叫摩吉——奇特的名字，奇特的男孩，而且并不是特别受欢迎。提加丁院长总是说印第安土著人不适合当地的社会，根据她的判断，她不忍心把这个孩子交给当地的可疑人群调查局。相反，她呼吁当地的家庭收养他。但村民们非常迷信，他们认为这个突如其来的孩子也太神秘了。

在小摩吉长第一颗牙齿之前，都没有人收留他。他神奇地通过眨眼把蜡烛熄灭，凭意念让东西在空中飞行，以此自娱自乐。如果没能随心所欲地得逞，他会运用风力，扯去修女的面纱或露出她们的短衬裤。像奥德修斯一样，他行动很快，感到后悔却很慢。与此同时，修女们一致同意揍他的屁股，并继续为他寻找一个家庭。

当涉及他唯一关心的事情——寻找和维持一个家庭——除了在童年早期有一段被收养的经历之外，摩吉可以说是个失败者。

这个千载难逢的机会就发生在他一岁之前，一对无子女的夫妇亨利和凯特·利特曼从东海岸移居到圣米格尔——由于美国向全世界敞开大门，他们跟随数以百计的来自欧洲和远东地区的新移民一起到来——把小摩吉领回家当自己的孩子养。

为了照顾他，妈妈立刻辞去在查尔斯·达尔文免费学校当法语老师的工作。早晨，她把小摩吉塞进一个悬挂在三脚架上的背包里，开始做家务。当她烤面包，抽小雪茄，针织帽子和婴儿袜，把他尿湿的法兰绒尿布晾晒在壁炉附近的晾衣架上的时候，小摩吉都会咯咯咯地笑。她用柳条编织的婴儿车推着他来到海滩，在那里，他们收集蜘蛛蟹，在沙滩上打盹；她在一个发光的木头炉子跟前晃动他；她给他洗澡，非常宠爱他。他看着爸爸，一个地图绘制师，总是旋转手里的计算器，瞄准转镜经纬仪，出声地喝着滚烫的茶，每天早上穿着满是口袋的马甲走出家门。有时在下午，爸爸会为他弹钢琴或在后院展示他的足球舞步。

在那些日子里，小摩吉是个标准的好孩子，是被爱的天使。他喜欢成为人们关注的焦点，总是专注地看着人们的眼睛，总是面带微笑，就好像命运给他开了个残酷的玩笑。在那些日子里——在圣米格尔修道院重蹈亚特兰蒂斯的覆辙之前，也就是说，它在上帝那里失宠之前——小摩吉像一只和睦烟斗（北美印第安人用来表示和睦的吉祥物）那样，在教堂里被传来传去。他的魅力使村民们感到温暖。多疑的村民在做完礼拜之后轮流抱抱他。

有一次，当利特曼夫人恶作剧般把小摩吉递到一个可悲的吝啬鬼的怀里，这个长期受苦的灵魂竟然哭泣起来，并开始唱歌赞美上帝，这令在场的每个人都心生敬畏地慨叹。

“你有没有注意到，亲爱的？”妈妈推着婴儿车在从教堂回到家的路上对爸爸说，“这绝不是个普通的孩子。”

“他会是个很好的农场工人，宝贝儿。”爸爸说。

当时，圣米格尔修道院简直是美国太平洋海岸的一个瑕疵，它的茅草屋顶潮湿杂乱，摇摇欲坠，墙壁破败，变了形的塔状建筑就像古老的金字塔那样从周围崎岖的山丘中突显出来。小摩吉的新家在温布利伍德11号，是一个带有滴水线，散发着霉味的农舍。他家地下室里种植的各种蘑菇吸引了世界各地的游客。只有小摩吉可以看到天体一直在他周围旋转。他有时能听到超出正常听力范围的声音——这是一种天赋。当然，他自己还不明白。在这些奇异的时刻，光线飘过天花板照到他的婴儿床上，他咯咯地笑个不停，试图抓住它们。妈妈进来，把他抱到摇椅上，而飞蛾和花蝇会围绕着酒精灯飞来飞去——就像所有刚出生的生命在寻求回归光明。

迷人、英俊的小摩吉成为家里爱的核心，他超越了父母的每个期望，带给他们无尽的快乐。

但所有这一切很快就要改变。

在应该会说话或走路的时候，小摩吉不会说话，也不会走路。而且，他的左臂似乎处在半清醒的状态。

“我不期望他会教书或开飞机，”医生说，“如果他能自己系鞋带，对他来说就很幸运了。”

“这是一场灾难，凯特！”爸爸说。

“胡说，亲爱的！”妈妈反驳道，仿佛某种坚定如铁的信念从她的内心深处涌现，“这个孩子将来一定会让你们俩知道，你们是多么的大错特错。”

对爸爸而言，小摩吉成为被训练的一双腿和需要辛劳培育的对象。在恐慌中，爸爸经常把他带到后院，诱导他踢足球。“踢它，儿子。踢它！”他一边说，一边等着小摩吉站起来。现在，小摩吉的脚已经长得很大。日复一日，往往是爸爸忙得满头大汗，而小摩吉只是坐在那里笑。

似乎证明牛顿第一定律是她的个人使命，妈妈雇用马戏团小丑奥兰治每周三过来给小摩吉实施大强度的运动治疗方案。奥兰治准备了狂欢节用到的一些小饰品，并以大声欢呼为小摩吉鼓劲。训练小摩吉坐在那里的同时，鸭子栖息在他头上。当小摩吉用他有力的右臂举起一只十磅（约4.536千克）重的哑铃的时候，奥兰治使劲为他鼓掌。当小摩吉撕掉他的橡胶鼻子和假发的时候，他也会斥骂摩吉。

妈妈一直禁止爸爸用“跛子”或“蠢货”这样的词语，并创造了“diff-abled（译者注：含义是不同于残疾人）”来描述他们的儿子。她为摩吉的胳膊和腿做拉伸，做按摩；她为他烘焙全麦粗面松饼；她给他唱歌，吟诵法国童谣，并发出动物的声音，试图让他说话。即使如此，除了“moo”（妈妈）或“baa”（爸爸），他从来没有重复过其他发音。相反，他似乎很满足于沉默地观察世界，就好像他是自己故事中的观察者。

由于担心小摩吉会跌倒、落后或养成不好的习惯，妈妈让他退学回家，自己则成为他的私人老师。其他同龄的孩子在学校阅读、写作和算术。没关系。他的妈妈正在用气球和瓶子、吸管和气泡、活动螺母和垂直下落的土豆做实验。妈妈是个喜爱故事的人，还经常用英语和法语为他大声朗读故事。相比童谣，小摩吉更喜欢经典故事和寓言，尤其是涉及魔法和充满巨大勇气的故事。小摩吉全神贯注、心驰神往地听故事，那些日子，他的生活里充斥着疯狂的帽子、旋转的原子和神怪，充斥着掉下的苹果和海神。

考虑到小摩吉并没有长进的事实，妈妈最终放弃了用科学方法教授他，并寻求了其他手段和方法来治疗他——这些手段和方法被爸爸称为“愚蠢的举动”。她攥着一本名为《华尔兹龙虾》的书，几乎难以抽出足够长的时间去做午饭。“哦，奇迹等待发现？”她一边自言自语地说，一边用干月桂叶在书页上做标记，然后吸了一口雪茄。

“你知道在地球上有古老的外星人吗？”

“你知道有的僧人在冬天最寒冷的时候裸体坐在冰冻的湖面上，然后用被水浸透的冰冷床单裹在身上，靠自己的体温变暖和吗？”

“你知道有些部落为了保住孩子，而至亲至爱的人却必须割掉自己的肉吗？”

“我告诉你，捷径不是葡萄干布丁！”

她把小摩吉放在客厅的沙发上，这样他可以看到窗外的景色。她把一个带有耶稣诞生场景的音乐盒上足发条，放在小摩吉旁边，亲吻了他的额头之后，自己去研究那本书，留下小摩吉做关于摇篮曲的白日梦。

小摩吉饱受孤独之苦，看着邻居家的男孩罗伊斯和宾利·马克姆，围绕着屋前屋后来来回回地骑自行车，骑行中他们的头发在微风中飞扬。

当摩吉终于开始走路，这真是一件福祸参半的事情。他那双过大的内八字脚被固定在一双及膝高的鞋子里，但他的双腿没有任何缺陷，恰恰相反，它们比小提琴的琴弦绷得更紧，却难以移动。妈妈把他的前身和后背都绑上垫子，他拄着拐杖在房子里急速前进，破坏了沿途遇到的一切东西——椅子、门框、墙壁、钢琴腿，包括他自己的小腿和踝骨——这使他的爸爸握起拳头，开始沮丧地咆哮。

“他绝不会是农场工人，他是个烂皮球！看看这个烂摊子！又是沙丁鱼当晚饭！我不能再吃了。我无法集中精力。我甚至无法把铅笔削尖。”

小摩吉曾经试图和与马克姆在一起玩的那些男孩交朋友。“摩吉是什么名字？”他们问，“听起来像是一个弱智的人。”他们把摩吉锁在他们母亲的盆栽棚里，但摩吉用铲子把门撞开冲了出来。在逃跑的过程中，摩吉用拐杖蹒跚地走着，栽倒在一匹脱缰之马行进的路上。托上帝的鸿福，这匹马在他身上表演了壮观的一跃，甚至没有碰到摩吉的一根头发。他的膝盖被擦破了皮，裤子被撕破，但最受伤的是他的自尊心。

在小摩吉孤独的世界里，伟大的战士诞生于他的脑袋，幸运的孩子会有属于自己的星球。夜晚，他躺在床上，盯着窗外，想象着星星是闪烁的昆虫，被一只非常聪明的蜘蛛用网捕获。偶尔，黑暗中头脑中浮现的战士会在他的梦里砍掉人类的头。这样的恐怖会激发他把《华尔兹龙虾》穿过厨房的地板，扔给他的妈妈，想要她一遍又一遍地给他读这一段：

据说，许多个世纪之前，他们就已经出现在地球上。当时，巨兽、野蛮人、游牧民和交战的猎人统治土地。他们一声不响地到来，像天军那样在树木的阴影中行走，只有少数追随者。他们诉说愿景，对和平的道路奉若神明。在很长一段时间里，人民一直在交战和厮杀。他们被困在无尽的午夜，敬拜野兽并留心黑暗势力。突然，在一眨眼的工夫，一切都开始改变。

人们听到自己灵魂深处的声音：

“你们呼喊了，我们回应了。”

他们是第一批引路人，被派来把世界从黑暗中解放出来。阿基尔－努里——天堂使者，也就是所谓的光之子。

小摩吉喜欢他的父母和他一起玩，频繁地把他搂在怀里，就像医生宣布他的命运之前那种状态。但是他们太忙于尝试给他治疗。不久，这使他变得疯狂。无法借助语言这个便利条件，他唯一的求援方式就是大发脾气。火气冲上他的脊椎，他颤抖、咆哮，就像被施了某种魔法，他的愤怒像室内掀起龙卷风那样把书、锅、盘子、玩具和拖把通通打翻在地。

“你瞧，你瞧，摩吉！”他的妈妈会一边用法语对他说，一边把口香糖塞进他嘴里，“妈妈爱你，妈妈永远爱你。现在，停止像小猪那样的行为。”

小摩吉没有注意到自己对父母的影响。事实上，他对别人的感受一点儿也不感兴趣。如果让他被迫等待一颗橡皮软糖，或当他的父母忽视他而彼此说话的时候，他会像打雷那样大声哭喊。

“你不必伤心，摩吉，亲爱的。”妈妈说，“你很特别，事实上，我相信你有一个吉祥的命运。如果生活都是阳光和巧克力，就不会有圣徒，而且那样的话，我们永远找不到回到天堂的路。”

这番话给了小摩吉一种莫名的希望。

菲尼亚斯，一只顶着哈密瓜般的头，长着一对金色眼睛和大片棕色毛皮的胖猫，是小摩吉唯一的朋友。当然，菲尼亚斯也为此受苦。它的耳朵不好，从来听不到飞行物在它周围落下。有时候，它梳理完自己的毛发之后躲在家具下面，尾巴抽搐着，即使在睡眠中也是如此。然而，小摩吉和菲尼亚斯能够相互理解。

渐渐地，爸爸的脸色越来越难看，仿佛宽广明亮的世界已经远去。

妈妈试图做他最喜欢的膳食讨他开心：煎番茄、嫩玉米、熏鳕鱼。但他非常过分，甚至尝都不尝一口。事实上，他不说一句话。他只是从桌子旁站起身来，退回到阁楼上那间昏暗、整洁的小屋去面对他的地图。

"顽固的傻瓜！"妈妈一边说，一边刮擦晚餐盘子。砰的一声，一只盘子打碎在地板上。

摩吉狠狠地把一块破碎的盘子砸向橱柜。

"摩吉，亲爱的，如果你不停止胡闹，你会误伤你的爸爸。"

大概六岁左右的时候，摩吉终于开始说话了——一个法语单词"这里"，一个英语单词"那里"——虽然有点口吃，但他说话了。"你把我们都骗了。"爸爸说，"你比看起来要聪明。"

然后，在八岁那年的夏天，小摩吉的美好时光结束了。所有这一切都是因为一只海鸥。

有一天，在海滩野餐的时候，小摩吉和他的妈妈发现了一只严重受伤的海鸥。小摩吉放下三明治，去研究那只可怜的动物。

它的翅膀从里面向外翻，懒洋洋地垂着。当它的眼睛和小摩吉的眼睛四目相对的时候，竟产生一种奇异的相识感，小摩吉的心里涌出一种新的感觉，强烈的暖流在他胸口涌动。当这种光和热包围这只海鸟的时候，它突然神奇地舞动着两只完美的翅膀飞向了天空。小摩吉太小了，没有意识到发生了什么，他相信这是世界上最奇妙的鸟。

妈妈惊讶极了，她告诉爸爸发生的这件事，但他不相信她。他们愤怒地争论，使家里的气氛因紧张而悸动不安。菲尼亚斯紧贴着窗玻璃，它的爪子悬在玻璃上，像一只肥胖的家蝇。小摩吉第一次有一种不祥的预感，他躲在自己的房间，遮住耳朵，试图阻止冰冷而刺痛的感觉。

仅仅几分钟之后，妈妈穿着睡衣冲出家门，遇到了一个可怕的结局。天知道她要去哪里。除了粗心大意，似乎没有其他原因造成事故。那必然是一个魂不守舍的瞬间，一个丧失理智的瞬间。很快一切都结束了。在村里，她有时会心不在焉地在马跟前徘徊，这总是让爸爸发脾气。“看在上帝的分儿上，凯特。”他总是会说，“当心点。”一个邻居后来说，他开着新车已经上了路，当时，妈妈直接走到了他的车子前面。他试图绕过她，但当他这么做的时候，汽车的两个轮子侧翻出去，把他扔进了利特曼的树篱，并在车身飞出的过程中杀死了妈妈。摩吉听到这个消息，感到非常震惊，他试图打起精神来。他转向他的爸爸，想要寻求安慰，却遇到一种他无法读懂的僵硬、冷漠的表情。

当天晚上，小摩吉躺在床上，听到丝绸摩擦发出的声音。难道是风吹窗帘的声音？不，不是风，是妈妈的灵魂——起初他不知道。她穿着睡衣，坐在小摩吉的床边。菲尼亚斯迅速伸出爪子，发出嘶嘶声。

“妈妈！”摩吉喊道。

“对不起，亲爱的！”她说，“但我只能走这么远。离开你我很难受。别担心，你会很好，我也会没事的。不要伤心，我爱你，亲爱的。我会永远爱你。”

小摩吉无言以对。他从来没有说过他爱任何人。

他不安地看着她站起来，消失在黑暗之中。他看向窗外月光下的海面。他想象着一个年轻的水手正在被哭泣和哀号的死神紧紧地抓住脚踝，恶魔在他后背喷火。在船的后面，疯狂的海神正在划桨。小摩吉眨了眨眼，他们就消失了。就像他的妈妈一样，眨眼之间，就消失了。

第二天早晨，他起床去窥视他父母的卧室。她不在那里，也也不在客厅。他发现爸爸还穿着昨天的衣服，蜷缩在厨房里一个威士忌酒缸跟前。

“妈妈在哪儿？”小摩吉问。

“什么？看在上帝的分儿上，她走了，儿子！走了。”

谁来照顾我？

没有她，我该怎么生活下去？

谁来给我做松饼？

愿妈妈来世一切都好。但没有她该怎么办，小摩吉努力地控制着自己内心的困惑。他多么希望前一天晚上能握着她的手，他多么希望能跟随她的灵魂而去。可悲的是，他知道这是不可能的。关于灵魂，他没有从《教义问答》、寓言或弥撒书中有所了解。他只知道灵魂是真实存在的，就像地球是圆的。

在一天的时间里，八岁的摩吉亲眼目睹了一场惨剧，失去了自己的母亲。在他的生命中，他第一次感到害怕。

第二章

part 1

微 光

当他们到达教堂的时候，有很多海鸥飞过头顶，小摩吉和他的爸爸必须打着伞穿过庭院。夏日的天空已经下了三天的雨，就像在哀泣。海上的薄雾和啼叫的海鸥在灰色公墓的上空盘旋，形成一幅玫瑰花瓣和鸟粪同时落下的拼贴画。小摩吉穿着紧身的羊毛外套和短裤，带着腿支架在入口处犹豫，直到他背上的手推着他向里面走。

教堂上方闪耀着十二扇彩色玻璃窗。每个玻璃窗里有一个圣徒。小摩吉的目光转向圣坛，胡安兄弟（因整顿野蛮国家而被封为圣徒）的眼睛和牙齿就存放在圣坛上一个烟盒大小的锡制圣物箱内。小摩吉曾经跟着提加丁院长在不通风的拱形侧房里上过主日学校的课。提加丁院长又高又瘦，像一只黑翅昆虫，她给小摩吉和其他三个男孩上课的时候，海盗和祭司的灵魂与头顶上的圣徒在追逐嬉戏。由于天生具有一种超常的感知力，只有小摩吉能看到他们，这使他欣喜不已，而提加丁院长误以为枝形烛台吱嘎作响是因为发生了地震。“在灾难到来之前保持不动！你会知道爱的力量！”她曾经这么说过。作为回应，小摩吉拍拍手，笑着说了三次“爱的力量”，仿佛它是一个神奇的咒语。当呛人的灰尘落下来，提加丁院长明显在发抖，她揪着小摩吉的耳朵说：“我第一次看到你，就知道你是麻烦。”

村民们穿着浆洗过的衣服进入通道，目不转睛地盯着小摩吉看，一直以来，他们从村子里的窗户和门口打量他的方式都不曾改变。他真想一把抓住他们的鼻子，给他们点儿颜色看看。孩子们瞪大了眼睛，窃窃私语，躲在他们的母亲身后问：“发生了什么？他究竟怎么了？”

没有人会觉得“他是奇迹创造者”。

他紧挨着外祖父帕皮·费尼根坐在教堂的前面。在长凳的另一端，帕皮那已分居但尚未离婚的妻子蜷缩在一个类似鸟笼的帽子下面。她的妹妹蒂尔达·佩蒂伯恩姨姥穿着奇特而滑稽的非洲服装，一件鲜艳的印花长袍，戴一顶头巾般的库非帽。她的手和脚像海星那样向外张开——她的装束与当地流行的羊毛裙、围兜和披肩完全不协调。她身后坐着一排排丧亲的陌生人。

所有人当中最最悲伤的是米特罗波利斯一家，也就是邻居米特罗波利斯先生和夫人，及其子女布鲁诺和西尔维。他们悲伤得无法唱歌。特别是米特罗波利斯先生，他可能是最悲伤的人，是他开车撞死了小摩吉的妈妈。

祭坛两边的红色天鹅绒窗帘像在被什么东西搅动。小摩吉看到了，那是他妈妈的灵魂，干净而明亮，正飘向圣坛后的十字架。

“她在这里。”小摩吉低声说。

他的爸爸转动眼珠，仿佛什么也看不见。

薄雾从敞开的大门飘了进来，村民们杂沓的脚步声逐渐变得安静——店主，面包师，观星爱好者。

帕皮·费尼根继续坐在长凳的尽头，抚摸着自己的胡子。他穿着一件花呢外套，戴着一顶人字纹帽，皱着眉头，优雅地把肘部放在膝盖上，将鼻梁置于两个拇指之间。

面色阴郁的吉他手进来，弹奏了一首沉闷的赞美诗。一个由白玫瑰、百合、菊花和金鱼草扎成的大花环支在一个画架上。没有棺材，只有一个蓝白相间的漂亮罐子放在铺着白色缎面的桌子上。

“骨灰是什么样的，爸爸？”小摩吉问道。

“我不知道，大概像粉碎的贝壳。”

格拉贝神父和两个祭台助手从圣器安置所出现。神父向祭坛焚香，粉红色的烟雾使长凳上的人们打了一连串的喷嚏。他越过教堂里的人群，嘴里念念有词地说：“以圣父圣子圣灵之名，愿天父的慈爱、基督的圣宠、圣神的恩赐共荣。”

小摩吉心烦不安地摆弄自己的领结。他无法跟随牧师的思维。他想象着靴子踩碎贝壳，贝壳从神父戴着戒指的手指间滑落，波浪又咸又湿地舔食它们，冰冷的荒海闭上了嘴——这些场景画面，在他心里挥之不去。

小摩吉觉得每个人的注意力都在漂亮的罐子和他之间游移，在那盛装着妈妈骨灰的令人毛骨悚然的容器和她的不合群的儿子之间游移。爸爸似乎不知道该把手放在哪里，他扳着自己的手指关节。他搓着双手，把它们放在膝盖之间。帕皮仍然像地雷一样待在那里，双臂交叉，清澈的蓝眼睛定定地盯着地板。娜娜·费尼根哭了起来，一直哭到鼻子流血。

在摩吉很小的时候，海底森林的梦境就一直困扰着他，梦里有扭曲的面孔和缠绕着海藻的张开的嘴。没有妈妈，就没有人能够了解他。没有妈妈，他就仿佛生活在黑暗而可怕的海里。

他把一根手指钩在自己的衣领上。他还是不知道在遇到受伤的海鸟那一天发生了什么，他仍然问自己为什么妈妈认为他与海鸟神奇的康复有关系，正是这一点引发了她和爸爸的争论。

“爱是形形色色的。”牧师说，“有家庭之爱、丈夫和妻子之间的爱、父母和孩子的爱，我们的上帝把死者带回家也是一种爱。”他看着小摩吉和爸爸，“我们的爱是无条件的。”

在赞美诗结束之际，妈妈的灵魂轻轻地落在了小摩吉身上，朦胧的光芒温暖了他的心，使他不禁流下了热泪。忽然，一声愤怒的叫喊熄灭了蜡烛。音乐和歌唱都戛然而止。

“奶酪和米饭！”蒂尔达姨姥尖声喊道。

小摩吉的心像破碎的玻璃，因为他的妈妈在风中上升，上升，盘旋在他的头部上空，朝他靠近却被拉开，然后迅速消散，最后飘出圣弗朗西斯加了铅条的窗户，消失了。那是一缕薄薄的微光，消失了。

“不！”小摩吉哭了。

爸爸用手托住他的头，让他靠在自己胸口。“嘘。嘘。”

葬礼后，小摩吉三天拒绝下床。蒂尔达姨姥给他端来了肉汤、玉米粥和全麦饼，但他都不愿意吃。

“我，我想要一切像以前一样。”他对他的猫菲尼亚斯说。妈妈就是他的茶和烤面包。妈妈一直是他的全世界。没有妈妈，小摩吉觉得生活了无生趣。

爸爸和蒂尔达姨姥试图照顾他，但都无法企及他的妈妈留下的回忆。妈妈为他修剪头发和指甲，把他的餐食切成大小适合入口的样子。她为他的日常练习欢呼，在他绊脚之前为他清除路上的障碍物，当他发脾气的时候安抚他的情绪。现在，带着怒气的爸爸正在笨手笨脚地试图给他穿衣服。

“看在上帝的分儿上，你能弯曲一下腿吗？就像穿十字架似的！”

蒂尔达姨姥笨拙地尝试帮小摩吉洗澡，但两次他都滑到了水下。有一次，当他离开浴缸的时候，滑倒在地，磕破了头。

这是一个有雾的下午，小摩吉听到大人在后院说话。

“亨利！”蒂尔达姨姥说，“他是你的孩子，不管是不是领养的。难道你不在意？”

“你什么时候能停止管别人的闲事？”爸爸说，“如果你真那么高尚，你带走他。”

“这正是我想要的，在我这样的年龄养育一个孩子！”

“他是个蠢货，一切都不正常。我只是不认为……我是一个男人，你知道，我不是圣人。”

“听着！”她继续说道，“凯特是他的妈妈，她变成灰也无法安心。记住我的话，亨利·利特曼，如果你辜负了那个男孩，她的灵魂也不会放过你。”

听到这里，小摩吉的头开始嗡嗡作响，胃开始痉挛。如果爸爸不在意，我也不在意。爸爸和我应该在一起。怒火冲向他的脊椎，每次发火之前都是如此。他摇摇晃晃地走进房子，浑身颤抖地用铁火钳用力猛敲爸爸的钢琴长凳。

两天后，在火车站，蒂尔达姨姥对爸爸说：“孩子是最伟大的老师，不是吗？和他们交谈，你学会倾听。听他们说话，你学会了爱。”说完这些，她给了小摩吉一个大大的拥抱，她的身体像吸盘一样紧紧地吸附着小摩吉。通常，小摩吉并不喜欢人们拥抱他。这使他感觉被困和透不过气来。“你会好起来的。”她小声说，“虽然你的爸爸就像一个缺少火腿的三明治，但他仍然是你的爸爸。”然后她看着爸爸说：“我能感受到你的失落，我真的理解——失去心爱的凯特你很难过。养育这个孩子不会容易……”

“蒂尔达。”爸爸说，“我向你保证，他会被照顾。你回家吧。”

“你是一个圣人，亲爱的亨利，你真的是。但记住我的话，如果你敢推诿……敢让这个孩子受到伤害……我，我会……变成你菜里的毒蘑菇，让你在睡梦中窒息而死。”

当蒂尔达姨姥登上火车，小摩吉和他的爸爸在月台上礼貌地挥手道别。

蒂尔达姨姥从火车里面把车窗摇下来，窗玻璃上反射的蓝色天空消失了。“我们都是虫子，需要理解，注定破茧成蝶。”她默念但丁的原话。火车沿着轨道缓慢地行进，带着蒂尔达姨姥和她最后说的那些话向东穿过朦胧的金色山丘，奔向她遥远的家。

小摩吉的双手冰凉，气氛有些不对劲。他和爸爸现在回家吗？我必须问吗？姨姥的香水味已经逐渐消失，仿佛它是让爸爸和他在一起的魔咒。小摩吉说不出这种味道。

他的牙齿在打战，拉着爸爸的手说：“爸爸，我现在好多了。你会看到的，我真的很好。”他在爸爸那疲惫的脸——嘴唇的线条——上寻找反应。“不要伤心，爸爸。如果生活都是阳光和巧克力，就不会有圣徒，而且那样的话，我们永远找不到回到天堂的路。”

“你想说什么？”爸爸问他。

“没什么。”小摩吉回答。

爸爸纹丝不动地盯着自己的脚，“我要离开一段时间，儿子。”他说，“只是一段时间。”

爸爸、小摩吉和菲尼亚斯在夜幕降临之后到达圣伊西多尔的昏倒羊牧羊场。厨房里，一只名叫米莉 - 梅的黄色短尾杂种狗在吠叫和转圈。当帕皮迎接他们的时候，酒精灯在他脸上投下一道清凉的绿光。小摩吉迈着沉重的脚步走到客房里。他没有脱去鞋子或支架，完全穿着衣服钻进被窝，和菲尼亚斯一起躺在简易床上，紧张地听着厨房里的谈话。

“多久？”帕皮问爸爸。

“我没有什么可以教他的。”爸爸说，“他实在是不可救药。有时，他表现得像个低能儿，有时你可以说他是正常的。但是，他是不可教化的……”

“也许他可以教你一些东西。”

“哦，是什么呢？”

“我不知道。当你制作地图的时候，你不能期望河流方向按照你的意志而改变。”

小摩吉抚摸着菲尼亚斯，“我，我应该过去告诉爸爸，我，我有一些很好的品质。”他低声说，“你喜欢我，对不对？菲尼！妈妈说过，我，我是一个正在经受磨炼的圣人。”

“所以呢？”帕皮·费尼根问道。

“所以，北边有一个男孩之家。”爸爸说，“钢铁谷仓，一个适合……像他这样的男孩的家。那里有护士和鸡。”

“鸡，真的？”帕皮说。

小摩吉的耳朵开始发烫。“关于原子，我，我略知一二。我可以让这个农场出现一个月亮大小的洞。”

屏风门被关上了，有那么一会儿，小屋里的一切都很安静。然后是车轮打滑的声音，紧接着，爸爸的驴子走出了院子。

很快地，一块玻璃被砸在厨房的桌子上。

“你醒了，孩子？”帕皮在小摩吉的卧室外面的走廊上问道。小摩吉可以看到门下的光线。他闭上眼睛，假装睡着了。

帕皮蹑手蹑脚地沿着走廊往回走。很快，他身下的床垫弹簧开始呻吟。他熄灭了灯光。

小摩吉蜷缩成一团，假装自己是一个鸡蛋。钢铁谷仓，他从《雾都孤儿》里看到过很多关于这样的地方。它们无非是孤儿济贫院，在那里，如果你不偷窃和建造棺材，就会被扇耳光。他在被子下面发抖，并用法语低声问他的妈妈，“妈妈，你在吗？”他的心内涌起一片冰冷的海，一个看不见的海洋，那里有鱼、海藻和岩石。家、家人是小摩吉曾经一直想要的一个归宿。在他短暂的人生中，第二次感觉到既没有家，也没有家人。寒冷、海水、鱼、岩石——它们偷走了他的“岛”。

第三章

part 1

开启新的冒险之旅

六年后，摩吉仍然生活在圣伊西多尔的昏倒羊牧羊场。他住的锡皮屋顶，有蝙蝠出没的小屋前门装有鹿角，周围是马厩和棚子，响尾蛇草、蓟和栖息着松鼠的树。他从弃儿变成了留守儿童。把小摩吉丢在圣伊西多尔之后，他的爸爸留话给村里的蒂莉酒馆，说他要去西印度群岛做测绘探险。自那以后，再也没有任何消息。团聚似乎不太可能，摩吉宁愿认为他的爸爸已经死了，这样想才会让自己变得不那么伤心。

摩吉和他的外祖父还没有接受彼此。在摩吉到达圣伊西多尔的时候，他早已习惯妈妈的溺爱，他甚至从来没有自己洗过澡。而帕皮·费尼根立刻希望他能在马槽里洗澡，这就引发了他心理的对抗。“我管辖的士兵不会臭烘烘的。”帕皮每天晚上都会这么说。有一天，他坚持让摩吉自己洗澡，拖着摩吉走向浴室。“进去！你不洗澡，就会变臭。你变臭了，熊就会来找你。每个十二岁的孩子都知道这一点。”

“我十四岁。”

“那又怎么样？”帕皮答道，一边打开淋浴喷头，一边指向摩吉的右手。

“用一只手，先生？”摩吉问道。

“这样做需要几只手？”帕皮把一块海绵打湿，啪的一声拍在自己的脸上，溅湿了他的衬衫和裤子。他转过身，被摩吉的拐杖绊倒。“哎哟！”他发出一声号叫。

仅仅自己洗澡还不够，摩吉还必须自己穿衣服，这在以前都没有要求他自己做，因为他的左手有残疾。即使作为一个年轻人，摩吉的裤子和衬衫总是承受过度使用右手所带来的损耗，而他那只残疾的左手有一个绰号叫“笨拙”。摩吉想到一个好办法，完全放弃穿袜子，把佩戴支架的脚勉强塞进没有鞋带的鞋子。“这是绿豆的结局。”他用法语对菲尼亚斯说。之前他的妈妈不知所措的时候，常常会这样嘟囔。

十四岁，笨拙，想家，被残忍地流放到荒野，那里没有朋友的友谊和家庭生活的温暖，摩吉越来越憎恶他外祖父的语调、公鸡啼叫的声音、狭窄的厨房里随处可见的垃圾，以及鱼油和咖啡渣散发出来的臭味。他知道烧木柴的火炉的每一个锻铁细节，以及墙壁搁架上各种刀摆放的确切顺序。开放的架子上摆放着一排梅森玻璃罐，里面盛装着干海菜、腌海带，还放着许多沙丁鱼罐头。

不知不觉地，罩子覆盖的钢琴、放置步枪的柜子，以及那个缺了一根时针的落地式大摆钟，逐渐进入了他的梦乡。

紧张状态不断升级。一天早上，当帕皮在黎明时分把一块冰冷潮湿的抹布扔到睡意蒙眬的摩吉的额头上，想以此叫醒他，摩吉把抹布朝帕皮扔了回去。帕皮抓着摩吉的睡衣，把他摁在墙壁上。“再敢这样，我就折断你的双臂，立刻把你赶到钢铁谷仓去。”摩吉心目中的家在那一天摇摇欲坠。吃晚饭的时候，帕皮把叉子扎进炒西红柿里说：“我就是你的教堂。和大自然一样，我要求尊重。你和我都知道，大自然是神圣的，也是严酷的。”

“严酷而神圣，先生。”

菲尼亚斯一屁股跳到地毯上，四仰八叉地躺着。

“这是一只肥猫。”帕皮说。

菲尼亚斯头冲上眨眨眼睛，只见一个金色的灵魂透过月亮极目张望。摩吉伸出手，手掌向下，用手指划过空气，这是他示意菲尼亚斯过来的信号。菲尼亚斯立刻挺直身子，跳到了他的腿上。“他看不见是一件好事。”他说。

“你说什么？”帕皮问。

“没什么。”

“你的猫可能是聋子，但它的鼻子没有坏。”帕皮边说，边拿出一片培根。菲尼亚斯转向培根，眼睛发光。帕皮把培根塞进自己嘴里，哼了一声。

“他能感觉到东西。”摩吉说。

“听着，孩子，我可能要你帮个小忙。”帕皮说，“我的奶牛以为自己是个政治家，它以为能够吃到任何人手里的饭，其实它是那么没有辨别能力，竟然看不到火车正在逼近。山羊需要照料，围栏需要修复。你去做这些事，否则信不信由你，我会把你送走。”

摩吉看着窗外，看到一个赤脚的女孩从谷仓后面悄悄地溜出去，胸前似乎捧着像鸡蛋一样的东西。她经过一棵又一棵树，朝田野走去——她衣衫褴褛，皮肤黝黑，额头上有一个白点，每一个细节都符合村民们所描述的印第安人。她仍然在我心里！一年多以前，摩吉曾看到这个女孩在远处穿过田野。他偷偷地溜到外面，试图找到她。他没有期望过在农场会见到任何新人，更不用说是一个女孩了。这一次，他在更近的距离看到了她精致的五官。他的心几乎提到了嗓子眼。

“什么？”摩吉心不在焉地问。她是印第安人吗？麦克塔维什，附近的牧场主、野生动物偷猎者、退役的战地医疗兵，经常和帕皮争论印第安人——任何或所有的美洲原住民部落——是否真的被清除。摩吉让自己的思绪停在这里片刻，回忆起妈妈在绿色食品杂货店里挑选产品时是如何说到灾难预言者的，以及当村民们听说印第安土著那死去的祖先要作为魔鬼食人族回来报复土地掠夺者时是多么担心。

“不要拿牲畜饲料的成本来说事。”帕皮说，“你见过——”

“我，我没有见过任何人。”摩吉说。

帕皮用可疑的眼神看着他。

摩吉为自己找了个借口，走出门廊。女孩消失了，摩吉站在她刚才待的地方，回顾这六年孤苦寂寞的岁月。在他更小的时候，那时和马克姆在一起玩的那帮男孩嘲笑他，或看到他过来就转身离开。那时，他的爸爸经常怨恨地咆哮，小摩吉总是在妈妈那里恢复自信，但那些日子远去了。如果说在圣伊西多尔的这些岁月有任何事情能标志着一个转折点，那就是今天。摩吉不能再忍受帕皮威胁要把他赶走。他渴望友谊，渴望成为家庭重要的成员。那个女孩不可能是一个人，肯定还有很多人像她一样。无论他们是敌人、食人族，还是死亡恐龙的鬼魂，摩吉打算去找他们。

但帕皮有其他的打算。

第二天清晨，经营山羊奶、鸡蛋和农产品的帕皮坚持让摩吉陪他和麦克塔维什去发货。听了麦克塔维什和帕皮之间冗长而枯燥的交谈之后，摩吉提出他想骑马去埃尔塞拉特——与牧场接壤的南山高处的火焰洞。麦克塔维什挺直身子说道："火焰洞？火焰洞！你比这个老家伙还愚蠢！进入那个洞穴，孩子，你就准备去见撒旦吧，因为他会召唤你进入他的圈套；如果你不进，他会抓住你骨瘦如柴的脖子，剥光你的衣服，撕碎你的心。"

摩吉的脑子里浮现出魔鬼的奴才窃笑的嘴脸——划伤他的肉，寻找他的心脏。他可以感觉到爪子在他的胸膛游移，而且一想到它们找寻自己的内脏就不寒而栗。

"不，伙计。印第安人要么和他们的祖先一起吸烟，要么栖身在保留地上。"帕皮说。

"正好相反，埃尔塞拉特正在发生争执，我敢打赌。"麦克塔维什说。

"你错了。"帕皮说。

“为什么大家都害怕他们？”摩吉问。

“不久以前，一个狩猎队去了埃尔塞拉特，再也没有回来。”麦克塔维什说，“后来，在树圈里发现一堆血肉散尽的白骨。”

“树圈？”摩吉问。

“它在洞穴的上方。”麦克塔维什说，“五棵树，五个点，你知道吗？就像魔鬼的五角星。”

“有可能是美洲狮。”摩吉说。

“是的。”帕皮说，“我估计是那只美洲狮，它在你出生之前两次纵火焚烧圣米格尔，杀死了十四个人，包括男人、女人和孩子。但是那是很久以前的事了。”

“现在它又舔着舌头回来了。”麦克塔维什说。

在清晨第一道曙光亮起的时候，摩吉比帕皮先起床，打算去树林寻找那个难以捉摸的女孩。霍卡斯·普卡斯是帕皮从马戏团弄来的一只退休且患有关节炎的马，它强忍着疼痛跪下一只膝盖让摩吉跳上它的背。在摩吉穿过院子之前，帕皮溜下扶梯阻止了他。

“我可以感觉到……你起来没什么好事。”他说。他的样子就像一只熊在打量一只疣猪。

“只是想去小溪边看看，先生。”摩吉假装无辜的表情。帕皮一离开，他就去了树林，朝埃尔塞拉特奔去。

那天下午，帕皮和麦克塔维什喝了很多酒才回来。他们像两只老母鸡那样斗嘴，然后又喝了更多的威士忌，开始唱歌：

全力以赴地投入战斗，他们是有罪的，
他们劫掠自由人来赎奴隶。
不要沮丧，
护盾不是战刀，
苦战至死，敌人将被埋葬！
苦战至死，敌人将被埋葬！

他们争论政治，争论联合攻击和牲畜饲料，还争论啤酒与吉尼斯的形而上学效应，一直争论到嗓子嘶哑。他们喋喋不休，纵声大笑，不时地打个响指。那一天，摩吉大部分时间都在寻找那个女孩，却没有找到她。此刻，摩吉待在自己的房间里，悬挂了一根鞋带供菲尼亚斯玩耍。帕皮走了进来，只是盯着他看，一根火柴在他那两排发黄的牙齿之间来回滚动。

那天晚上，摩吉梦见两个年轻的男孩带他进入一个深深的、宽敞的洞穴。在那里，他们在他的胳膊和胸口上涂鸦，然后把他带到他之前见过的那个女孩面前。她带着一个透明的绿色面纱，一只奇异的鸟栖息在她的手指上。她微笑着，就好像她认识他，然后把鸟递给他。当摩吉醒来的时候，他的耳朵冰凉，他知道这是一个预言。他和这个女孩以及她的同伴必然有某种联系。他不知道该怎么找或什么时候去找，但他将会找到一种方式和他们取得联系。

沙丁鱼、沙丁鱼、沙丁鱼。摩吉从来没有吃过这么多的沙丁鱼。

新鲜的沙丁鱼是早餐，晒干的沙丁鱼是晚餐，腌制的沙丁鱼是午餐。没有品出半点鱼味，他学会礼貌地把嚼过的食物吐到餐巾纸上，然后偷偷地把他们喂给米莉－梅和菲尼亚斯。

一天下午，在吃了由黄瓜和腌制沙丁鱼制作的三明治之后，帕皮宣布："小子，蜜月结束了。今天，你去修理篱笆。"他那干裂的嘴唇出声地啜着咖啡，似乎在等待答复。摩吉在期待另一场关于牧场有多么荣耀的演讲，像往常一样，他打算用一个悠长而空洞的凝视作为回应。就在那时，光之王子开发出一种避免工作的艺术。摩吉把拐杖在空中挥舞。他不知道自己为什么这样做。只是他的心魔决心测试他受欢迎的程度。

"你知道吗？"帕皮说，"我想让你回到教堂，在那里，你会在提加丁院长严酷的管理下过一辈子。"

就在那时，摩吉梦里的那两个男孩出现在窗外，他们正偷偷地穿过西边的田野朝小溪的方向跑去，他们像兔子那样调皮而迅速地移动。摩吉被他的三明治噎到。帕皮显然没有看到他们，因为他背对着窗户，然后坐在他那带扶手的椅子上，把尘土飞扬的靴子翘在咖啡桌上。"呃，你知道，我觉得是时候让你走了，孩子。"他说，"我是一个简单的人。我喜欢我的步枪、我的山羊、我的奶牛和我的鸟。鸡也很好，它们给我下蛋，给我创造堆肥。当我饿了，我可以吃了它们。"他吐了三个烟圈，烟雾缓缓上升，最后化为乌有。

"是的。"摩吉一边说，一边飞快地转着眼球。他要做什么？当奥德修斯被牧羊人困住时，他做了什么？他喝醉了。摩吉从架子上拿下威士忌酒罐，饮了一大口。帕皮也猛灌了一口。

“在这里，你可以感觉到鬼魂。”帕皮说，“你可以感觉到他们挂在树上，是那种能够带走你灵魂的鬼魂。”他的眼皮闭上了。两声呼吸之后，他很快开始打鼾。

摩吉打了一个小小的散发着沙丁鱼味的嗝儿，接着拿起他的拐杖。他的双腿在颤抖，心狂跳不止，静悄悄地溜出屏风门。

第四章

part 1

好运降临的第一个迹象

摩吉已经习惯了跌倒，爬起来，掸掸身上的土继续前进。他不再惊讶于自己可以这样做。帕皮在门廊上建了一个坡道，是为了每次当摩吉被绊倒的时候，不用去照顾他而设。

这一次，米莉－梅待在坡道上，在摩吉站起身的时候去舔他的脸。

摩吉相信他和那几个陌生的小伙伴一定会相处得更好。他愿意冒一切风险被送到钢铁谷仓，或者更糟糕的是，被送回提加丁院长那里，只为有机会见到他们。摩吉几乎难以遏制兴奋的感觉，他穿过鸽舍，在那里，他看到外祖父的鸽子像修女那样烦躁不安，它们急速摇晃着灰色的头，然后又把头转向背后。“是啊！”摩吉说，“你们被锁在里面，我被锁在外面。”然后，他继续前进，因为他不想停下来思考自己刚才说的话。他总是觉得，如果他把自己排除在牧羊场的一切活动之外，如果他保持对帕皮和小动物们漠不关心，那么离开会更容易。谷仓门的上方写着“羊圈”。羊圈里的两只山羊透过栅栏板在上下打量他——它们长着白蓝相间的向外凸出的眼睛，投币口般的瞳孔，下巴像坚果研磨机那样嚼着食物。

“你们应该看另一个家伙。”摩吉一边说，一边一瘸一拐地迫使自己面带蔑视和骄傲的神情从它们身边经过。这是他一直以来对爱管闲事的人惯用的表情。

菜园的外面长着一片果树，树上结的果实和梦里的果实一般大小——黑黝黝的无花果、李子、像苹果一般大小的杏子、像葡萄柚一般大小的苹果和橘子。在果树的不远处，是一片连绵起伏的金色田野。烟雾从远处的火堆上袅袅升起。头顶上，一只飞行的土耳其秃鹰正把一条死蛇扔在院子里。

摩吉沿路走到小溪旁，遇到了他在梦中看到的两个骨瘦如柴、脸上有白点儿的男孩。起初，他们似乎没有注意到他。他们忙着把一根长长的竹竿从沙子的一端弹到另一端，嘴里念念有词地说：“普罗米修斯点火器！”

米莉 - 梅跟在其中一个男孩后面吠叫。

“米莉 - 梅！”摩吉喊道。男孩们停下来看着他。

他们长得一模一样：棕褐色的脸，蓬乱的头发，黑色的眼睛一眨不眨地闪闪发光，应该是在上小学的年龄。他们穿着面粉袋，区分他们的唯一方法是其中一人额头上系着头带。摩吉摘下一朵野生的鸢尾花，把它举到他们面前。“没事的。”他说，“这只狗只是在照顾我。”

系头带的男孩接过花，把它握在手上，仿佛花在他手里会燃烧似的。

“祝你好运。”摩吉说。

双胞胎发出快乐的笑声，他们的牙齿和白斑都闪耀着光芒。他们摸了摸米莉－梅。摩吉心想，也许他们会是他的新朋友。

“我的天。”男孩们咯咯地笑着向他鞠躬，他们的声音很像气球发出的吱吱声。

“我是马尼什。”系头带的男孩说，“他是沙尔。”

摩吉在心里夸奖他们有礼貌。“你们从哪里来的？”他问。

马尼什犹豫了，他张开嘴，动了动嘴唇。然后，他向上看，仿佛在看自己的头盖骨，清了清嗓子，又张开了嘴。他粉红色的舌头在跳动，但没有发出声音。一阵强烈的风伴着沙子吹了起来，使七叶树籽和橡子从树上落下来。摩吉听到附近有窗户破碎的声音，但没有听到有人说话。

“我，我猜你们不是从附近来的。”摩吉说。

“我们从远处来。”马尼什的声音非常清晰。

“你们来自遥远的地方？”摩吉问，试图破译他的意思。

“非常遥远！”两个男孩齐声说道。整齐得就像他们在分享同一个大脑。

“你们的家在哪里？”摩吉问。

两个男孩环顾四周，耸耸肩，然后拉了拉摩吉的双拐。

“嘿！”摩吉说。

双胞胎男孩站在他的两侧。“它们用来做什么？”

“为了应对地震和其他突发情况。”摩吉说，“还可以把东西挂在上面。”最好不要告诉他们自己是有缺陷的人。谁知道让他们了解自己跑不过他们会发生什么。

“莫拉木。”沙尔说。

“什么意思？”

“我能感受到你的光环。”

两个男孩开始一起哼唱，一边跳着旋风般的舞蹈，一边背诵一首诗：

水是变化无常的，
地球更是如此。
翻一个筋斗，
打开一扇门。

摩吉感到一种温暖的平静。双胞胎围成一个圈跳来跳去，踢着沙子，令人目眩地在清晨的薄雾中雀跃。马尼什向摩吉走过来，笑嘻嘻地看着他，伸出一只放平的手掌。摩吉心想他是不是想要什么东西，然后绞尽脑汁地思索该给他什么，就在此时，一个硬币神奇地出现在男孩的掌心——正好在他的掌心上！

“哇！你是怎么做到的？”摩吉问。

米莉－梅吠叫，吓坏了大家。

“你们最好在老人找到你们之前离开这里。”摩吉对男孩们说。

马尼什和沙尔不约而同地牵起对方的手，跳过附近的花岗岩石头，唱着：“好运，好运，好运！”

“嘿，你们要去哪里？”摩吉跟在他们身后喊道。他朝房子的方向扫了一眼，尽管他头脑中有根弦儿在发出警告，他还是踉踉跄跄地跟在他们身后，喘着粗气，踩着沙子前行。但他们消失了，完全消失了。他决定推迟逃跑，不管怎样，这差不多是晚饭时间。

第五章

part 1

埃尔西的奇迹

关于这两个男孩，摩吉不敢对帕皮吐露一个字。对摩吉来说，知道有人能够接触到他——至少两个人已经足够了。谁知道还有多少像他们这样的人藏在山上？

但他不能坐下来期望时间点正好处在合适的位置上。他知道这一点。此时他坐在外祖父旁边的马车座位上，随着马车沿着凹陷的小路颠簸前行，他也在轻微摇晃。四轮马车没有上油的车轴，加上烟草的烟雾、夏天和新锯的木头，无不透着一股威胁的气息。上了子弹的猎枪就在帕皮脚下，他粗鲁地对待两只驴子爱吉和百吉。他们先是顺时针转变方向，然后方向矫正过度，接着再次转向。“这该死的驴子。”他边骂边递给摩吉一副望远镜，“保持高度警觉，孩子。仔细扫视四周，注意田野。麦克塔维什又失去一次捕获美洲狮的机会。”

当他们沿着带栅栏的篱笆前进，穿过大片树木和仙人掌，经过穿着红格子衣服的无头稻草人时，扬起了炙热的尘埃。

帕皮似乎没有注意到马车碾过一条正在晒日光浴的蛇。“如今的牧场看起来真他妈可怜。”他说，“可怜的围栏，可怜的道路，可怜的田野。我诅咒战争，你知道的。”

穿过乡村，摩吉透过望远镜四下扫视。只见高高的草丛中，站着一头很大的黑色奶牛，它的腰上有一道白色条纹。

“那是埃尔西。”帕皮说，“它快要临产了。你了解男孩和女孩，是不？”

“是的。”摩吉清了清喉咙说道，他不确定要从哪里开始说起。“女孩……如今的女孩有点儿难以捉摸。相信我，我已经领教过。”他的思绪回到他在温布利伍德时认识的一个很特别的女孩身上，她名叫塞尔维·米特罗波利斯，她会用西班牙语倒着数数，她的裙子下面不穿内裤。摩吉又问了一下奶牛的名字。

帕皮把他的宽边帽向后推了推，“埃尔西，它是一头荷兰母牛。”

“听起来更像一个希腊名字。”

他们穿过炙热的尘埃，苍蝇和灰尘朝着摩吉的脸扑面而来。鸟儿一声不吭地藏在树上，无所事事的兔子懒洋洋地躺在路边的灌木丛里。

“印第安人怎么样？”摩吉问道，心里急着再次看到那对双胞胎，“你见过他们吗？”

“呃，很久以前，在他们迁移的那段时间见过。他们闻上去像蘑菇。他们没有声称自己对这片土地拥有所有权。”

在南边，摩吉看到一只像美洲狮的动物在一簇茂密的灌木丛后面迅速而悄无声息地移动。他的喉咙发干，开始咳嗽。他不想说看到的景象——不知道为什么，他只是不想说。“什么样的蘑菇？”他问帕皮，试图转移他的注意力，“你是指橙色的那种？带白点，有可能是菌褶的那种大毒蘑菇？还是指长在地下室的那种棕色小蘑菇？”

“我说的蘑菇是……哦，看在上帝的分儿上，什么样的蘑菇并不重要！我们现在讨论的不是蘑菇，而是历史。”帕皮突然猛地拉回缰绳，让马儿停止前进，然后跳下马车，从一棵七叶树上摘了一些七叶树籽，然后把它们装进自己的裤子口袋。“它可以治风湿病。”他说。

他们继续前进，沿着一条分岔道往前走，直到走到路边的一堆石头旁。帕皮指着南边越过埃尔塞拉特山的方向。

“孩子，这个农场很大很大。”他说，“我熟悉这里的每一寸土地。如果这里有任何印第安人留了下来，我会第一个知道。”

在回家路上，他们发现埃尔西躺在草地上。帕皮停下马车，跳下车去摸了摸埃尔西的肚子，然后俯身看了看它尾巴下面。“你认为事情偶尔会很顺利，但事实上并不是这样。”他说，“如今，甚至连奶牛也要吃苦头。”

一阵热风吹过田野，唤起了昆虫、种子和干草。

帕皮示意摩吉下车过来。“听着，小牛的屁股先出来。照看它。我去找麦克塔维什。”

陈旧的四轮马车嘎吱作响地离开了。

埃尔西挣扎着站起来，然后又倒在摩吉旁边的地上，掀起一团巨大的灰尘！什么乱七八糟的？让我照顾它？他到底是什么意思？埃尔西的嘴大张着，它不停地喘气，大喘气。摩吉跪在地上，抚摸它的耳朵——大大的、柔软的锥形让摩吉想起留声机的喇叭。蓝色的天空像大海一样在埃尔西黑色大理石般的眼中闪闪发光。

“放松，姑娘。”摩吉说。

埃尔西呻吟和抽搐着。

“来吧。”摩吉说，“赶紧的！”他从来没有见过这样的场面，他多么希望他的妈妈在这里。她的解释和她稳定的双手都是被需要的，她知道生产是怎么回事。随着埃尔西的每一声叹息和呜咽，他试图安抚它。他和它一起呼吸。呼气，吸气。他的双腿麻木，不知道还有什么可做的。他做了他能想到的唯一的事情，在他看来似乎也是正确的事情，因为当他这么做的时候，埃尔西那又大又软的耳朵转向他：他从口袋里取出妈妈的音乐盒，上紧发条，音乐盒里飘出妈妈过去常常唱给他听的法国摇篮曲。

当摩吉的耳朵听到这段音乐，身上背负的所有压力突然化为乌有，一种温暖的感觉涌遍他的全身，溢满他的指尖。这是一种神秘而意想不到的感觉，仿佛他正在和某些看不见的东西融合——对童年的模糊记忆，当他第一次遇到那只奇迹般的海鸟时也经历过相同的感觉——那是一种强大而看不见的力量，空气中闻起来带着玫瑰花的香味。

埃尔西完全静止不动地躺在那里，大大的眼睛转来转去，胸口缓慢地起伏。不久之前，一条银色的腿从它身体里戳了出来，然后是另一条腿，再然后是两道白色条纹、身子和两条前腿——是一头闪闪发光、稍有点蓝色的新生小牛。

这是很长一段时间以来，摩吉第一次觉得痛苦的感觉消失了。一种久违的快乐和发现奇迹的愉悦感驱散了他的忧郁。埃尔西把小牛犊舔干净，摩吉晃动他那笨拙的腿。

两个身影从田野向摩吉靠近，一个个子很高，另一个不那么高，如此安静地出现了！摩吉想象着他们就像从天而降的鸽子羽毛。他用手遮住眼睛，阻挡太阳光，但还是不能认出来者是谁。此时，他不认为自己可以应付另一个谜题。

但不是所有的谜题都会成为令人尖叫的奥秘。有些更像是以幻景的形式出现，像从地球上升起的问号。摩吉面前的俩人穿着旧衣服和用绳索编织的凉鞋，她们的额头上有一个似白垩的白色污点——一个女人和一个女孩。摩吉之前在田野中看到的那只美洲狮就在她们身边，它显得高大安静，冲着摩吉的方向嗅闻。

摩吉的心怦怦直跳，看着几个身影越走越近。他仔细地注视，并无恶意，只是好奇，满腹疑虑地想知道她们要干什么。女人瘦得像一只拔了毛的鸟，她走近摩吉，仔细扫视周围，与此同时，女孩和那只美洲狮待在一起。女人长着一张三角形的脸、棕色的眼睛，脸上有巨大的橙色斑点，很像一只爬行动物。然而，她有两条胳膊和两条腿，似乎是恒温动物。摩吉的肚子开始病态般地阵跳。

“他可能是有用的。”女人对她身后的女孩说。

“我有点儿怀疑。”女孩说。

摩吉认出了她，美丽的偷蛋贼。他的眼睛充满了一种新的好奇，这使他颤抖。埃尔西仍然躺在草地上，朝着女人的方向大声喊叫，然后摇摇晃晃地站起来。摩吉焦急地寻找帕皮的马车行走在乡村路上的迹象。

“你介意拿把椅子过来吗？”女人问他。

“椅子？”他说，“什么椅子？”

她的笑声像田野上拍打的翅膀那样跳动。

摩吉借助拐杖站了起来。这是食人族的玩笑？

女人微笑着说：“你没有得到邀请就踩在我们的土地上，我觉得很好笑。”她仿佛读懂了他的想法。

“你们的土地！”他说。

她久久地看着他，时间长得甚至有失礼貌，那是一个长长的、深深的凝视，充满判断和评估的意味。“他的确有光环。”她对女孩说。

摩吉的脸发烫。

“你做得很好！”女人一边对他说，一边取下肩膀上用编绳挂着的一个葫芦，“给这头可怜的奶牛喝点东西。”她说。

摩吉接过葫芦，把它横放过来，让水可以流进埃尔西的嘴里。埃尔西的大舌头让摩吉想到鱼。

“告诉我，你是谁？”女人问。

“我，我想问你同样的问题。”

她吸了一口气，把头发从脸上撩到耳后，“我是太阳和月亮，河流和云彩。”

“帕皮说你是个懒惰的人。”

“看吧？他对我们没有用处。”女孩说。

摩吉感觉到空气中充斥着火药味。“你是鬼魂吗？”他问，“我的意思是——”

“如果那样，你是看不见我的！”女人说，“在你的世界里，当一个幽灵是最安全的。”

“所以，你不是鬼魂。”他说。

女人介绍自己名叫宁蒂，女孩名叫巴比伦尼亚。她说很久以前，当世界充满黑暗、哭泣，国家与国家之间战火纷飞的时候，她们就来美国了。

“你们从哪里来？”摩吉问。

“我们来这里传授和平的方式……结果我们得到了什么回报？世人像追捕普通的盗贼那样围猎我们。世人不想要幸福。他们想要土地，想要金子。他们想得到自己没有的东西。他们没有感激之情，对被给予的东西全无称赞。”此时，她的眼神像一把匕首。

她在说他吗？

“某种恐惧困扰着我的生活。”她叹了口气，“我们的劳动成果在腐烂，年复一年，一个世纪又一个世纪过去了。你们是多么顽固的一类人！”

回想起帕皮的食人族理论，以及树圈里被打伤的猎人的故事，摩吉怀疑她是否要猎食了。也许这些有白色斑点的人并不适合做朋友。

“我得走了。”他说。

“我的主人。”她抬起头，“你有感到困扰的愿景吗？你有时候是不是梦想着成为令许多人心惊胆战的伟大战士？”

我的主人。当她这么称呼他，摩吉感到一阵温暖的欢喜。他感到自己的重要。

“啊，好吧，我知道在你以前的生活中，你遇到很多苦难。”她说。

“不可能比现在更糟糕。”

“你，我的主人，在过去的人生中可能是地球上最卑鄙的野蛮人之一。”

“什么？”

“卢加尔扎克西这个名字对你意味着什么——大规模的攻击，对步履蹒跚的军队和惊恐的平民进行猛烈的攻击？”

“膨胀。”

“是啊，我非常同意。在来到这里之前，我们生活得像快乐的孩子。”

“你们不该来的。”他机敏地注意到阴影处有两排牙齿，然后一条粉红色舌头伸出来。

“她的名字叫安娜希塔。你不必害怕。”

“安娜希塔。”他重复道。他还是害怕。

“你想要什么，我的主人？”她问。

这是一个简单的问题。迄今为止，他一直对生活感到失望，并没有太多期待。“我想找到一个家。”他说，“我想回家。”

“我们也一样。”她一边说，一边从绳编凉鞋里拔出一根毛刺。她站在那里，扫视远处的路，然后用手指在空气中做了一个刮擦的姿势，示意他跟随。这是一件小事，但这熟悉的手势让摩吉感到放心。他知道这个手势的意思，因为他常常用它召唤菲尼亚斯。好笑的是，自己像一只聋猫一样被召唤。他跟着宁蒂来到一棵金合欢树的紫色树荫下。在那里，宁蒂盘腿坐在地上，并示意他过来坐在她旁边，他照做了，迅速得像一块翻滚的牛肉降落在她腿上。对不起，糟糕。然后，他凭借一只手臂支撑，摆出一个奇怪的半坐姿势，在田野里，巴比伦尼亚用手指梳理头发，美洲狮在她身边喘着气。埃尔西和它的幼崽完全不受干扰，似乎一点儿也不介意。

宁蒂拉扯自己的耳垂，“你不能告诉任何人……”她说，“关于这头奶牛……”

“我需要离开。”他脱口而出。

“对不起，这件事我不能帮你。”

摩吉狠狠地盯着她说：“我，我不想去钢铁谷仓，但我也不属于这里。你知道不属于这里，又没有别的地方可去的感觉吗？”她叹了口气，摇摇头，似乎对摩吉产生了同情。

“你是谁？”她又问。

“谁也不是。孤儿。妈妈死了。爸爸走了。”

“可能你误解了。”她继续说，“告诉我你是谁。”

太强烈的阳光，太多的问题。“你在开玩笑吗？”摩吉问。突然之间，摩吉觉得面前这个高大的白发女人又神奇，又恼人，又可怕。她是印第安人吗？他想象着假如帕皮发现他们在田野上交谈会是什么表情。巴比伦尼亚和美洲狮站在阳光下。

“拖油瓶。”他对宁蒂说，“我是一个跛子。”

“还有吗？”

“废物。”

“谁给你起的这些名字？”

“我的爸爸。”

“看在上帝的分儿上，他怎么能这样？你的妈妈呢？”

摩吉再次感到胸口隐隐地疼，思绪回到出事的那个夜晚，他的妈妈以灵魂的形式来到他身边。是的，她爱他。他知道这一点。

“你看，我不再相信世人，与其相信他们，还不如相信脚下的蛇。”宁蒂说，“不过，鉴于你表现出对奶牛的善意，我会给你一点建议。”

摩吉挺直身子，更靠近她一些。

“如果你不想被送走。”她说。

“是的，是的。”

“让自己变得有用。”

“但是——”他想为自己辩护。

“喂养山羊。给牛喂水。至少做这些事使你有时间去找一个新的家。”

“等一下，我，我不能做家务。你看不到吗？我是一个需要帮助的人！我做家务，那是纯粹的愚蠢。我不是跛子吗？跛脚的孩子不能在农场工作。用这些拐杖已经够费劲了。用它们怎么去做家务？我不需要这种建议。”

“我的主人。”她说，“如果你想生存，就必须知道你的铲子在哪里。”

宁蒂和巴比伦尼亚似乎感觉到帕皮的马车正从遥远的地方赶来。她们怎么知道的？这是一个谜。她们确实知道。当帕皮的四轮马车驶离乡村公路，踏上通往圣伊西多尔那尘土飞扬的车道，摩吉面前的几个人都消失了。当马车驶入田野，他回到奶牛身边。帕皮和他的朋友麦克塔维什看着埃尔西在困倦地吃草，身边的幼崽在吧嗒吧嗒地吸它的奶。

帕皮的眼睛里充满了令人困惑的神情，他的眼神游移不定，从小牛到摩吉到埃尔西，再从埃尔西到摩吉到小牛。

他和麦克塔维什蹲下身子。

摩吉努力在想该说什么。他可以说这是一个奇迹，但成年人从来不相信奇迹。“我，我在田野里四处搜索。”他说，“以防有其他东西埋伏在这里。”这些话总能抓住帕皮的注意力。

一阵热风刮走了帕皮的阔边帽，使他的灰色头发像干燥的树枝那样从头上竖了起来。摩吉用手遮住眼睛，使眼睛免受空气中吹来的草颗粒的侵扰。

帕皮仔细扫视乡村，取出水壶，仰头喝了一口，一边用小拇指指向上方，一边看着身边的摩吉。麦克塔维什穿过草丛，朝埃尔西走去。他背着皮包，挽起袖子，他前臂上的红色文身——两条蛇交缠在一个带有翅膀的东西上——与他的红色衬衫和红润的脸非常搭配。他的脸上污渍斑斑，就像着了火之后，有人用铲子把火扑灭似的。他弯下一条腿的膝盖，倾听埃尔西的胸腔。然后，他站起身，拍了拍裤子。“像时钟一样。”他说，“干得好，我的主人。”他激动地握了握摩吉的手。

帕皮小小的蓝眼睛眯成了一条缝。摩吉不为所动，在炙热的阳光下，感觉自己快要被煮熟了。

“你究竟做了些什么？”帕皮问。

“我，我唱了首歌。妈妈过去经常唱给我听的歌。”

两个男人对视了一眼。

“他想妈妈了。”麦克塔维什说。

“我在想，既然是你的小牛，你一定想给小牛取名吧！”帕皮对麦克塔维什说。

“哦，让这个孩子给它取个名字。”麦克塔维什说。

他们转向摩吉。

摩吉想想小牛出生的方式，它的腿、鼻子、耳朵和条纹杂乱无章地出现，于是他说：“就叫杂凑吧。”

男人们赞许地点点头。

埃尔西创造的奇迹和遇见新朋友使摩吉开怀大笑。他抚摸新出生的小牛，然后，就像开启一段逆风前进的航行，他爬上马车，默默地庆祝自己新发现的一个才能——欺骗大人。

第六章

part 1

摩吉与帕皮争吵

帕皮从来不跟自己的孩子说话，他和他那已分居但尚未离婚的妻子娜娜·费尼根也没有任何联系。圣伊西多尔的昏倒羊牧羊场绝不是社交活动的中心，而这里的少年犯和街头浪子也远远不是摩吉想结交为朋友的那类人。为了避免任何这种可能性，他遵照宁蒂的建议，开始帮忙做家务。他喂饱了小动物，然后清除畜栏里的污物。他洗盘子，给车轴涂油。这似乎奏效了一段时间。要说摩吉和他的外祖父已经建立起友谊，是有些夸张，但至少他们对彼此没有恶意。摩吉在牧羊场四处走动，他感觉不只是有一点希望，而是有一个光明的未来。仿佛他能做任何想做的事——任何他想到的事。只要他想，他或许可以站起来，走到村子里！

一天晚上，当他躺在床上，看着窗外，他深深地凝视夜空。星星似乎在说话，一闪一闪地向他传递出明确的信息。他打开窗户，闻着凉爽干燥的青草散发的气息，听着小溪在欢笑，蟋蟀在唧啾。他一边看一边观察，突然觉得曾经看起来很平凡的东西此刻如此非凡——闪烁的光芒，夏天的空气，潺潺的流水——星星，小溪，月亮，这一切都令他感到神圣。此时，他和他的猫在一起，仿佛他不是唯一看到神奇的人。其实，宇宙也在神秘地看着他。他把困倦的菲尼亚斯举到窗户外面："看，菲尼，这就是爱。"

吃早餐的时候，摩吉还停留在自己的内心世界，幻想着与宁蒂和双胞胎见面，打算只要外祖父离开去发货，他就骑马上山。

一阵异常的安静之后，帕皮说："小子，因为我这里不是廉价的旅馆，由于你的爸爸出远门，你需要一些适当的照顾。我想，现在是你到钢铁谷仓的时候了。"

摩吉一直都知道这是一个可能，但他仍然感到震惊。他僵住了，就像头被重重地一击，患了脑震荡一样。

帕皮把一封打开的信扔到桌子上。

摩吉只是盯着它。

"这是你的姨姥寄来的。"帕皮说，"她说你最好去钢铁谷仓，因为你需要上学。"

"她是谁？是教皇吗？"

"她是对的，你知道吗？"

"我不去。"

"什么？"帕皮显然生气了，他的眼睛在冒火。

摩吉的脊椎发热："你，你不能让我走。我自己决定要在哪里生活。不是你，不是任何人！"他站了起来，往前走了一步，把椅子推到一边。

帕皮猛地冲上前去，向他伸出一根手指。"你疯了！"他嘶哑地吼道。他的脸像一个被时间打磨的皮革封面，封面下是一本饱含故事的书。故事里有燃烧的村庄和轰隆隆的大炮。

摩吉就像鸡舍里忐忑不安的蟋蟀，走到门廊试图冷静下来。人们认为他们可以把我像放了一天的三明治那样随意推开。田野里，小黄蜂们聚集在掉在地上的腐烂的李子上。内陆的太阳不同于村里的太阳：它的光线穿过圣伊西多尔的外部建筑，强烈而倾斜，就像斧头劈在木头上。摩吉感到眩晕，看不到地平线。他根本看不到前方。

他冲进自己的房间，撞上门，倒在简易床上。他怒气冲冲地把拳头砸进枕头，当他翻身的时候，看见菲尼亚斯待在椅子上一脸震惊的表情。

"美洲狮，菲尼，连老鼠都有家，你知道吗？甚至连猴子和鱼都有家。难道我还不如一条鱼？"

恐慌中，他翻开妈妈的日记，希望找到一些希望的冀希或指导。他妈妈的笔迹中，首字母都是精心设计的，但他仍然不能很好地阅读，因为他脑子里乱糟糟的。他上紧音乐盒的发条，聆听那首摇篮曲。此时，这曲子让他身体的每一个部位都感到痛苦，当他呼吸的时候，身体的疼痛加剧，仿佛冷空气堵在胸口。

第七章

part 1

摩吉的行动计划

被饿极了的印第安人放在烤叉上烤得滋滋作响——这种风险和可能性谁能理解？摩吉。但他有其他选择吗？要么伺机寻找洞穴部落，要么作为一个弃儿被流放到农场讨一辈子。尽管他听过印第安人的故事，但他还是决心找到他们的洞穴，亲眼看看能做些什么来避免这悲惨的困境。

与此同时，摩吉加倍努力延长他在牧羊场的逗留时间，像一个苦役犯那样努力工作。天一破晓，他就起床生火，倒空冰盘和便桶，清除畜栏的污物。事实证明，他能够比他想象中做得更多。当帕皮和麦克塔维什很晚回家的时候，他甚至烹饪晚饭，鸡蛋、烤面包和沙丁鱼。他经常在早上根据帕皮的食疗方子，亲手调制加了蜂蜜的月桂姜茶来缓解他们的宿醉。他为山羊挤奶，喂养小动物，收鸡蛋。他放飞鸽子，在喂食之前先把它们放出去，然后再吹卡祖笛把它们召唤回来。他为霍卡斯·普卡斯和驴子梳毛，当他工作的时候，他寻找新的方法稳住自己——握着一根拐杖，倚在干草或谷仓两侧。他永远不会承认，他其实喜欢做家务。他喜欢成为有用的人，喜欢把身上弄得脏兮兮。在一天结束的时候，当山羊从田里回来，他进屋洗澡。这时帕皮会唱："哈利路亚！（赞美上帝的颂歌）"

但是打发一天的时间还不足以使摩吉感到快乐。他饱受孤独的折磨，渴望再次见到宁蒂和双胞胎男孩。每天，他用望远镜扫视山丘，但几个星期以来连他们的影子都见不到。他想过背上挎包，骑马上山，告诉宁蒂他不得不逃离一个神志不清的、酗酒的外祖父，但他没有地方可去。他们会接受他吗？他怎么做才能让他们接受他？

从鸡开始。

一天早上，他在门前的坡道上突然停了下来，感觉有点不对劲。这是一种先天的敏感，是超感知觉。他在院子里没有看到任何人，但他觉得有人，也许是几个人。此时，他的肚子里有一种疯狂颤抖的感觉。难道是前一天晚上腌制的沙丁鱼起的反应吗？或者是有人躲在谷仓里？当他收集早上的鸡蛋时，双胞胎男孩从他背后的鸡舍里钻了出来，然后迅速穿过院子，跑到田间。

"嘿！"他低声喊道，以免惊醒帕皮。

在谷仓里面，偷蛋贼巴比伦尼亚正拿着干草叉等着他。

"哇！"他说。

她背对着干草垛。

“我，我不会伤害你。”摩吉说。他递给她一桶鸡蛋，“拿着。”

“它们不是蓝色的。”她扔下干草叉，疾步走出了门。

“等等！回来。”摩吉说道，他试图降低声音。

巴比伦尼亚冲进了高高的草丛，长长的辫子在她的后背上飞扬。

木屋的门突然打开了，帕皮冲到门廊上，挥舞着一把步枪。他瞄准巴比伦尼亚并向她开枪，此时巴比伦尼亚已经逃到了树林里。“吃白食的寄生虫！”他大喊道。接着又开了一枪。“我这是履行公民逮捕权。不必遵守法律的名义！”

米莉－梅在追逐巴比伦尼亚，但她已经逃到了树林里。

“起泡压缩饼干。”帕皮说，“你看到了吗？该死的印第安人回来了！”

“只是一个女孩。”摩吉说。

帕皮抓住他的步枪，仿佛它是一把刺刀。当他沿着门廊向前走的时候，奋力把它举在身前。“可悲的贱人，我不会怜悯他们。滚开，没出息的东西。你的脑子让驴踢了，这里是我的山头，我的山头！”他打翻了一盆天竺葵。

摩吉想要和这些神秘的闯入者交朋友的想法一点儿也没有得到劝阻。

“这里是死路一条。”他后来对米莉－梅说，“他，他们想要蓝色的蛋？好吧，他们会得到蓝色的蛋。”

帕皮的大多数母鸡下白色或棕色的蛋。只有三只母鸡下蓝色的蛋，而且不是经常下。所以从那一天开始，摩吉用一颗红心标记蓝色的蛋，并把它们塞到鸡舍的角落，用稻草覆盖。但这么做不再是为了他的外祖父。

有一天，终会得到回报。

帕皮离开去送货之后，摩吉放飞了鸽子，把马厩的污物清除干净。小溪传来有节奏的敲击声。他循着声音跟了过去，眼前的景象令他震惊：十几个人，无论是年轻人还是老年人，都穿着各种各样用麻布或牛仔布制成的打着补丁的裤子和宽大的衬衫。他们忙于水边的工作。当摩吉小心地跋涉到铺满沙砾的岸边，所有人的目光都转向他。没有人说话，只听到小溪发出的潺潺流水声和鸟鸣声，空气中充满苔藓和丁香的香味。

宁蒂和几个老年人站在一起，她们的绳编凉鞋看起来古老得可以陈列在博物馆了。巴比伦尼亚戴着一个野花编制的花环，正在水里洗手。在她旁边，那对棕色皮肤的双胞胎正穿着大罩衫，这两个绑着缠腰布的男孩正傲慢无礼地摆出随时要扑向摩吉的姿势。

“我的主人。”宁蒂一边说，一边朝摩吉走近。她合拢双手，祷告般地低下头，说了一些摩吉听不懂的问候语。

摩吉把他的拐杖塞在胳膊下面，也合拢双手，低下头。

宁蒂用她们的语言说了些什么，然后每个人都回去忙自己的工作——把一条条无花果树皮从浅水中捞出来，把它们平放在岩石上，用碎木敲击，然后再把它们放在阳光下晒干。

“你们在做什么？”摩吉问。

“做纸。”宁蒂说。

双胞胎把手伸进了摩吉的口袋。

“找什么？”他笑了。

“素库卢图。”马尼什说，“巧克－巧克。”

“巧克力？”摩吉说，“对不起，没有。”

那一天，摩吉见到了部落里的大部分人，包括肌肉发达、绑着缠腰布的萨鲁坎，一个长着希腊神式美男子的深色面孔、头发似乌黑羽毛的孩子。他的身上布满装饰性的疤痕，腰部以上的皮肤充满了象形文字、密码和几何形状，看上去像某种邪恶的疾病，有些地方颜色发暗，布满痘痕，一些古代的文字已经被扭曲。他的胳膊上也满是刻痕。一个蝎子形状的疤痕爬在他的肚脐上。他的额头中间有一个三角形，当然，三角形里有一个白点。奥德修斯在辽阔的海上迷了路，而摩吉感到脸红、尴尬和不安，因为他还不知道当地人是暴力且无法无天，还是对陌生人热情友好。

另一个男孩和摩吉年龄相仿，他走近摩吉，介绍自己。他戴着由橡子链、干豌豆、种子和浆果汁颜色的动物牙齿做成的装饰品。“我是扎格罗斯。”他说，“蜜蜂的主人。”摩吉低下头，心想这是他对当地人的礼貌举止。起初，扎格罗斯似乎迟疑不决，但后来他对问候做出了回应。

“咄（表示愤怒惊讶的咒骂声）！摩吉是什么名字？”他问。

萨鲁坎站在他们之间。

“让我来修理他。”他吐了口口水。

宁蒂把萨鲁坎拉到一边，对他说了一些话，然后目送他走开。

当部落成员们工作的时候，他们在英语和部落自己的语言之间来回切换。他们的语言有很多喉音，低沉沙哑，听起来像是遥远的雷声、风吹过树木的沙沙声，或核桃滚落在地上的声音。他们的英语听起来古老且正式，仿佛查尔斯·狄更斯是他们的老师。他们总共有二十一个人，他们自称自己为阿吉尔·努里。

“阿吉尔——是什么？”摩吉问宁蒂。

“食光者。在英语里，我们是吃掉光线的人。”

扎格罗斯解释说，部落里有三类人：老年人，他们绝顶聪明；年轻人，包括双胞胎是高颜值人群，像他自己和巴比伦尼亚属于这一类，而萨鲁坎介于老年人和高颜值人群之间。他说，他们很久以前从远东过来，被乌塔委员会——七个开明的人——送来的。

“从来没有听说过乌塔。”摩吉怀疑地说。

“我们过来是为了传授和平的方式。” 扎格罗斯说，“它是宇宙准则的基本。”

“准，准则？这个也从来没有听说过。”

“它写在你的灵魂上。”宁蒂说，“写在每一个活着的灵魂上。但很可惜，你们已经忘记了。”

“对。”摩吉有点困惑地说道。

“我的主人。”宁蒂说，“对于一切有情众生，所有的星系和所有的时间而言，有两个行为规则。如果这些规则远远超过政府制定的法律所得到的尊重，那么和平、自由和富足将永会存在。

第一条行为规则是：养活穷人。”

“养活穷，穷人。”摩吉说，“我没有看到你分发任何食物。”

“事情并不都是像表面那样。”

“哦——”

“你认为这些年来谁一直在抚育越来越多的田地？为什么你的外祖父没有动一下手指头就可以获得丰收的作物？”

“你的意思难道不是地下泉水灌溉的结果？”

“有很多人像我们一样，有些人在幕后工作，可以这么说——萨纳特·库马拉，巴巴吉，耶稣，有些能被看见，有些看不见——都在努力把地球从黑暗中解救出来。不幸的是，你的同类却更想杀了我们。”

“但，但我不同。”摩吉说，他惊讶地认为这是一种美德。他忘了问宇宙准则的第二条规则，因为当劳动者们在水边浸泡和敲打无花果树皮的时候，宁蒂在数这个世界消灭他们的祖先的方法：绞刑、弓箭、毒药、子弹和大炮。此外，许多人在监狱中死亡：由于没有阳光，他们无法活很长时间。另一些人屈服于物质的诱惑，他们放弃了原始使命，而去追逐财富、权力和肉体的欲望。摩吉遇到的是多么奇怪而悲惨的一群人啊！“所以你是领导。”他对宁蒂说。

“在某种意义上是的。其实，我们的指导来自古人的祷告和愿景。”她仰望天空说，“还有星星，它们是我们未来的地图。在原住民被迫迁移的很久以前，我们曾试图向你的外祖父解释过这个问题。”

摩吉眯着眼看太阳。

“你的外祖父无视我们的警告。其他世人也不会在意。唉，可惜冥王星的预兆也无人理睬。”

“冥王星。”摩吉重复道。

“火星是高度可视的，你看，月亮接近四分之一的盈月。它是由古人写下来的……与我们的愿景相关……下一个春分精确的天文星象将标志着这个地区出现暴力动荡。到时会有迹象：地球会出现洪水，月亮会变红。如果没有准备，就会遭受严重的损失，产生混乱和目无法纪的乱象。”

“我们有枪。”摩吉说。

宁蒂叹了口气，摇了摇头。“来，过来。”她一边说，一边走向小溪，“我们没有多少时间了。”

摩吉跟着她来到水边，在那里，她拿起一条树皮，把它放在花岗岩石头上。然后，她用一块废木材的平面敲打树皮，使树皮变平。“这些纸用来做什么？”他问道。

“就现在而言，我们将在上面写东西。以后，它会有其他用途。告诉我，你还想逃跑吗？”

“是的。”

“你要去哪里？”

“呃——”

“避开村子是明智的。”她说。

“为什么？”

“大地震！”

“这里总是发生地震。它们吓不到我。”

“啊，但即将来临的地震威力巨大，与你以往见到的地震不可同日而语。”

“我得走了。”摩吉说，此刻他感到焦虑。

“你，我的主人，已经去过很多家庭，是不是？”她问道，“而你还没有找到真正的家。”

“但是，你怎么知道的？”摩吉问。

她不解地望着他。“我的主人，我们来这里只有一个原因：保佑人类。为了传递天堂的光芒，传授和平的方式。”

“天堂的光芒。你指的是上帝。”

“你可以那么说。”

“为什么不直接说上帝？”

“那不是我们的语言。”

“那么，你们的语言是什么？”

“好吧！”她一边说，一边吸了口气，开始用嘴唇塑造声音。当双胞胎男孩制造旋风来打碎谷仓窗户的时候，也用同样的方式对“家”这个单词进行发音。

“别费事了！”摩吉一边说，一边举起手，“不要打碎更多的窗户。”

“你们这些世人是一群猪头。”她说。

摩吉被“猪头”这个词触怒了。

“你坐下。”宁蒂吩咐道。她撇开一块石头，坐在一簇紫丁香旁边。她的黑眼睛像拥有水下世界的山地湖泊一样闪闪发光，里面倒映着旧世界、其他世界、战场和巨大的迁移、燃烧的柴堆和摇摇欲坠的万神殿。摩吉料想，如果看着它们太久，他可能会陷入一个陌生的宇宙。他扫视周围的树木和灌木，害怕他的外祖父和一门大炮同时出现。他半推半就地在宁蒂身边找了一个位置坐下，并在他们之间留出一段安全距离。

“现在，你的追求是什么？”她说。

摩吉想了一下。

“你当然得有一个追求。”她说。

他不敢告诉她太多，但已经想好如果她试图做出任何嗜食同类的残忍行为，他必须面对。“我，我告诉过你，我想找一个家。”他说。

她低头看着他，“或许我可以帮助你。”她说。

“但你是一个……你是一个……你是谁？”他问。

一只蓝色的蜻蜓飞了过来，直接在他们面前徘徊。宁蒂从喉咙里发出一声低沉的笑，然后用她的语言对蜻蜓说了一句话。摩吉可以看到她眼睛里的映象。突然，蜻蜓旋转着朝小溪飞去，水面上闪闪发光。

“你看到它了吗？”宁蒂问道。

“是的。”

“告诉我，它在追寻什么？”

“我不知道。”

“我知道。现在，它为了飞行而飞行。但很快，它会为了爱而飞行。”

爱？摩吉回忆起曾经被爱过。但他的妈妈已经死了。他用手揉了揉裤子。“一只昆虫知道什么是爱？”

“怎么不知道？它可以知道任何它想知道的。”她说，“甚至蜻蜓都有想象力。”

“也许它，它害怕。也许它不习惯独自一人。”

“它认为自己仍然是只虫子。”

“没有人喜欢虫子。”

“或许，我的主人，在寻找爱的过程中，它获得了动力、光和能量。也许它就是爱本身。”

摩吉盯着自己那脏兮兮的手。

“有一句古老的谚语说：带你来这里的东西也会带你回家。”宁蒂说道。

不知何故，摩吉被她的话激怒了。他迅速站了起来。

“我明白了。”她说。她也站起身来，轻轻地把手放在他的脸颊上，然后深深地、温柔地、悲伤地看着他的眼睛。这使他放松了警惕。然后，随着嗖的一声，她和其他人收起他们的东西匆匆离开了。

“等一下！”摩吉跟在他们后面喊道，“你，你们叫我主人是什么意思？我的追求呢？”但她和其他人已经消失在离紫丁香很远的地方，如此迅速，如此安静，他甚至怀疑自己是否在做梦。

第八章

part 1

结交一个新朋友，遇到一个新敌人

这是摩吉和他的新朋友们许多秘密会面当中的第一次。事后看来，它标志着一个非凡的开始。摩吉总是很珍惜在自然界中与他们亲如家人般地度过闲暇时光，学习他们的生活方式。他赞同他们做事的方式。爸爸的遗弃可能很突然，也很残酷，但它给了摩吉一个机会，让他体验到他从来不知道的自由。

有时，在离开牧羊场之前，帕皮·费尼根会让摩吉坐在门廊的摇椅上举着望远镜。“你是我的眼睛和耳朵。”他说，“抬起你的下巴，士兵！肩膀向后！那边的山上有敌人。所有看到的情况都要向我汇报。”帕皮一离开，摩吉就冲出去寻找那个部落。如果他们不在小溪边造纸或编织篮子或洗澡，他可以在树林里发现他们在采浆果和蘑菇，或像母鸡一样咯咯地叫，或待在树荫下冥想。

当摩吉警告他们小心自己的外祖父，他们似乎漠不关心。扎格罗斯笑着对他眨了眨眼，“啊，我们知道，我的主人，我们知道。在必要的时候，我们的洞是隐形的。除非你的外祖父在日出的时候骑着魔毯上山，否则他永远不会看到洞穴敞开。”

好吧，摩吉假装自己明白了。

随着时间的流逝，在摩吉看来，部落对实用主义更感兴趣，比如相比绞刑，他们对造纸和牙科科学更感兴趣。有一天，当他看到萨鲁坎蹲在河边用一块磨损的嫩竹刷牙，然后用一根稻草把竹子擦干，他感到很惊讶。当然，认为洞穴居民不必要做这种事情的想法是愚蠢的。

“地上的蛋壳。”扎格罗斯对摩吉说。

“什么？”摩吉问道。他什么也没说。难道扎格罗斯会读心术？似乎他真的会。

“牙膏。它是由地上的蛋壳制成的。”扎格罗斯笑着对他眨了眨眼。

摩吉向部落的人们展示如何玩溜溜球，如何将松树枝浸泡在肥皂水中产生巨大的泡泡。双胞胎男孩在门廊的斜坡上跑来跑去，挥舞着松树枝，欢天喜地地制造出许多泡泡。

“让光出现！让光出现！”他们大声喊道，“有光的地方，就没有黑暗！”

摩吉第一次笑了好长时间，“那里是什么样的？”扎格罗斯问摩吉，“村子，它很好吗？”

“嗯，我不知道。是啊，我猜很好。”

当扎格罗斯逼着他说外面世界的细节，摩吉告诉他关于新的飞行机器和冰屋，动画电影和电动扫帚，北方的大城市旧金山，及其沙龙、歌剧院、散步场所和冰激凌店。

扎格罗斯睁大了眼睛，仔细地听着每一个词，仿佛在吃一串神奇的葡萄。摩吉不明白为什么他打扮得像一只奇异的鹦鹉，但是好奇心使他看得出他和他是志趣相投的人，和他一样有缺陷，是他的兄弟。而且，他对摩吉的处事本领感兴趣，在摩吉心里，他是朋友。

“城市居民呢？他们穿什么？”扎格罗斯问。

“男人穿羊毛外套，并，并且戴帽子。”摩吉说，这是他在帕皮的报纸上看到的信息，“女人穿像管子一样的裙子，戴插着羽毛的帽子。”

宁蒂一直在听他们的对话，她嗤之以鼻地摇摇头。“飞行机器！像管子一样的裙子！”

从那天起，摩吉似乎无法摆脱扎格罗斯。有时，扎格罗斯藏在树上，在摩吉打扫院子的时候冲他扔橄榄。有时晚上，他站在摩吉的卧室外面，在窗口扔橡子和模仿猫头鹰的嚎叫。一天清晨在谷仓里，他从一堆稻草里弹出来，突袭摩吉。他们像小熊一样摔跤，直到摩吉骑到他背上，设法用僵硬的腿把他控制住。“保持安静！”他发出嘘声，然后按住扎格罗斯的嘴，掩盖他的笑声。“你会吵醒老年人！”

摩吉接受扎格罗斯的邀请，来小溪边加入他们每周的写作课。巴比伦尼亚担任指导老师，看了摩吉一眼说："你就不该来。"

"可是我来了。"他说。

扎格罗斯用他们的语言对巴比伦尼亚说了一些话，似乎平息了她的敌意。

那是个星期一，天气非常炎热，连鳟鱼都藏在了芦苇丛下的阴凉处。

巴比伦尼亚通过用树枝在沙子中划出楔形符号来教课。扎格罗斯在楔形符号下面写出它们的英文翻译：天空、云、树。双胞胎男孩咯咯地笑了起来，然后想出更多他们想翻译的词。马蝇、牛粪、疣。

"介意我，我跟着学吗？"摩吉问巴比伦尼亚。

她什么也没说，只是继续涂鸦奇特的楔形、箭头、锯齿形和线条，美丽的线条。出自她手里的脏话也写得非常漂亮。

摩吉试图离开她的视线。他不想让她密切关注他。然而，他确实得到了她的关注。他不喜欢自己的样子——他僵硬的身体在起变化，他觉得自己愚蠢和笨拙。他多么希望自己是隐形的。要是他能够看到她，而不被她看见就好了。他喜欢她把松散的辫子扔在一边肩膀上的样子。当她看着他，他感到一种从未有过的感觉，与此同时，还有不安。通常，当摩吉认识新朋友时，会得到以下三种反应之一：怜悯、嘲笑或不那么温和的好奇心。他预料人们会嘲笑他，就像过去学校里的孩子们那样。他的妈妈曾经带他去参观圣米格尔的一间校舍。当他拄着拐杖站在校舍门口，孩子们立刻停下来目瞪口呆地看着他，就好像他来自外太空。“你，你们可以叫我亲爱的先生。”他说。然后每个人都爆发出大笑，包括老师。摩吉也笑了，这时他意识到没有人拄着拐杖走路。他的妈妈带他回家，后来他们再也没有回过校舍。那天在小溪边，他忍俊不禁地笑了起来，想象着假如老师知道所谓的印第安人不仅提醒他刷牙，而且教他如何读写——甚至造纸，会说些什么呢？

部落越来越多地允许摩吉参与他们的生活。巴比伦尼亚那令人难以抗拒的魅力激发着摩吉的积极性。有一天，摩吉跪在小溪旁，在巴比伦尼亚的身边的沙地上画了一颗心，并在心的下面写上“爱”。他知道，他不应该这么做，但是她就在他身边，他已经完全失去理智。她看起来有些恼怒。他期待她嘲笑他。愚蠢，我真蠢。但他们之间涌动着某种东西，一种非常明确的东西。摩吉不知道她是否也已感觉到。“女孩就像猫。”他的妈妈曾经告诉他，“当你追着她们跑，她们会迅速跑开。有一天，你会有男子气概。你一定不能信任她们。你的身体会对你说谎，但你的心不会。”

多可怕的事啊！

“怪异！”巴比伦尼亚笑了。摩吉期待她说更多的话。“你的语言，非常怪异。你有流鼻涕的鼻子、散发臭味的脚，你的眼睛要密切留意。（此处是小摩吉写的句子。）”她咯咯地笑。她的笑声就像银铃。

“玫瑰是红色的。”摩吉说，他想再次听到她的笑声，“紫罗兰是蓝色的，糖是甜的，你也是甜的……”

“看吧？”她说。

“等等，等等，玫瑰是蓝色的，紫罗兰是红色的，糖是块状的，你的头也是这样！”

她似乎在咯咯笑，也许是傻笑，也许。

“你一定写了很多。”摩吉对巴比伦尼亚说。

“是的，我们写字，我们还做其他的事情。”她的声音里有一种摩吉无法读懂的语调。有点严肃，不祥。不知何故，这使他渴望回到村子，渴望回家，渴望见到他的爸爸。

“如果我的爸爸回来，那，那将是个奇迹。”他说。

“我相信奇迹。”巴比伦尼亚说。

摩吉想牵她的手，但他不敢。她太漂亮，太聪明了，是他喜欢的类型。他希望一切永远像现在这个样子，在溪边或树林与这个部落相会，学习他们的语言和奇怪的生活方式。但那天下午，小溪的上游传来喧闹的颤音和啾啾声。他想起来自己正在冒险。

“信号！”巴比伦尼亚大声喊道。

她、扎格罗斯和其他孩子们猛地停下脚步，收集了无花果纸之后，走进灌木丛。

帕皮沿路而来。摩吉没有看到或听到马车过桥，吓坏了。帕皮朝摩吉投去长长的、深深的一瞥。摩吉早已迅速冲到水边，试图忙着敲打树皮。

“小子，你像乌贼一样在干什么？”帕皮问。

夏日炙热的阳光照在摩吉的头上。“哦！”他似乎满腔热忱地说，“你听说过亚特兰蒂斯，对吧，先生？”他尽量让声音保持平稳，以便让欺骗看起来更真实一些。

“什么？”帕皮问。

“无花果树皮，先生。它能造纸。你，你把它从树上扯下来，浸泡它，然后把它打成纸浆，像我这样。”他示范着，把水溅到了帕皮的脸上，“它在阳光下晒干，先生。”

“你到底要做什么，小子？”

“提加丁院长说要为世界末日做准备。纸张将会供应不足。”

“这就是为什么他们不允许在村里用枪的原因。”帕皮环顾四周说道，“哼，既然你这么聪明，我想，我不需要提醒你美洲狮喜欢吃柔软而成熟的孩子。”

当然，帕皮是为了吓唬摩吉。

但是太晚了，他已经决定忠诚于这个部落，无论美洲狮来与否。

那天晚上，在黑暗、落满灰尘的卧室里，只有菲尼亚斯在睡觉。摩吉凝视着窗外的星星。爱，这对他来说还是一个谜。在某种程度上，他觉得他的生活才刚刚开始。

一个黑暗的阴影出现在他的窗外，遮住了月亮。扎格罗斯？玻璃窗格上传来敲打的声音。摩吉打开了窗户。他所能看见的是一个面目模糊、留着长发的鬼。味道是毫无疑问的，洋葱。“萨拉姆！”一个声音说道，是那种像蛇发出的嘶嘶声。

摩吉吃了一惊。他试图关上窗户，但面前的鬼阻止了他。

“啧，啧。我是洞穴居民的朋友。我来这里帮助你。”有些熟悉的男孩声说。

“什么？”摩吉问。

“当然，如果你能向我解释为什么你明明有自己的王国，却偏偏满足于一个微不足道的小部落？我就帮你。”

“嗯，什么？”

“我了解你和你过去的生活。”

“你是谁？”摩吉问，他无法识别对方的声音。

“我们统治阶级不再需要采取这种手段。如今，统治你自己的王国更容易。”

“你想要什么？”

“哈！每个伟大的人必须学会控制自己的命运。夫人说你是天才，她青睐你。我说，为什么你明明可以拥有所有的土地、金子和仆人，你却满足于当她的小宠物？所有这些东西我都可以帮助你得到，因为我也备受尊崇。”

“我，我不想要金子或仆人。”

阴影的头以一种不寻常的方式扭曲，似乎在胀大。“你在说谎。”他发出嘘声。

“我们说完了。”摩吉一边说，一边伸手去够窗户。访客再次阻止他关窗户。

“不要跟我作对，远离阿吉尔·努里。”

摩吉猛拉窗户，但这个幽灵般的存在让窗户打开得越来越大，用他那只可伸缩的手臂伸进窗户，一把揪住菲尼亚斯的后颈，把它从简易床上抓起来。菲尼亚斯发出一声令人脊背发凉的嚎叫。摩吉给了那只手臂一拳，但没有击中，因为他的猫被高高地举在窗口。

“我真的很喜欢猫。”阴影一边说，一边把菲尼亚斯像一个旧钱包那样悬挂在空中，“你，正好相反，我不喜欢你。我不信任你。”他笼罩在一个闪闪发光的橙色光环下，光环的亮度在不断增加，直到爆裂。紧接着，这个陌生的访客消失在稀薄的空气中。菲尼亚斯从窗口跳了进来，一下子把摩吉扑倒在简易床边，然后砰的一声坐到地板上！

帕皮像出膛的炮火那样冲进卧室，高举着油灯，米莉 - 梅跟在他身后吠叫。“你要干什么？”

在昏暗的灯光下，帕皮像是穿着一件衬衫，但实际上他什么也没有穿。他的脸和手都被晒黑了，但他的颈部以下像白垩岩一样苍白，就像摩吉房间墙壁的颜色。

摩吉摸索着简易床，支撑起自己。“我不是入侵掠夺者。”他说。

帕皮看了看外面，四处闻了闻，然后关上窗户。“美洲狮。我闻到美洲狮的味道。最好一直关着窗户。”他把自己的大手放在摩吉的头上，微微倾斜着脸。“我知道你有点反应慢。”他说，“不要担心，你有潜力，我为你准备了计划。”

那个午夜幽灵的劝阻行为并没能阻止摩吉。他还是一如既往地渴望花时间和巴比伦尼亚及她的部落相处。第二天，像往常一样，他回到小溪边学习语言课。和其他年轻人一起，他反复地抄写他们的语言，发现用树枝在沙地上写字比用铅笔在纸上写字更容易。

“硬币魔术，用你们的话怎么说？”他问巴比伦尼亚。

“你在炫耀。”她发出嘘声。

摩吉的好奇心瞬间暴增，以惊人的速度推动他前进。他不知道部落里提到遥远的家，或“亲人”以及“古老的方式”该怎么说，但每当他有问题的时候便开始提问。

“白点，是怎么形成的？它们的含义是什么？”摩吉问巴比伦尼亚。

“由地上的白垩岩和蜂蜜混合而成。”她说，“为了让人头脑开窍，见证奇迹。”

“而且它们帮助我们在黑暗中看到对方。”马尼什说。他搓了搓自己额头上的白点，把一些糊状物按在摩吉的额头上。摩吉看着自己在小溪里的倒影。那是一个小小的点儿，但它给了他希望。

突然，萨鲁坎出现了。他跳到摩吉身后，把摩吉撞得失去了平衡。

“注意！教你一个新单词。”萨鲁坎说，“爱特拉克，含义：离开。”他的拳头紧握，眼睛里闪烁着光芒。

“我不是来这里惹，惹麻烦的。”摩吉说。他认出了这个声音。昨天夜里，是萨鲁坎在他的窗外给他来了一次令人毛骨悚然的拜访。

“我的主人。”扎格罗斯对摩吉说，“明天过来，我们一起到河里钓鱼。”

“你不配！”萨鲁坎对摩吉说，“你看，世人被分为三类：天生就具有天赋和优良的血统的是一类；有天赋但缺乏魔法的是一类；还有一些可怜的傻瓜，既缺乏魔法又缺乏神秘的天赋。你属于哪一类？通过你的外表就很容易看得出来。东方人的眼睛，欧洲人的头发——就是个杂种……”

“对！”摩吉说道。他并没有认真地倾听。

“可惜啊，有的人天生就有施展魔法的能力，有些人没有这种能力。”萨鲁坎说。他张开一只手，手心向上，半闭着眼睛，陷入一种恍惚状态。年轻人们兴奋而充满期待地围住他。他合上手掌，然后重新打开，只见一个看上去非常古老的硬币出现在他的手掌中。他把硬币抛向空中，孩子们兴高采烈地争相抢夺。

宁蒂和一个名叫依米提图的年长的老人直接穿过沙子，来到萨鲁坎面前。

“需要我提醒你这种表现严重违反守则吗？”宁蒂说。

“他是个害虫。”萨鲁坎看着摩吉说道。

“怨恨只会生出苦果。”一位名叫基莎的胖乎乎的女人说。

“他在干扰我们学习。”萨鲁坎说。

“干扰？”宁蒂看起来很惊讶。

“他想偷学我们的语言。”萨鲁坎说。

“真的？”宁蒂看着摩吉说道，“很好，那么欢迎他随时来学习。”

扎格罗斯和巴比伦尼亚交换了一个眼神。

扎格罗斯伸出一只胳膊搂着摩吉，护送他离开人群，朝木屋走去。

“那个硬币他是怎么做到的？”摩吉说。

“一般来说，我们不施巫术。”扎格罗斯说。

摩吉开始独自沿着小路往前走，但他转身躲在灌木后面偷听。

“萨鲁坎只是出于自我保护。”宁蒂对基莎说，“这对他是一个很大的负担。”

“你没有看到他如何对待利特曼主人？”基莎问道。

“萨鲁坎知道要谨慎对待世俗凡人。”宁蒂说。

“对不起，夫人。但是依我看，萨鲁坎看起来更像一个世俗凡人。也许他已经在地球上跋涉太久了。也许你应该考虑教利特曼主人——”

“我是个先知，不是马戏团演出的指挥。”她说。

“没有比未经训练更糟糕的事了。”

“比如？”

“你没有注意到关于利特曼主人的一些事吗？”

“我相信你会告诉我。”

“显然，他关心我们。而且，你和我都知道他是有天赋的。他不会是一个好的引路人吗？”

“他不是战士。”

“萨鲁坎也不是先知。”

“利特曼主人还没有证明自己。”

“原谅我的无礼，夫人。我敢说，我有时怀疑萨鲁坎重新加入我们的动机并不完全纯洁；也就是说，我恐怕他的灵魂还没有超越他的先前，他之前非常迷恋宗教。我的意思是，你的得意门生有蜣螂一样敏感的触觉。”

夫人生气地拂袖而去。

基莎似乎知道摩吉在偷听，因为她拨开灌木丛，发现了摩吉。“我亲爱的主人，凡是发誓信赖我们的友谊和遵守守则的人，背叛可能是致命的。”

双胞胎男孩沿着小路向前跑，经过摩吉身边，用树枝指着沿途的物体，仿佛树枝是他们的魔法棒。“赞美光！”马尼什笑着说。沙尔迅速摘下一朵紫丁香说：“你就是光！”他用法语说的，摩吉的妈妈曾经说过这句话。

看男孩玩棍棒没有什么稀奇，摩吉心想，但双胞胎的行为就像他们读过《华尔兹龙虾》似的。“宇宙是光。”他的妈妈曾一次又一次地向他大声朗读过。但马尼什和沙尔还没有从书中了解到这一点，因为他们没有任何书。他们怎么会知道这个呢？

他们从摩吉身后爬起来，用光让摩吉的眼睛闪得睁不开，然后像晕头转向的蜜蜂那样嗡嗡作响。摩吉惊讶地向后退去。一个白点出现在他的视野，他试图眨眼。但他几乎看不见任何东西，几乎看不到路。很快，光从白色变成金色再到粉红色，然后像一个黯然失色的太阳，完全消失了。正当他可以再次看见东西，双胞胎溜过来打了他一下，然后用法语说道：“一切都是光！”

摩吉认为他们都是圣徒。

第九章

part 1

改善关系和坚持立场

破晓时分，帕皮和麦克塔维什在厨房里忙着搅拌鸡蛋和给青番茄切片。摩吉让卧室的门保持半开状态，以便于偷听他们的谈话。

“他们是个麻烦，我告诉你。”帕皮说。

“唉，上周确实有一只育种消失了，这是个明确的迹象。”麦克塔维什说。

“我要看着那只大猫终结。”帕皮说。

他们俩离开去送牛奶和鸡蛋之后，摩吉就动身去警告部落。他骑着霍卡斯·普卡斯去小溪边，树林里，一直追到去埃尔塞拉特的小径，也无处可寻部落的踪影。

帕皮和麦克塔维什下午很早就回来了，并径直走向步枪柜。米莉－梅莫名地兴奋，它摇着尾巴吠叫，用爪子刮擦大门想要出去。

“不是这一次。”帕皮对米莉－梅说。

“你是说要，要杀美洲狮吗？”摩吉问。

“小子，在你出生以前，我就一直在追捕那只大猫。”

“那也是它的土地。”摩吉说。

帕皮看着他，就好像摩吉说的是梦话。他拿起猎枪，递给了麦克塔维什。然后，帕皮骑上霍卡斯・普卡斯，在门廊上扶了扶自己的宽边帽，俩人穿过田野朝埃尔塞拉特奔去。麦克塔维什骑着他的驮货驴子，他的大长腿悬垂下来，给人一种织网蜘蛛的印象。

当他们到达山脚下的时候，摩吉放米莉－梅走出木屋的门，它奔跑着去追赶帕皮，并吠叫着发出警告。摩吉开始吹卡祖笛，声音响亮而悠长。他用泥铲猛敲垃圾桶，然后把闪闪发光的桶盖对着太阳反光，想由此给部落一个光的信号。他想骑着驴子爱吉跟在帕皮和麦克塔维什身后，制造一些突发事件，但他甚至无法骑上这只老驴子。当他轻拍爱吉的腿，告诉它像霍卡斯・普卡斯那样降低身子，这只驴子只是站在那里，腿部僵硬，眼神呆滞。

帕皮和麦克塔维什在日落之前就回来了，他们看上去疲惫不堪，嘴上起了泡。

“该死！”帕皮对正在门廊上等待的摩吉说道，“我去过那个洞十多次。它总是在那里，在竹墙后面的第三条长凳上。我告诉你，它消失了！”

“没有美洲狮，先生？”摩吉一边问，一边掩饰自己的喜悦。

“走了。”帕皮一边下马，一边说。

“他说得对，那个血腥的洞穴消失了。也许是地面凹陷所致。”麦克塔维什说。

帕皮沿着门廊爬上楼梯，却被摩吉的拐杖绊住，随着可怕的当啷一声，他跌倒在楼梯平台上。“哎呀，小子！”他号叫道，“滚开！”

晚饭后，摩吉给自己找了个理由上床睡觉，心里在暗自庆幸胜利。帕皮和麦克塔维什像往常一样持续好几个小时喝酒和争论，他们喝下的劣质威士忌酒足以淹死一头奶牛。公鸡啼叫的时候，摩吉走下床抱怨这两个扰人清梦的成年人。在黑暗中，他找不到他的拐杖，于是，他爬进厨房。

“难道你，你们没有可以达成一致的事情吗？”摩吉恼怒地问道。

两个男人眼皮沉重，眼圈泛红，抬头看着天花板，沉默片刻，然后同时举起他们的烈酒杯。“女人！”他们异口同声地说，像一对乌鸦那样振翅呱呱地叫。

帕皮打开留声机，播放他唯一的唱片：卡鲁索。

“你看，小子！”他说，“真正的女人是过去的事。再也找不到了。我认为你的外祖母是真正的女人，但她和所有的现代贵妇一模一样：张扬跋扈，固执得像熟铁。你追求爱情的时候认为你们会结婚。要维持婚姻，男人和女人必须彼此相爱。但那时，你开始感到痛苦。因此，为了维持相爱关系，你一定是痛苦的。但孤独也使你痛苦。因此，直到你独自一人，才会知道爱情到底是什么东西。”他看着麦克塔维什，“你可以把我说的这些写下来。”

“从哪儿开始？”麦克塔维什说，“一个好女人就像一把步枪，从后端看就知道前端是什么样。她只吃自己的那份羊肉杂碎布丁，并且知道如何给男人沏一杯像样的茶。”

帕皮说：“如今的女人只有两个错误：她们所说的和她们所做的。”哦，太滑稽了。两个男人笑得前仰后合。摩吉爬回到他的床上，像刺猬一样蜷缩起来装死。

麦克塔维什离开之后，帕皮拿起了他的四弦琴，伴着卡鲁索一起闹哄哄地唱歌。他的声音里就像藏着一把刀刃，给摩吉一种毛骨悚然的感觉。他把拐杖扔出窗外，然后和菲尼亚斯一起爬到外面。他们走到谷仓，躺在一堆新鲜的散发着阳光味道的稻草上静静地等待着，任由帕皮在屋里踢踢撞撞。

“我想念妈妈。”摩吉对菲尼亚斯说，它正在用爪子揉捏摩吉的胸口。“我，我想念她的花园和厨房。要是我能跟她聊聊关于宁蒂和其他人就好了。”他叹了口气，因为他知道正在愉快地发出咕噜声的菲尼亚斯完全听不懂他说的话。

大约在中午，帕皮把工具和木板装载到马车上，然后把摩吉驱赶到西边的田野。当帕皮拖着工具、木板和桩穴挖掘机从篱笆运到马车处，再从马车处返回篱笆来回走动的时候，疯狂使他的脸绷得紧紧的。

“靠边站，小子！”他说，“当心你的脚趾。”

帕皮把一个手绘的标牌钉在篱笆上，上面写着：侵入者将被阉割。

当摩吉站在那里看着他的外祖父时，他注意到某个东西在草地的不远处移动，向东走去。是美洲狮，宁蒂的美洲狮，安娜希塔！

帕皮以复仇般的态势在柱坑上忙活，似乎没有看到任何东西。

米莉－梅朝大猫的方向望去，吠叫着。

“怎么了？”帕皮问道。他放下桩穴挖掘机，转过身，把一只手放在带有护套的狩猎刀上。

摩吉指着西边田野上的奶牛埃尔西和新出生的牛犊杂凑。“是那两只奶牛，先生。”

一看到奶牛，帕皮把狩猎刀插在篱笆柱上。“虚惊一场。”

“是啊！”摩吉说话的时候，眼睛四处搜寻，搓着双手。他有一种不祥的预感。

“你看，男人得保护自己，这是自由的特权。”帕皮说，“自由不会发放给那些没有特权的汤姆、迪克或哈利。自由意味着把握你拥有的，孩子。”他停下来从水壶里喝了一口水，然后一边向东看，一边慢慢地往下咽。突然，他拔下插在柱子上的狩猎刀，说道：“把枪拿来。”

安娜希塔正在向东南方移动，多少有点儿隐藏在一道浅浅的护堤后面的意思。

摩吉的心怦怦直跳，就像拳头打在门上。在四轮马车上，步枪的黄铜配件在阳光下闪闪发光。当摩吉挣扎着把一只脚踩在踏板上，帕皮迅速从他身边经过，抓起步枪，装上子弹，然后瞄准。当步枪开火的时候，摩吉伸出手去抓它。枪声穿过山谷，米莉－梅迅速朝护堤飞奔而去。

“炸死你，小屁孩！”帕皮咆哮道，“你他妈究竟——？”他一把揪起摩吉的裤腰和后衣领，把他扔在马车上，然后自己跳到座位上，吹着口哨，把爱吉朝护堤方向赶去。

当他们到达时，米莉－梅正一边咆哮，一边谨慎地围着倒在地上的美洲狮安娜希塔绕圈。

“孩子，这就是自由的代价。”帕皮对摩吉说。

在马车上，摩吉可以看到安娜希塔半睁开的眼睛上方有一处枪伤。他弓着背，抓着自己的大腿，不可控制地发抖，可怕的枪声仿佛犹在耳边。他的情绪非常混乱。他想跑，逃到山里，永远不回来，但他的腿像木棒一样僵硬。木棒来自树木，而树木不会跑。

帕皮把美洲狮扔进了马车，然后驾着马车来到小溪旁。他把美洲狮的尸体拖到水里，让尸体向下游朝太平洋的方向漂流，米莉－梅一直在哀嚎。

摩吉想他的妈妈，也想他的爸爸。宁蒂在哪里？他想拿起步枪，重新装上子弹，然后乱射一通。

在那个温暖的夜晚，当蟋蟀在摩吉的卧室窗口唱歌，摩吉梦见战士与鹿角搏斗，诱人的刺藤勒死兔子，发霉的葡萄漂浮在柠檬水上，花蝴蝶淹没在死去的美洲狮的血泊中。他醒了好几次，向天使、圣徒，星星——向可见和不可见世界中的一切事物——祷告，帮助他逃脱被他称为先生的那个人的魔掌。

第十章

part 1

自由的代价

由于担心帕皮会因为他阻止射击美洲狮而报复自己，摩吉第二天早上起床后就主动去点燃木柴炉，煮咖啡，并清空了冰箱托盘。他擦亮帕皮的靴子，并把它们放在他卧室的门外。他出去喂饱了小动物们，放飞鸽子，修补篱笆，维修鸡笼，并给马车的车轴涂上油。他比以往任何时候都更卖力工作，清理畜栏，打扫院子和鸽舍——把一切都打理得井井有条。

他没有时间考虑命运吉凶与否。在晚上，他的鼻子发痒，他的脚抽筋，他多么希望宁蒂是对的：如果他让自己变得有用，那么帕皮就会留他在圣伊西多尔的牧羊场，不会送走他，这样他就有足够长的时间使部落接受自己成为他们中的一分子。

圣伊西多尔的昏倒羊牧羊场有二十九只山羊，它们特别矮小，所有的色调就是黑色、白色和棕色。“小得像狗，硬得像牛肉干。”帕皮总是这么说。

珍珠和彩虹是育种，也是昏倒羊。鲁弗斯、阿尔法山羊，大摇大摆地在院子里昂首阔步，并在它认为合适的时候，随时和它看上的母羊交配。

关于鲁弗斯的一些事情激怒了摩吉。

在圣伊西多尔的昏倒羊牧羊场得名之前，帕皮是做鸡蛋生意的，但当麦克塔维什带着鲁弗斯出现后，一切都变了。鲁弗斯的蹄子由于过度生长而导致前腿变形，它被迫蜷缩在弯曲的膝盖上，导致膝盖上生了厚厚的茧。帕皮很同情这只山羊，于是尽心地护理它，使它重新站了起来。从此以后，其他牧场主开始给他一些怪异的山羊，大多数是昏倒羊。这些昏倒羊在害怕或兴奋的时候会出现一种很奇怪的现象：在地上打滚，然后四肢僵硬。

“它们甚至看见晚饭也会昏倒。”帕皮对摩吉说。

摩吉本来会告诉宁蒂关于美洲狮的死，但他害怕宁蒂会认为他是同谋。他坚持做家务，希望和祈祷着避免见到她。他经常躺在胡萝卜、羽衣甘蓝、芝麻菜、南瓜和浆果间，看着果蝇和蝴蝶在葡萄藤间飞来飞去，在阳光下眨着眼睛。西红柿和南瓜花以及浆果混合在一起，使空气闻起来又苦又甜。如果部落在去小溪的路上经过田野，摩吉就急忙弯下身避开他们。有一次，帕皮回到家，发现摩吉在玉米田中间睡着了。

“这些东西是怎么保持生长的？这对我来说是个谜。”帕皮说，“可能是地下的泉水灌溉吧，我不知道。我告诉你，我压根不知道，但食物还是源源不断。不管怎么说，这让蔬菜水果商高兴了。”

一个星期过去了，摩吉那孤独而充斥着家务的日子就像船穿过沙子那样难挨。在田地间，乌鸦在啄干燥的玉米皮。黑莓渗出紫色的汁液，疯狂的马蝇猛扑南瓜属植物。在令人难受的燥热中，田野干得渗出了盐，所有的生机似乎突然停止。没有摇曳的青草，没有使人喜悦的树木，也没有叽叽喳喳的鸟儿。

自从爸爸把摩吉领到帕皮这块充满有毒的灌木、多刺的植物和令人窒息的夜晚的土地，摩吉感觉这样的日子没有尽头。他的爸爸已经把他忘了吗？就摩吉看来，帕皮对家庭或任何事情都一无所知。摩吉陷入了无聊、昏睡的状态。他拒绝吃东西。帕皮没能激起他哪怕是一点点热情，每当食物送到摩吉的卧室却原封未动的时候，帕皮总是狠狠地抱怨。他们的关系随着每顿饭变得更加紧张，而且有几天甚至到了白热化的状态。帕皮意识到了问题的严重性。

“估计你肚子里长虫了，孩子。”

作为一个畜牧专家，帕皮知道该如何应对。他把一碗凝固的山羊奶端到摩吉面前。

“我不吃。”摩吉说。

“听话，孩子。你连这是什么都可能不知道就拒绝。”

“是山羊奶。”

帕皮用勺子按住摩吉的头，在摩吉的上方左右徘徊，直到他咽下每块发酸的、凝结的山羊奶。这个过程花了将近三个小时。

在晚上，帕皮经常只穿着短袜爬出屋子，卷一根香烟然后点燃它，喝着一种奇特的茶。它不是英国茶或爱尔兰茶，而是几种不同寻常的原料的调和物，能让屋里飘散着一股诡异的烟雾，闻上去有蝙蝠、甲虫和死蛇的味道。帕皮把双手浸泡在热水里，然后在手上涂止痛搽剂。他从来没有抱怨过他的后背，但摩吉通过他身体前倾并且总是用拳头敲打后腰，就知道他的后背并不舒服。当摩吉提出想要祷告，帕皮却说不要浪费他的呼吸。因此，摩吉觉得待一段时间再逃跑应该没问题。在一个寒冷的不眠之夜，帕皮提着酒精灯来到摩吉的房间，昏昏沉沉的摩吉误以为自己身处另一个世界。

“起来，孩子！起来！”帕皮大声喊道。

在厨房里，摩吉发现帕皮走来走去，他点燃铸铁炉，灌满水壶，像上紧了发条的钟表那样不停地走动。“蜜月结束了。”帕皮说。摩吉的眼神固定在外祖父黄色的牙齿之间滚动的火柴上。“听着，孩子，除了你的妈妈，我已经被剥夺了拥有其他孩子的权利。当娜娜·费尼根离开的时候，她把孩子们全部带走了——总共十一个孩子，七个女孩，四个男孩。在你很小的时候，你的妈妈找到我，她想让你有一个外祖父。我知道男孩需要严格的管教，我愿意把你留在身边。现在，我可以像杏一样柔软，也可以像蛇那样咬人。我不喜欢自己那样，但这是我的方式。我只说一次：远离印第安人。如果你不听话，我就把你绑起来，让你迅速滚蛋。”

尽管外祖父是在威胁，但摩吉听到这番话反而感到特别安慰。

既然帕皮已经表示愿意让他留下来，他的忧虑就减少了一半。他从浴室的门口看他的外祖父梳理胡须。

“这将是我最好的时光。”帕皮对着镜子里的脸说。

他把威士忌倒在厨房的水槽里，打扫了小屋，摘了一束野花放在厨房的桌子上。米莉－梅对着野花吠叫。

“现在，让我们把你变得正常起来。”帕皮对摩吉说。

什么?

吃过炒鸡蛋和玉米粥之后，帕皮在院子里遇到了麦克塔维什，他们一起测量和锯木板，并像往常一样开始争论。

“这是一个愚蠢的想法，而且这是危险的。”麦克塔维什对帕皮说道，一边摇了摇头。

当这两个人忙活的时候，摩吉打算偷偷溜出去寻找他的朋友。他溜到谷仓后面，朝霍卡斯·普卡斯挥舞着一根胡萝卜。然后，他骑上霍卡斯·普卡斯来到木屋后面，希望在帕皮和麦克塔维什不注意的时候进入树林。但就在这时，他的外祖父在木屋的另一边吹起口哨并喊道：“你要去哪儿，小子？”就好像他的眼睛无处不在。

“我很无聊，想骑马出去溜达。”摩吉一边说，一边骑马进入院子。

帕皮用手帕擦了擦自己的额头，一副吹胡子瞪眼的表情，“你最好回来，否则我把你的胳膊卸下来当晚餐。”

太阳红色的余晖已经聚集在地平线上，两个老男人还是没有忙完。最后，他们抬着一条带有锯齿状的腿和金属支架的锯木架，上面放着一个生锈的旧自行车。

“我不喜欢这样，一点儿也不喜欢。”麦克塔维什说。夕阳在他的眼白和牙齿上洒上粉红色的光辉。

“当一个男孩会骑自行车，他就蜕变成一个男人。”帕皮说。

“我一直认为，当一个男孩懂得在苏格兰短裙下穿上内裤，说明他变成了男人。”麦克塔维什说。

摩吉被强迫骑上自行车，麦克塔维什在一边告诉他抓住车把，帕皮在另一边告诉他在车架上摆动一条腿。

“你瞎了吗？”麦克塔维什对帕皮说，“你看不到这个小伙子无法抬起腿吗？”

当摩吉站在自行车旁，一轮新的争吵开始了。

“你是谁？唐·吉诃德？用得着你告诉骑兵该怎么办！”麦克塔维什说。

“上来，孩子。上来！”帕皮说。摩吉轻轻一跃，坐在了车座上，然后紧握着车把，试图弯腰把一条腿抬到另一边。他脚下一出溜，在滑倒之际，麦克塔维什抓住了他。

“哎呀！你会杀了这个小伙子？”麦克塔维什说。

“闭上你的嘴！”帕皮说，“接着来，接着来。”

“任何人都有成为笨蛋的权利，但你滥用了这个特权。”麦克塔维什说。

“你真有智慧。这些智慧直接来自苏格兰场？来吧，孩子。握紧车把，我送你一程。”

最后，摩吉坐在车座上。帕皮和麦克塔维什用他们的头巾把他的脚绑在踏板上，帮助他的腿上下摆动。很快，摩吉掌握了其中要领，开始自己蹬踏板。虽然有点儿不平稳，但是他自己做到了。

帕皮和麦克塔维什站在一边抱着双臂观看。

“看到了吗？他可以和常人一样骑自行车。”帕皮自豪地说，“他还有希望。”

“即使如此，你的母亲应该把你的脸揉进面团里做成大猩猩饼干。”麦克塔维什说。

“乡巴佬。”

“小矮妖。”

摩吉感觉自己像一只马戏团的猴子，“让我远离这个东西！”

“想想你的妈妈。为你的妈妈而学。”帕皮说。

于是，每天摩吉都要蹬自行车。帕皮一开始先用一个三分钟的沙漏为摩吉计算时间，后来渐渐转换到更长的时间。在古老的橄榄树下，摩吉身处杂草、叶子和粪肥之间，面对蔓延的空旷田野，反复地蹬着自行车。他试着把臀部稍微离开车座，更卖力地蹬。他的双腿像干燥的活塞那样上升和下降。他一直蹬，直到疲惫到腿发抖，直到他的腿几乎无法走到木屋。“终有一天，我的爸爸，我要找到你，踹死你！”他大声说道。扎格罗斯躲在附近的一棵树上，把橄榄扔在摩吉身上。鸽子尖叫着欢呼。

帕皮想让摩吉恢复到正常人的想法已经到了疯狂的地步，他制定了每日日志，并把它钉在柜子上，以便于核对日子和标记时间。他把摩吉的关节弄得噼啪作响，伸展摩吉的双腿，并且不停地逼迫摩吉。“站起来！猿猴才拖拖拉拉！噘起嘴！用你的左撇子！”

摩吉默默地尝试自己站起来，但他做不到。他伸展四肢，踢，推，蹬。他的动力在某种程度上来自一个幻想——远离这个疯狂的地方。在这里，黑咖啡和火药把男人和男孩分隔开；在这里，人们从罐子里吃东西，浴室是一片“沼泽”，鸡蛋是“劣质的坚果”。

第十一章

part 1

世界末日

除了自然界的地震，随着时间的推移，还有埋葬了早期探险家、淘金者和逃犯的那类地震；除了三十年前，印第安人纵火焚烧村庄这类灾难，圣米格尔教堂还是相当井然有序的。一座教堂，一种宗教。每年都会以百乐餐的形式庆祝圣婴瞻礼作为开始，以精心制作的圣诞庆典作为结束，包括拉小提琴、吹便士哨笛，观看耶稣诞生场景、饮用大量的苹果酒。

然后是蒂莉酒馆。

摩吉跟帕皮和麦克塔维什一起进入村庄的那天，像往常一样多雾。秋天已经来了，但人们有可能认为这是春天或冬天。几乎没有一丝太阳的光芒，惨淡的光线抹杀了季节的感觉。早期的记忆涌入摩吉的脑海：他的妈妈推着婴儿车里的他散步，商人们出现在户外打扫门口地垫，他们在公园里野餐。摩吉心里充满了对过去的渴望。

马车沿着弗鲁姆街前进，经过旧的店面和褪色的遮阳蓬，经过木挂瓦条和高高的三角墙，经过隐藏的庭院和假拱，以及圣米格尔公园那又高又细的尖塔。圣米格尔公园的起源至今仍是一个谜。在市政厅的上方，高高悬挂的天文钟正在鸣奏“爱尔兰之眼”，钟上的黑色月亮和鸢尾花指针指向四点钟。

“不，他还没有回来。”当摩吉问及他的爸爸，帕皮说。

蒂莉酒馆是一个潮湿阴冷的老酒馆，是个适合男人待的地方，它以当地闲话，自制姜汁啤酒和胡椒鸡翅而出名。天花板上雕刻着图案，地板是黑白方格的，绿色的天鹅绒窗帘。当摩吉跟在帕皮和麦克塔维什的身后走进酒馆，吧台后面一只毛茸茸的驼鹿头（毛绒玩具）那双又大又亮的棕色眼球追随着摩吉。这里充斥着移民，在这里，渔民可以喝酒，谈论政治，还可以结盟对抗来自东方的移民，削弱罐头工厂的工会力量。

摩吉飞快地经过桌子，在人群中寻找一张熟悉的脸，寻找与过去有关的任何微弱的联系。

“真可惜，他是他们在桶里发现的小家伙。”一个人说。

“灾星，这个孩子是灾星。”另一个人说。

摩吉坐在一个旁边有撒尔沙植物的角落里。帕皮和麦克塔维什迅速走到拥挤的吧台前去看酒馆老板新进的泡沫灭火剂，然后加入宾果市长和格拉贝神父的私人谈话，把摩吉隔离在他们闲谈的圈子之外。

坐在邻桌的人对摩吉说：“我认识你的妈妈。她是个好女人。

你的爸爸跑了，不是吗？可怜的孩子。”

邮差把他那新奇的摩托车直接开进了酒馆，他的小胡子向后倾斜，披风在风中飘舞。他递给帕皮一封信，仰头喝下一口酒，然后调转车头离开。

摩吉直挺挺地坐在那里，心脏怦怦直跳。这可能是他的爸爸寄来的信吗？

帕皮打开信，然后打了个嗝儿。“那个废话连篇的人。”他说，“你在推诿吗？她问。哈！我敢打赌，她甚至不知道这个词的意思。”

摩吉敏锐地意识到自己不适合这个环境。如果有人问他，他会说他来自不属于他的土地。所有的天使们都去哪里了？他再也看不到他们了。太黑暗，他听不到他们的声音。身处成年人的笑声和拖着脚走路的声音当中，摩吉觉得噪声太大。帕皮和麦克塔维什窃窃私语，不时地点头，轻松地开玩笑，村民们笑着咒骂大雾，咒骂他们的空酒杯，然后笑得更大声。

帕皮拿着另一杯苏打水走到餐桌旁。他、麦克塔维什和市长过来坐到摩吉的身边。

“哦，对不起！”宾果市长说，“你喜欢住在牧羊场吗？”

“我不住在那里，女士。我只是来拜访。”

麦克塔维什和帕皮互相对视了一眼。

“我听说你外祖父煎的鸡蛋不好吃。”市长一边说，一边眨了眨眼。

“哦！”摩吉说，“他可以让一个女人来做。”

帕皮显然非常吃惊，市长也目瞪口呆。“为什么你这么勇敢？

完全是你外祖父的翻版！”她说。

“这封信，是谁寄来的，先生？”摩吉对帕皮说。

“呃！”帕皮叹了口气，“什么都逃不过你的眼睛，是不？是你那见鬼的姨姥寄来的信。”他停下来喝威士忌，但在酒杯到达他的嘴唇之前，桌子下面的地板开始震动，墙壁嘎嘎作响，摩吉的苏打水掉在了地板上。有几个村民迅速钻到桌子底下，一些人蒙住自己的头。大多数人只是僵硬地坐着，紧紧抓着自己的饮料，只有酒馆老板发疯似的扑过去护住酒杯，以防它们摇晃着从架子上掉下来。

“哎呀！这个月的第三次地震！”帕皮喊道。

当地震停止，除了格拉贝神父，每个人都在继续寻欢作乐。格拉贝神父走近摩吉说道：“亲爱的孩子，你看到了吗？撒旦在唤醒死者，这是印第安人的诅咒。”

“保佑麦克拉蒂夫人，我的好神父。”麦克塔维什笑着说，“这只是一次很小的地震。你们别认为我们没有牛奶了。”

“海平面将会上升，灾难即将来临。”神父继续说。

每个人都全神贯注地倾听神父的理论，这个理论基于一个邪恶的诅咒，而诅咒的起源是这样的：被追封为圣徒的胡安兄弟兴师动众地开展活动，帮助人们摆脱对宗教和语言的无知。他高尚地牺牲自己，通过修建教堂和学习念经祈祷帮助人们变得更好，与此同时，自己饱尝牢狱生活的艰辛。

麦克塔维什窃笑。

“大声笑出来！”神父说，“这是圣经里说的。所有人都被召唤，但极少数人有船。”

“呃哼！”摩吉清了清嗓子，回想起宁蒂告诉过他这场注定的灾难。“这，这次是星星。大星星就要来了，就像它很久以前来过一样，只是这一次村庄注定遇到劫难。”他的脸感到发热。

“我再说一遍。”帕皮说，“他算不出来二加二等于几，但他是伽利略。坐直了，孩子，你看上去无精打采的。”

宾果市长的嘴唇贴在酒杯上，看上去像一条红色的鱼。“告诉我，村庄注定遇到劫难是什么意思。”她对摩吉说。

能宣布这个重要的消息，令摩吉感到欣喜。“是的，这里即将变凉。火星会在天空中闪耀，月亮会变成红色，大，大致来说，这个村子将会变成地狱，然后消失。”

大人都沉默了。

“如果你们想拯救自己。”摩吉继续说，“必须知道铲子在哪里。”这些都是宁蒂说的。

大人们爆发出一阵笑声，宾果市长轻轻地拍了一下摩吉的头，以示同情。“你千万不要看童话了，小家伙。它们会让你做噩梦。”

摩吉对这样的反应感到很沮丧，他不再说话，开始试着想象如果奥德修斯在场，他会怎么做。随着夜幕降临，村民们变得越来越喧闹，打着嗝儿，喘着粗气，推杯换盏。帕皮站起来，举起酒杯说道：“从我的山头围捕印第安人，逮住一个奖励一百美元！”这句话吸引了大家的注意。众所周知，生活艰辛，劳动力廉价。这个报价几乎引起了骚乱，导致人们都争先恐后地竞相报名。

那天晚上，经过一阵疯狂的地震之后，摩吉在星光的指导下，驾着马车返回圣伊西多尔牧羊场。当帕皮和麦克塔维什高唱“血腥，血腥，通向地狱的死亡之路。血腥，血腥，通向地狱的死亡之路”时，他捂上了自己的耳朵。他感到筋疲力尽，把头靠在麦克塔维什的肩膀上，克制想要睡觉的冲动。

“可怜的小伙子！”麦克塔维什说，“他需要一个女人的爱抚。”

“这个孩子需要的是纪律。他可以学会怎样经营牧羊场。我就是个例子证明这不需要费多少脑子。如果他学不会，北边有一个地方可以接纳他。”

那天晚上，摩吉惶惶不安，因为他担心自己没有时间向部落的人们证明自己值得信任。他无法入睡，于是爬到了客厅。麦克塔维什在沙发上打着呼噜，米莉－梅的头靠在他的胸口。帕皮窝在靠背椅中喃喃自语。

“我睡不着，先生。”摩吉说。

“呃，回去躺在床上倒着数数。你会倒着数数，不是吗？”

“如果你受伤了怎么办？地震——”

“这里什么都不会发生。”帕皮说，“没有地震，没有飓风，没有世界末日。在这里，鸽子照样飞，山羊咩咩叫，奶牛哞哞叫，青草照样生长。”他开始打盹儿，手指之间的香烟还在燃烧。摩吉拿起香烟把它熄灭了。

“印第安人——”摩吉开始说。

“最好准备迎接他们的厄运。”帕皮厉声说。

“假，假如印第安人不是充满敌意的呢？”

帕皮的眼睛睁开了。“听着，孩子，我曾经在豌豆岭见过你不能想象的邪恶。我看到印第安人砍掉人的某个身体部位，然后把它们拿回家当纪念品。你看，他们和黑人不懂得恐惧。他们会某种巫术。他们会召唤地球扼杀和毁灭白人。他们没有灵魂。印第安人和黑人，没有忠诚。”此时，他的声调早已提高了八度。

“但是印第安人和，和黑人现在是自由的，先生。”摩吉说。

“你懂什么？”

“林肯总统。他，他自己的父亲被印第安人杀死了。但，但他说印第安人是自由的，像任何人一样自由。连林肯总统都这么说。”

帕皮不屑地又闭上了眼睛。不一会儿，他开始打鼾。

摩吉坐在那里想到内战，想到恐惧和仇恨到底会让人变成什么样。原住民部落和黑人像瘟疫一般被驱逐出他们的家园。无论山上住的是否是印第安人，或阿吉尔·努里，或食人族，他们并没有人挥舞着叉子要伤害白人。那是一个晴朗的夜晚，繁星璀璨，月光皎洁，摩吉醒着坐在椅子上，一直担心到黎明，不公正使他感到痛苦。他心里的声音在怒吼，在激荡，并且已经准备好回击。

第十二章

part 1

不速之客

随着眼球充血，极度想要赏金的武装队正在逼近，摩吉决定自己掌控事态，突破身体的局限，骑上霍卡斯·普卡斯奔向埃尔塞拉特。当他到达竹墙后面的第三条长凳的时候，刚好是日出过后。与他的外祖父不同的是，他发现洞穴像一张大大张开的嘴那样敞开着。

双胞胎男孩沿路走来，拿着装满了浆果的干葫芦。

“我，我来警告你们，我的外祖父带来了武装队。”摩吉说。

马尼什只是笑笑地扔给摩吉一个浆果。男孩们似乎一点儿也不关心。事实上，他们从不关心。他们经常问一些摩吉无法理解的傻问题。

“你能告诉我黄油怎么飞吗？”

关于摩吉的拐杖：“它们可以创造音乐吗？”

“告诉宁蒂。”摩吉说，“告诉她准备应对。告诉她，武装队要来了。”

那天晚上，帕皮和麦克塔维什头戴矿工灯，在东边的田野里挖掘。从卧室的窗户，摩吉看到他们极尽所能地工作，像匆忙的掘墓人那样挖个不停。第二天早上，摩吉在院子里不停地徘徊，等待帕皮起床，这样他就可以去村子里看看自己能做些什么。但是直到午饭后他们才出发，马车上的帕皮和麦克塔维什异常安静，他们分坐在摩吉的两侧。当他们完成送货，购买饲料，去银行存完钱的时候，已经接近日落。他们谈论着去蒂莉酒馆喝下午茶。

酒馆里人声鼎沸，渔民和农民鱼贯而入，像斗牛犬蚁那样饥渴。所有人都在那里——市长、神父、邮差、珠宝商、教授。帕皮心情大好，向人群致意，就像他刚刚赢得了选举。摩吉一边啜了一口菝葜饮料，吃着辣鸡翅，一边看着这帮成年人喝酒和抱怨身边发生的一切，从种植香蕉的成本到印第安人的诅咒，无不抱怨。

“你要干什么？”教授问帕皮，“那些野蛮人已经消失了。”

“那是你错了，我的朋友。”帕皮说，“他们在山上组建家庭。接下来你知道吗？他们的孩子还会繁衍后代，山上将会布满他们的人。”

“哦，他们只是一群长着大眼睛的意大利人。”邮差说。两个意大利渔民站起来瞪着他。麦克塔维什走上前，递给他们一杯啤酒。

摩吉竖起耳朵听帕皮说了些什么，只见帕皮举起他的酒杯，说了一句“再来一杯！”，有人便开始拉小提琴。

他们离开蒂莉酒馆的时候，午夜已过多时。摩吉尚未发现任何新的东西。麦克塔维什决定睡在教堂里，帕皮睡在马车上，而摩吉在月光下赶着马车回家。当他们到家的时候，帕皮向摩吉道贺，握了握摩吉的手，然后迅速地从马车上跌了下来。迷迷糊糊的帕皮，他在计划什么？摩吉打算套出他的想法。

在厨房里，帕皮摇摇晃晃地站在那里，嘴里叼着一根未点燃的香烟，仿佛在他的烦恼周围竖起了一个假想的围栏。

“火柴。”他说。

“在炉子旁边，先生。”

帕皮点燃了香烟，挤进他的扶手椅，然后把穿着皮靴的脚翘到咖啡桌上。“把它们脱掉。”

摩吉在狭窄的空间里忙活，他坐在地板上，帮帕皮脱下靴子。“那个，关于田野里挖的洞——”他试探着问道。

“我收到你姨姥的另一封信。”帕皮说，“那个蠢货想带你离开这里。”

“什么？”

“该死！”帕皮呻吟着说，“为什么我的凯特会死？”他无精打采地坐在椅子上，歪着头，悲伤涌上心头就像响尾蛇穿过山谷。“每个人都死了。”在昏暗的光线中，帕皮挥舞着一面看不见的旗帜。“每个人都死了。”

摩吉忽略了他姨姥的消息，坚持询问帕皮：“那个洞是为什么而准备的？死人？”

睡在地板上的米莉－梅哼哼着放了个屁，然后翻个身又睡了。

“这一切有什么意义？”帕皮继续说道，就好像忘记了突如其来的气味。“我是个罪人。我是一个坏透了的、卑鄙的罪人。”说完，他站了起来，用拳头捶打自己的后腰。

“我不这么认为，先生。”

“所以，你的妈妈——我的凯特——走了，”当摩吉第一次来到牧羊场的时候，帕皮也曾这么说过。“需要很长时间才能过这道坎。现在，我知道你没有其他男孩天生拥有的资本，但这不是没有纪律的借口。每个男孩的生活中都有一段时间，当他知道他的童年结束了，他离开自己的梦想，直接走向未来，他知道每个祝福都有阴暗的一面，每个诅咒都来自一个祝福。”

摩吉在昏暗的光线中搜索帕皮的表情。他再次为他的外祖父感到难过。他意识到帕皮失去自己的女儿——摩吉的妈妈——必定非常痛苦。

曾经，摩吉想要杀了他的外祖父。曾经，他认为来到圣伊西多尔是一个可怕的错误。他觉得被自己的父亲遗忘，或许一辈子要在这里过着囚犯的生活。现在，摩吉想知道他和帕皮是否能成为朋友。但紧接着，他的外祖父就说了一些让他心寒的话：“正是你和我，孩子，咱们要坚决抵制那些印第安人。”

摩吉瞬间忘了刚才的美好感觉。原来帕皮和他的爸爸一样，是一个心胸狭隘的怪人。他不知道更讨厌谁。无论是帕皮还是他的爸爸，都不关心他或他的朋友。现在，摩吉也不再在乎他们。他已经付出了足够的关怀。他回想帕皮所说的告别童年，走向未来。

摩吉不想放弃自己的梦想，他不相信每个祝福都有阴暗的一面，每个诅咒都来自一个祝福。第二天，当他听到帕皮告诉麦克塔维什由于在田野里干活的时候弄伤了后背，因此一时之间不能组织武装队时，他怀疑帕皮只说了一半真话。

这种延缓有助于让事情暂时不会变糟。下一次，他得到机会便直接去田野里找宁蒂，但她不在那里，摩吉发现巴比伦尼亚和双胞胎男孩在小溪边造纸。他躲在一些灌木丛后面窥视他们，看他们浸泡和敲打树皮。过了一会儿，他们停下来，聚集在岸边吃浆果，露出被浆果汁染成蓝色的牙齿哈哈大笑。出乎意料的是，巴比伦尼亚松开了她的辫子，把身上的衣服全部脱了下来，然后走进水里，就像一只赤身裸体的鸟。

摩吉无法移动，也无法呼吸。他双腿发软。如果他的存在被女孩发现，该是多么尴尬的事！当巴比伦尼亚走进水中，他注意到她背上的肩胛之间有一块红色的印记，但他无法辨认那是什么。双胞胎男孩扯下身上的面粉袋，跟着她冲到水里。摩吉无法控制自己，他靠近他们，穿过灌木，一头扑倒在沙地上。

巴比伦尼亚和双胞胎在水里待了很长一段时间，摩吉感觉这段时间似乎静止了。马尼什先浮出水面，露出一双眼睛和一个头带，像系着头带的蟾蜍。接着，他和沙尔突然冲出水面，扑向摩吉。

“普罗米修斯！你真臭，我的主人！”马尼什一边说，一边拽住他，“你需要洗澡。”

“不，不，不。”摩吉说，然后把他们推开，“我不会游泳！”爸爸曾经试图教他在小溪里游泳，但他像一块石头那样迅速沉到水底，双腿偶然抽搐，左臂僵硬，右臂不顾一切地摆动。爸爸潜到水底来救他，后来用皮带威胁他，不让他告诉妈妈发生了什么事。

当双胞胎脱去摩吉的衬衫和裤子时，他们迸发出一阵笑声。

“我不脱内衣！”摩吉说。

让摩吉洗澡颇费一番功夫，但最终是巴比伦尼亚把摩吉带入水中。她哄他躺下来，漂浮在水面，同时把一只手臂放在他的背后。双胞胎把水舀到他的头上，把他齐肩长的头发向后抚弄。然后，他们轮流托着他漂浮。巴比伦尼亚用自己柔软、湿润的发梢擦拭他的脸。

游泳，可怕而美好。

摩吉偷看水面，想看巴比伦尼亚的身体。她用水泼他。他屏住呼吸，仿佛想要时间停止在这一刻，仿佛这样漂浮下去会永远有幸福感。

“啊！”马尼什喊道，他指着摩吉的手臂，“鸡皮疙瘩！”

紧接着又是一阵欢快如银铃的笑声。

摩吉无限喜悦地挽着巴比伦尼亚的胳膊从溪水里走出来。双胞胎帮助他穿好裤子之后，又赤身裸体地回到小溪里。巴比伦尼亚此时已穿好衣服，躺在温暖的沙滩上。摩吉听到似乎有一千只山雀在啁啾，在矮树丛中沙沙作响。他光着膀子躺在灿烂的阳光下，完全忘却了所有的忧虑，沉浸在一种全新的美妙感觉中。双胞胎在水中嬉戏，树木在热风中发出窸窸窣窣的声音。巴比伦尼亚，一个迷人善良的偷蛋贼，待在他的身边。

“我想念我的父母。”她说，“我们过去经常游泳，当我们漂浮在阿曼海上的时候，我们会背诵诗歌。有时，我们爬上红树林寻找苍鹭蛋。”

“我的妈妈就像四月的清晨那么美。”他说着闭上了眼睛，“她有自己的香味，有点儿像玫瑰和烟草混合的味道。我记得有关她的不可思议的事情，比如她的手触摸书页的方式。你知道，她给了我整个世界。她告诉我关于奥德修斯和独眼巨人的故事。”

她轻声笑了，“你的爸爸怎么样？”

“他，他从来不想要一个儿子。反正不是像我这样的儿子。你能怪他吗？”

“你不想赞美他吗？”她问。

一只黑脉金斑蝶落在他的鼻子上，他们大笑起来。然后，蝴蝶飞到巴比伦尼亚的大脚趾上，他们笑得更开心了。

“当我刚来到这个世界。”她说，“我喜欢身体带给我的感觉。它是迷人而复杂的，包括肌肉、皮肤、眼球。”

“我讨厌我的身体。”

“哦？”

“正是由于我的身体，我有时认为我，我不属于这里。”

“我也讨厌我的身体。”

她转过身去。

“没关系，如果你不愿意说。”他说。

她坐了起来，蝴蝶飞走了。

“你的笑容让蝴蝶嫉妒。”摩吉说。

她扔给他一个李子，然后又躺下了。“你把你真正的家叫作什么？”

“温布利路。你呢？”

“永远与永恒。”

此刻，摩吉知道她不是一个印第安人，而永远与永恒也不是一个社区的名字。“那里是什么样的？”他问道，然后尝了一口李子。

“很难用你们的语言来描述我们的家乡。那里有山谷和山，但一切要比地球上的轻。”

“我喜欢。”摩吉说，李子的汁液从他的嘴角往下滴。

三只秃鹫在他们头顶盘旋，似乎享受着在生命之轮上翱翔的感觉。

“还有季节。”她继续说，“我们可以念咒召唤我们想要的任何天气或气候。无论我们想要什么——只要对所有人都有益——都会出现。它不像地球，在地球上，你们被厚厚的思维包围着。”

“你说……不像地球？”摩吉回想起帕皮对部落的指控，以及对恶行、巫术和食人族主义的指责。

“别介意这个！”她说，“在这个世界上，你最喜欢什么？”

“我喜欢四条腿的东西，尤其是猫和马。”他说话的同时，想到了菲尼亚斯和霍卡斯·普卡斯。“人类是复杂的。人们注意到你，是因为你漂亮，但，但他们注意到我，是因为我是一个怪胎。”摩吉仍然不知道为什么巴比伦尼亚对他友好。然而，这种不确定性并没有持续，他的小心谨慎早已烟消云散。

那天晚些时候，一只陌生的猫来到了圣伊西多尔的牧羊场。这是一只长着斗鸡眼、胖乎乎的白猫。当它晃动着臀部穿过院子的时候，摩吉从门廊的摇椅上放下望远镜，看着它。在摩吉身后的窗户里，菲尼亚斯正摆着尾巴，用爪子按着窗玻璃。那只野猫回头盯着摩吉扁平的脸，它的眼睛一只是蓝色，一只是绿色，透着愠怒。它走进多草的田野，左右来回地摆动臀部。

摩吉的胸口感到一阵剧痛。这是一种不舒服的感觉，就像百爪挠心。他知道菲尼亚斯的感受，他同情菲尼亚斯。摩吉想到让它出去走走，但帕皮警告他在旷野行走的危险，也许会遇到狼、秃鹫和响尾蛇，或者印第安人。摩吉有自己的答案：他永远不会让菲尼亚斯出去，甚至不是出于爱。

他情愿自己去冒险。

第十三章

part 1

作为男人的真正意义

第二天早上，摩吉精心打扮自己，准备等待帕皮离开村子之后，他就去找巴比伦尼亚。在他的内心，并不接受村民们对欧洲人和其他人、当地人和移民，以及有色人种和白人之间所做的区分。他不知道自己到底要对巴比伦尼亚说什么，但他的心里充满了紧张的期待。

帕皮把他叫到外面。

在院子里，帕皮正在苍白的橄榄树下系着围裙，并把衬衫的袖子卷起来。院子外面的田野已经褪成蛇皮的颜色，点缀着橡树、蒺藜和仙人掌。气温正在变热，太阳在无云的天空渐渐升起。帕皮把猎刀从刀鞘里拔出，用拇指检查了刀刃。

“孩子，今天你会变成一个男人。”他说，“你不能单凭外貌获得自由和富足。现在，我想教你一两招。上学并不等于拥有了一切。不是所有的经验教训都来自教科书。”

他示意摩吉靠近，然后打开了鸡舍。鸡群尖叫着跑到后面的角落。

“接着！”他说，“挑选一只母鸡，一只永远不下蛋的小母鸡。腿像残破的牙齿的那只。”

摩吉走进鸡舍，用强大的右手把母鸡按在鸡舍的一侧。这只母鸡的腿接近牙齿的颜色。“这只鸡不再下蛋，先生。”

帕皮接过母鸡，坐在一截树桩上，把它夹在两腿之间，使它面朝下。一群果蝇在他的头上围成了一个圆圈。

“看着学。”帕皮说，“你很快就要做这件事。”

摩吉感到宽慰的是，搁在树桩上的是帕皮的屁股，而不是母鸡的脖子。他更靠近些，希望他的外祖父是在检查母鸡身上的螨虫或其他东西。

帕皮抚摸母鸡的后背。“阿塔姑娘。”他用温柔而低沉的声音说。母鸡停止踢踹，慢慢屈服于他那长满雀斑的手。天哪，帕皮把它的头向上拉，用刀切开了它的喉咙。他把母鸡的身体向下倾斜，它那苍白的双脚划伤了帕皮的手，血从它的脖子汩汩地流出来。然后，帕皮把它的脖子向后一拧，像折干树枝那样咔擦一下拧断了它的脖子。

摩吉的眼眶湿润了，他感到有些晕眩，挥手驱赶着果蝇。此刻竟然有那么多的果蝇围绕着他，使他几乎不能呼吸。

当母鸡不再滴血，双脚变得静止不动时，帕皮迅速走到小屋，把它放进一锅沸水里。一分钟后，他回到门廊，把这具无头尸体的双脚绑在头顶的横梁上。帕皮用溅满鲜血的双手拔去鸡毛，嘴里念念有词地说到生命的周期，最后得出的结论是——鸡必须有灵魂，但它不像狗，因为狗比人类更聪明。“杀戮，总是让人变成哲学家。”他说。

在秋日清晨昏暗的光线中，摩吉期待他的早餐随时出现。要勇敢，他告诉自己，千万要勇敢。血液的味道和拧断的脖子令他眩晕。当帕皮用牙齿从母鸡的尾部拔掉最后一根羽毛，摩吉昏了过去。

摩吉醒来时震动了一下，只见帕皮在他的鼻子下面挥舞着一杯臭烘烘的鹿角酒。“好的，孩子，你又活过来了。”

摩吉以全新的精神面貌回到现实世界中。武装队、大地震和成群的果蝇带来的威胁令他感到绝望，他内心在谴责帕皮的哲学理论，而且比以往任何时候都更坚决地想加入食光族部落。

II
two

摩吉
和他信任的猫
在圣伊西多尔的
经历

第一章

part 2

宁蒂对摩吉的启示

当摩吉向宁蒂提出他打算“迁移”到山上的想法时，她的反应并不那么热情。他走近宁蒂的时候，她正和双胞胎在树林里采野生洋葱。“我再也不能忍受了。他，他想让我杀鸡。我不想杀鸡。”

宁蒂把目光向下看，从自己的凉鞋里拔出一根狐尾草。

“我们来谈谈你的追求。”她说，“你开始救济穷人了吗？”她用肮脏的指甲抚弄自己的项链，那是一个悬挂在皮绳上的褪色的青铜徽章。摩吉喜欢它。他曾经和他的妈妈在花园里——实际上并不是工作——而是看着她挖掘、修剪和种植花草。看到肮脏的指甲让他想起了妈妈。

“你能比想象中做得更多。”她说。

“你的意思是埃尔西和它的小牛？啊，那只是一次侥幸。我其实真的没做什么。”

不管怎么说，他也不想相信。这不符合他对自己的了解。

走在霍卡斯·普卡斯旁边，宁蒂提高了声音，“让我告诉你一个故事……十五年前的夏天。”她开始说，“一个吉普赛人来到圣伊西多尔，准确地说，是个腿上有枪伤的年轻人。他身材矮小，肤色苍白，肌肉发达，相当清秀。他的脚很小，从上到下穿着一身绿色的衣服，他称自己阿道夫小绿人。我们接纳了他，并治好了他。当时，有一个名叫阿芙松的少女。尽管阿道夫蔑视我们的肤色，尽管他很野蛮，阿芙松还是被他迷住并跟他私奔了。来年春天，我们得知村庄的教堂里有一个被遗弃的婴儿。我的意思是，无论从哪点看，我都怀疑少女阿芙松和那个浑蛋其实是你的亲生父母。”

摩吉把缰绳往回拉，迫使霍卡斯·普卡斯停了下来。

“长辈们告诉我，在你刚刚出生之后，阿芙松就遇到了挫折。”宁蒂说。

“你的意思是，她死了？”摩吉问。

“恐怕是这样。”

摩吉知道自己是被收养的，但他一直视妈妈和爸爸为他的父母。就像他的另一对父母刚刚从天而降，然后很快从他身边溜走。这种感觉足以让他的心由惊喜变为冰凉。“你不能肯定她是我的妈妈？”他说。他努力整理自己的思绪，有很长一段时间的沉默。“她长什么样？这个阿芙松，她是个什么样的人？”

“她非常漂亮。她喜欢鸟，特别是海鸟。它们从来不怕靠近她。它们吃她手里的食物。有时，她站在田野里就像一棵树，海鸟栖息在她的头上、手臂上和肩膀上。她喂它们野生浆果。”

摩吉一边安静地沉思，一边咬着嘴唇。有两个妈妈是错误的。

“你的眼睛像她，我的主人。”宁蒂说，“漆黑如茶叶，清澈如玻璃。”

摩吉叹了口气。

“你是什么样的学生？”宁蒂一边问，一边拽了拽自己的耳垂。

他看着地面，觉得尴尬。他的能力并不在学习上。他的妈妈曾试图教他读写，但她没有成功。“实际上，我，我没有上多少学。”

宁蒂的黑眼睛似乎能看透他的秘密。“我要教的东西与书无关。”她说，“一切都与隐藏的宝藏有关。”

摩吉的思绪转到阿拉丁——那个《一千零一夜》中的少年，他找到神灯和魔指环并以此召唤神怪照其吩咐做事。

“所以，你要教我如何玩转魔术硬币。”他脱口而出。

“呃——”

“还有雨，如何制造降雨？”

“你的爸爸什么时候回来？”

“他永远不会回来。”

“也许他会。”

“算了吧，他消失了。就是这样。”

“所以你像老鹰一样自由。从某种程度上来讲，你很幸运。”

摩吉忽然有一种说不出来的感觉：疼痛，是真的。双胞胎在旁边抚弄霍卡斯·普卡斯的鼻子。

“所以你看，接纳你我很高兴。”宁蒂说，“但这会给我们带来可怕的风险。”

“但你，你自己说过，你说我是自由的。”摩吉抗议道。“像鸟一样自由……这是很棒的！我搬到洞穴里，如果我和你们在一起，帕皮可能不会那么快速地向你们进攻。”他几乎是在呐喊，笨拙地拄着拐杖站在那里。

“我的主人，他们会追过来把你带回去。”

“但我，我会很高兴……”

“你可以在身边找到幸福。”

他用拐杖使劲敲打着树。

“恕我直言，我的主人，但你还没有证明你愿意遵守我们的守则。”

“什么？”

“你有没有努力救济过穷人？”

“你，你可以拿走所有你想要的鸡蛋。你还想要，要什么？苹果？牛奶？”

“我们不需要你的帮助，世界需要。”

马尼什和沙尔用他们的语言与宁蒂来回交谈，宁蒂摇摇头，皱着眉。

“我怎么才能让你明白？”摩吉说，他感觉自己的心都碎了。“我需要……如果我不能加入你们……我需要成为你们中的一分子。家庭，我们可以像家人一样。”

她凝视着摩吉：“我们看待守则非常认真。”

第二章

part 2

巴比伦尼亚和双胞胎令人难忘的造访

摩吉克服绝望的心情，回到牧羊场，通过做各种杂活忘掉这种情绪。为什么食光者不接受他呢？他们不是印第安人。他们没有和他争吵。他们与自己更相似；他们有自己的希望、梦想和遗憾，却又和这个世界格格不入。

有一天，正当他陷入情绪的低谷时，突然看见巴比伦尼亚身穿白衣，头上戴着茉莉花冠穿过田野。她的头发在阳光下看起来很湿，乌黑亮泽，像糖蜜，像温暖的面包和烤饼。摩吉看着她头上闪闪发光的部分，想象着如果让他触摸到，他一定不会放手。“太美了！”他梦呓般地低声呢喃。

双胞胎和巴比伦尼亚一起手牵着手，低着头。

“夫人让我给你这个。”巴比伦尼亚说。她递给摩吉一个小猪皮袋。“里面有很多种子——”

“不是随便一颗种子！”马尼什插了一句，“而是阿里巴巴西瓜种子，源自古波斯。”

“源自古波斯！”沙尔重复道。

种子袋在摩吉的手里颤动，他的心怦怦地跳着。

“我们能去看山羊吗？”巴比伦尼亚问。

摩吉把种子袋放进口袋里，暂时不去想它。他把山羊赶出羊圈。巴比伦尼亚、双胞胎和山羊们一起玩，把它们当小狗一样追逐，并用他们的语言和山羊说话。他们用另一个名字——苏胡马斯——来唤阿尔法山羊鲁弗斯的名字。

摩吉试图让花园保持整洁有序，但无济于事。他们想去摘水果。他骑上霍卡斯·普卡斯，让巴比伦尼亚坐在他身后，面向后面，然后一起从树下经过，采摘李子、杏子和无花果，并把它们扔给双胞胎。有一次，摩吉把李子扔到了马尼什的头上，马尼什向他扔了一个杏子，由此引发了一场扔水果大战，使在场的四个人都大笑不止。

在三个访客离开之前，摩吉打开鸡舍，主动让他们挑选鸡蛋。如果巴比伦尼亚想要月亮，他也会给的。

“只要蓝色的。”她说，“它们有正确的频率。”

“呃，好的。”摩吉说，假装明白她的意思，“从现在起，我会把蓝色的鸡蛋留在角落里的稻草下面。我，如果帕皮发现它们，我就说它们是为孵小鸡留着的。”

他给了双胞胎每人一个柑橘椰子甜食，然后他们带着水果、鸡蛋和巧克力般的笑容奔向埃尔塞拉特。

“卡拉度来了。”巴比伦尼亚说。她的白色衣服被水果弄脏了。她的黑色睫毛和眉毛像蝴蝶翅膀那样可爱。摩吉多么希望这一天永远不会结束。

“卡拉度，是什么意思？”他问，同时再次为食光者如何能够快速预测到帕皮的行踪而惊讶。

“意思是战士。”

“哦。”摩吉一边说，一边拄着拐杖扫视乡村道路，寻找帕皮的马车。

“不用担心。”她说，“我们有瞭望员，他们会提醒我们。”

他们走向树林，眯着眼睛看着太阳，他和巴比伦尼亚一起走着。靠近的时候，摩吉发现她比他想象中更高，而且她的腿也比他的长。她像一只猫那样移动，仿佛绽放美丽是她的使命。他想过向他们坦白美洲狮安娜希塔是怎么死的，但他不敢打破内心的魔咒。

“你知道。”她说，“很久以前，我是个奴隶。宫里的女人们很善良。她们把化妆品涂在我的脸上，给我佩戴珠宝和精美的丝绸面纱。皇帝说我的身体是上帝赐予的礼物。”她解开上衣顶部的纽扣，小心地把衣领往下拽，露出肩胛骨之间的一只红鹰的文身。“皇帝觉得我很漂亮，但他想让我变得更美丽。”

宫里？皇帝？“等一下，你多大了？”摩吉笑着问道，他认为这是在开玩笑。

她在回答之前犹豫了片刻。“我也不知道！我们在陆地桥梁出现在北部之前到来的，当时世界上的人们还在以捕鱼狩猎为生。”

“哦，你，你的意思是冰河时代！真有趣。”

巴比伦尼亚咬了咬嘴唇，“我已经说得太多了。”

摩吉停下来调整对拐杖的握力。

“难以和他们一起走吗？”她问。

“呃，我不知道，我习惯了。”

“你的腿怎么了？”

“出生时就这样。”

“它们感觉怎么样？”

“我不知道。”

“有感觉吗？”她伸出手，挠挠他的膝盖。

他咯咯地笑了起来。“你呢？”他挠挠她的肋骨，“你有感觉吗？”

巴比伦尼亚尖叫了一声。一群鹌鹑从田野里飞了出来。她又挠了他的膝盖，于是俩人四肢交缠，在草地上发出一波又一波的笑声，摔跤，挠痒痒，开心得不得了。

“休战吧？”摩吉最后说道，一边用嘴吸气。

有那么一会儿，他们并排躺着，仰望天空。

“你摔跤的时候像个男孩。”他说。她眯着眼睛看着他。“不！”他说，“这是一件好事。”

“通常，我不是这样的。”

“通常，我也不是这样的。”

“所以，你觉得你是超常的？”

“没有，我很普通。”

“你肯定不普通，我的主人。我想，我喜欢你。”

他感到如释重负。她对他笑了笑，摩吉的内心再次感到放松。他的脑子里充满了泡沫。他摘了一朵羽扇豆花递给巴比伦尼亚。“我也喜欢你。”

“当大地震到来，山上会有光闪耀，那是世人少见的光。”她说。

“当地震发生的时候，我，我想和你在一起。”他一边说，一边从她的头发上拂去一根狐尾草。

“那将很危险。”

“我会照顾你。”

“对你来说很危险。”

“你是怎么来到这里的？”

“和你的方式不一样。”

“通过飞碟或洞里的什么东西？”

“没有比这更老套的了。”

“那么，宁蒂说了算对吧？”

“质疑她是愚蠢的。她很开明。”

“什么意思？”

“她记得我们真正的目标。”

“目标。是什么？”

“卡拉度。你的外祖父是你唯一的亲人吗？”

“这说来复杂。”

“我必须走了。”她说，好像突然谨慎起来。

萨鲁坎和另外两个男孩正在向他们走来。

"原谅我这么说，我的主人，但我们永远不会。"巴比伦尼亚说道，"你和我永远不会……"

他本该感到惊讶，但此时他已经习惯了用大脑思索。

"萨鲁坎——"她开始说道。

"我并不关心萨鲁坎。"

"我的主人，你别让他嫉妒。"她说。

"我也没有其他人。"一个嫉妒的男朋友？摩吉从来没有停止思考这件事——萨鲁坎说想要击垮他。

他应该忘记她的一切。

但无济于事。

他已经开始敞开心扉。只要摩吉还活着，他知道自己永远不会忘记巴比伦尼亚的笑声。

萨鲁坎和随行的男孩看起来像是刚从史前的洞穴墙上爬下来，他们蓄着长发，面目狰狞，拿着长矛穿过高高的草丛。

巴比伦尼亚问候他们。她和萨鲁坎用他们的语言相互说了一些言辞刻薄的话。她逐渐后退，仿佛很害怕。但是很快他们四个人便一溜小跑到西边的田野，朝稻草人扔长矛。巴比伦尼亚可以和任何男孩扔得一样好。她把长矛从稻草人身上拽出来，然后一次又一次地把长矛扔到它身上。她的手臂闪闪发光，好几次撞到了稻草人胸膛的中心。

萨鲁坎拥有摩吉所没有的一切：体格健壮，肌肉发达，与巴比伦尼亚关系密切。当这个身上疤痕累累的男孩围绕在巴比伦尼亚身旁纠正她的投掷姿势时，摩吉想过骑上霍卡斯·普卡斯奔向田野去弥合他和这个可爱少女之间的鸿沟。有这样的想法……是爱吗？这不同于他原来的想象。他对爱的感知来自他的妈妈。关于浪漫，他一无所知。求爱到底是什么？这个词应该让人想起王子、宫廷的少女等。他对于这类事情的了解仅限于鸟类之间的亲昵，包括竖起羽毛、啼叫，以及交配之后振动翅膀，这大概需要五秒钟，然后便去寻找虫子。

摩吉挖出一根胡萝卜，把它拿到正在吃草的霍卡斯·普卡斯面前。它抬起头，大而无神的眼睛看着摩吉，然后转过身，压低身子。摩吉一靠近它，就跨上它的后背，但由于用力过猛，他坐在马儿的尾部，不得不紧紧握着马儿的尾巴才能不四仰八叉地摔下来。他想，鸽子一定在笑他，树也在笑他。他像一个挂在岩石上的采螺。善良却长期受苦的霍卡斯·普卡斯走进院子，停在一堆稻草跟前。

摩吉克服了挫败感，爬到鸽舍，抓住卡祖笛吹了起来。听到笛子发出嘶哑和咔嗒咔嗒的声音，霍卡斯·普卡斯摇了摇头，吧唧着嘴。摩吉再次满怀热情地吹笛，这一次吹出的声音使鸽子们陷入极度激动狂乱的状态，它们拍打着翅膀，打翻饲槽，并使鸡群满院子到处狂奔。

巴比伦尼亚和男孩们冲向院子。三个男孩直接走向摩吉，她待在他们身后。萨鲁坎手臂上的蛇蝎文身和腹部类似于昆虫疱疹的疤痕，使他一看就不像善茬。

“你最好离开这里！”摩吉说，“我的祖父不好惹。”

萨鲁坎挥手赶走一只苍蝇。“我也不好惹。你看，我不仅相当帅气，而且我还是一个伟大的巫师。我的能力是多样且强大的，纯粹超自然的魔法，而且经常是致命的。有一段时间，我是一个半仙。我住在国王的宫殿，穿着华丽的衣服，用金子制的盘子吃饭，宫女们争相获得为我服务的特权。众所周知，我可以召唤飓风和使船沉没，召唤蝙蝠瘟疫、猫瘟疫和蝗虫灾害。如果你惹恼了我……”

“你闻起来像洋葱。”摩吉说，“你能不对着我呼气吗？”

“你看，我知道关于你的一切。除了个人利益，世俗凡人对巫术并不感兴趣。可悲的是，这使我参与猎杀游戏。我像老虎那样被迫隐藏起来。”

“你来这里干，干什么？”

“夫人善意地引诱我。我为了更大的事业，放弃作为一名皇家祭司。”

“更大的事业？”摩吉怀疑地说。

“保护我们的同类，教授崇高的价值观，向世界展示如何利用超自然的力量维护和平。”

“真的？”不知怎的，摩吉无法把萨鲁坎和崇高的价值观联系到一起。他的耳朵感到刺痛。当他的妈妈冲出房子奔向死亡的时候，他也有过同样的感觉。当他和他的爸爸在火车站与蒂尔达姨姥道别的时候，也是这种感觉。但萨鲁坎眼睛里的善良看起来是真的。

“如果你们离开，我，我很感激。”摩吉说，“帕皮随时可能回来。”

“走吧，萨鲁坎！”巴比伦尼亚大声喊道。

萨鲁坎哼了一声，然后和其他人一起离开了。

摩吉想知道萨鲁坎的问题在哪里。从他们见面的那一刻起，他似乎就在和摩吉较量。一个邪恶的想法突然涌入摩吉的脑海：如果他帮助帕皮去抓捕伤痕累累的女巫怎么办？他在脑海中想着这件事。他会让市长参与，这样就不会有杀戮。他们可以抓住萨鲁坎，并把他送进监狱。

就在那时，马尼什穿过田野，跨过垄沟，挥动胳膊把长矛猛地弹射出去。“普罗米修斯点火器！”他大喊道，然后狠狠地摔倒在地，一只手臂像引火物一样发出咔哒一声。

摩吉迅速向他冲过去。

“我想它断了。”马尼什一边说，一边搂住那只受伤的手臂，咬着牙吸气。他的小臂似乎确实断了，因为他的手已经扭曲成一个不自然的姿势。

萨鲁坎和其他人回来看发生了什么事。巴比伦尼亚在摩吉身边蹲下来，温柔地把马尼什的头发从脸上拂开。

“去找宁蒂！”萨鲁坎对其他男孩说。

“别害怕，亲爱的马尼什。”巴比伦尼亚说，“宁蒂很快会来这里。”

马尼什咬住嘴唇，泪水从他紧闭的眼睛里淌下来。

“没关系的。”摩吉说。

“滚开！”萨鲁坎把摩吉推到一边，“这与你无关。”

巴比伦尼亚把马尼什搂在怀里，紧紧地抱着他，同时安静地祈祷。摩吉搜索自己的记忆，回想当奶牛埃尔西陷入困境的时候都发生了什么。他已经记不清到底都做了些什么。他用自己那只充满力量的手抓住马尼什，然后内心变得非常非常平静。马尼什开始放松，呼吸开始减慢。摩吉说："已经过去了。"他不知道为什么说这句话。这句话是自己蹦出来的。此时，马尼什的手臂已经复位了。他瞪大眼睛，举起手臂，摆动手指和旋转手腕。"普罗米修斯！"

巴比伦尼亚盯着摩吉。萨鲁坎检查了马尼什的手臂，脸上的表情怀疑多于惊讶。似乎巴比伦尼亚和马尼什一点儿也不惊讶手臂已经恢复——有一点伤痕，但已经可以完美地成一条直线，并且再度变得灵活——但是摩吉治愈它的这一事实却令他们相当震惊。

当摩吉回到木屋，他把自己关在卧室里。回想究竟发生了什么？一个奇迹，那是肯定的，就像奶牛一样。但是怎么发生的？那是什么力量？他知道这个力量来自他的内心。他只是开始怀疑这个力量比他理解的还更强大。而且，他推断，如果这个力量可以治愈断了的手臂，为什么不能治愈他的腿？如果我能抛开拐杖，会不会让大家都感到惊讶？这个想法吓坏了他。一个人必须安静，才能见证奇迹。这是宁蒂说的。发生在埃尔西和它的小牛犊以及马尼什身上的事情是千真万确的。而这些事情都与他有关也是千真万确的。

他激动万分地想测试自己的力量。他闭上眼睛，试图回忆当他与马尼什在一起时的感觉。他等待着。没过一会儿，一股热浪就从他的胸口散发出来。他摘下腿支架站在那里，抓住椅子。然后，他放开椅子，靠自己站了几秒钟。靠他自己！他试图往前迈一步，却失去了平衡，摔倒在地板上。“我可以借助一点儿帮助。”他一边说，一边瞪着天花板。

第三章

part 2

马克姆兄弟无意中帮了摩吉一把

摩吉一方面因为自己能力的局限性感到痛苦，另一方面又因为马尼什的康复感到兴奋不已，他找到机会去照料霍卡斯·普卡斯。当他抚摸它那患有关节炎的肿胀的膝盖，帕皮的止痛搽剂在他的手上留下了混杂着氨、松节油和樟脑的香味。摩吉决心测试自己的力量，他闭上眼睛，低下头，开始释放最近显现在他身上的神秘力量。他反复吸气和呼气，然后感到温暖的感觉涌遍全身。不一会儿，他的头上有两片柔软的嘴唇和温热的呼吸。霍卡斯似乎很愉快。

秃鹫回来了，在田野上空盘旋。黑色的乌鸦在木屋的锡制屋顶上闪闪发光。在橡树下，奶牛停止哞哞叫。畜栏里，山羊也停止吃菜。那天早上，摩吉用卡祖笛吹奏《雅克兄弟》和《上帝保佑美洲》来煽动鸽子返回鸽舍。

“你今天去送货。”帕皮在门廊上对摩吉说，这使摩吉感到惊讶。

“我不想去。”

“我说你有选择吗？”

“村民们会盯着我看。”

“你可以戴上眼罩。”

摩吉想争辩，但在星期四上午这个决定似乎已经命中注定似的。山谷里太热了，已经开始刮起风来，这似乎是向他发出一个信息，一个带着神秘意味的邀请。

他们到达圣米格尔的时候，天文钟正好敲了十一下。村民们似乎被从海洋飘来的寒冷的白雾麻醉了。迷离恍惚中，他们漫无目的地走在木板路上，经过礼品店，经过面包店和蔬菜水果店，仿佛他们是海上一只迷失方向的船上的乘客。

弗鲁姆街道的两边贴着这样的指示牌：

不准吃冰激凌甜筒

不准穿粉红色高跟鞋

未经许可，不得播放音乐

不准吐痰

晚上九点路灯熄灭

阿布先生从他的店里出来迎接马车，他的牙齿在两片无花果色的嘴唇中间闪闪发光。他朝摩吉的方向伸出一只棕色的手，那是一只只有四根手指的手，上面没有任何迹象表明它曾经有过拇指。每当摩吉握住这只手，总会感到惊讶，因为这位蔬菜水果商以他特殊的园艺技能而远近闻名。阿布先生的确有些特别。摩吉很小的时候就认识他。每次他和他的妈妈一起去阿布先生的店，这位头发油油、肤色如杏仁壳一般的男人总会向他鞠躬，然后给他一块橡皮软糖。

“这是一个非常好的日子。”阿布先生用力地握着摩吉的手说，“确实是个吉祥的日子。”

“吉祥”这个词令摩吉感到兴奋，这个词就像一双手伸出来晃动他的肩膀，这个词撬开了隐藏在他灵魂深处的一扇令人愉快的门。

谁知道是命运还是巧合，或是上天的干预，导致摩吉在那天去那个村子？这很难说。说到迷信，圣米格尔人知道得很多，但这些词汇对摩吉来说是新鲜玩意儿。要说有什么区别的话，他似乎有一个天赋，那就是在错误的时间待在正确的地方。当帕皮停下来去蒂莉酒馆的时候，摩吉选择待在街对面的公园里的马车上等待帕皮。

摩吉坐在马车上，看着弗鲁姆街尽头的海浪拍击着沙滩。海洋总是令他感到害怕。当他坐在那里等待和观看时，格丽塔和乌玛从灌木丛里走了出来，她们是一对母女，村民们给她们取的绰号是“巨魔”，因为她们住在公园的桥下。摩吉记得当格丽塔还是个年轻姑娘的时候，圣米格尔人就讥讽和嘲笑她过着流浪的生活。他们把面包皮和硬币扔在她身上，仿佛在玩狂欢节游戏。当时，摩吉的妈妈站在一边说："让这成为你的一个教训吧，我的小笨蛋。无论是这辈子还是下辈子，我们都必须为自己的罪过付出代价。"

格丽塔现在是一个母亲，她把一辆两轮车推到公园的草坪上。她的年轻女儿紧随其后。车上装满了小饰品——用橡子串起来的项链、夸张的餐巾环和松果烛台——或许是为出售准备的。格丽塔的脸很瘦，布满细纹，像一把扫帚。自从摩吉上次见到她到现在，她像是有一百岁了。乌玛绕着两轮车跳来跳去，金色的头发非常浓密，皮肤是小麦色。

罗伊斯和本特利、傲慢无礼的马克姆的兄弟，和他们的校园伙伴带着一条黑狗突然出现。在公园对面，他们围成一圈，窃窃私语，相互拉扯，似乎想达到某个令人讨厌的目的。黑狗冲着格丽塔吠叫，她一下子抱起女儿开始跑，直到一面岩墙阻隔，只能面对那条咆哮的黑狗。马克姆的兄弟和他们的朋友们吹着口哨，拍着手，自作聪明地说道："难道这不是狗一样的生活？"随即是一阵大笑。

目睹这个场景，激起摩吉久违的愤怒，他回想起马克姆兄弟把他锁在盆栽棚里的那一幕。当他看到他们现在欺负格丽塔和乌玛，他再也无法忍受。这一次，勇气和力量战胜了他。但愚蠢的是他走下马车的时候，就失去了立足点，摔倒在地。他无法迅速够到拐杖，于是抓起一颗七叶树籽朝狗扔去，但没有击中狗，击中了后面的本特利。本特利和他的狗瞬间转身冲向摩吉。

谢天谢地，帕皮及时赶到了现场。这群乌合之众向后退去，黑狗躲在本特利的两腿之间。帕皮用靴子的后跟碾碎了他的香烟，对那些男孩说了一些摩吉没有听到的狠话，导致他们一溜烟地跑开了。

在回圣伊西多尔的路上，摩吉对帕皮产生了新的感激之情。就在那天晚上，摩吉在沉睡醒来后想到了一个绝妙的主意。他去书桌抽屉里取出宁蒂送给他的种子袋。这是一个残疾男孩曾经想到过的最奇特的想法，这个想法完全占据了他的头脑：他要为格丽塔和乌玛种西瓜！是的，他要救济这对可怜的母女，并向宁蒂证明——他，圣米格尔利德曼家族的主人，绝对可以遵守准则生活。

第四章

part 2

依米提图与摩吉的交谈

生长季节即将结束，因此摩吉必须立即开始工作。他不知道种植西瓜的第一件事该做什么，但他知道种子不能在太硬的土地里生根。用一只手臂清理一片空地很是艰难。第二天早上，他情绪高涨地锄地和松土，当他抬起头注意到一只鼻子发亮、脸颊红润的猪站在垄沟里的时候，简直惊呆了。

帕皮没有养猪。

摩吉抬头眺望远处的山谷，想想也许这个家伙是从另一个农场逃出来的。当他转过身的时候，猪消失了。相反，一个长着粉色脸颊的矮胖男人向他走来。他的腰间系着一条闪闪发光的由罐头的金属盖串在一起的腰带，腰带上别着一个木块。他那灰白相间的头发绑在后面扎成马尾辫，两绺卷发垂在脸的两侧，额头中间有一个白点，上面写着：依米提图。当他靠近的时候，摩吉看到他那闪亮的腰带上折射出自己皱着眉头的脸。

“提出问题，生活会告诉你答案！”依米提图说，“美好的一天！我可以帮你吗？”

摩吉用一只肮脏的手擦了擦额头上的汗，“地太硬了。”他说。

依米提图的脸很长，脸颊扁平，不像霍卡斯·普卡斯那样亲切，显得冷漠和忧伤。他噘起亮粉色的嘴唇，把木块从腰带上取下来。“你想推进事情的进展吗？”他问。他身子前倾，以向国王致辞的方式跟摩吉说话，他那略带粉色和桔色的眼睛闪烁着令人亲近的神情。

摩吉转向木屋，搜索帕皮的踪影。

“从我来的地方，我们管它叫艾皮弩，你们管它叫犁，对吗？”访客继续说道，一边拿起木块。他跪在摩吉旁边的地上，皱着刚硬发白的眉毛研究手上的木块。

艾皮弩。摩吉心想它比犁更好，因犁听起来就像一头疲倦的老牛。但对摩吉而言，用犁工作并不比单臂挖掘更轻松。“恐怕它起不到帮助作用。”他一边说，一边伸出左臂，“我只用一只手。”

依米提图的脸因惊讶变得像一个粉红色的太阳。“胡说！夫人说你其实非常出色。”

摩吉的内心感到欣喜。欣喜而安静。

“你们的语言真是最奇怪的语言。”依米提图说。

“就像方形的轮子，或歪斜的旗杆，或弄乱的东西。”

“就像父亲和儿子。”

摩吉注视着依米提图。他对自己的父亲有什么了解？

这个矮胖的男人咯咯笑着哼了一声。

“你们食光族说什么语言？”摩吉问。

“呃！”依米提图的眉头上扬，“我们说自己所选择的语言。”他指着自己的太阳穴，“就像打开水龙头那么简单。”

“我，我想学你们的语言。”

“恐怕现在不可能。因为现在你的脑子还是一团糨糊。”

摩吉不明白他的意思。

依米提图认真地看着他说：“我的主人，你可以被信任吗？”

摩吉说是的，但此时甚至连他自己也不知道能信任到什么程度。

“所以，你想救济穷人，那位亲爱的女士和她的女儿？”依米提图问道。

食光族解读别人想法的方式越来越令人讨厌。摩吉向依米提图展示他的种子袋，然后问道：“为什么你有时解读别人的想法，有时又不解读？”

“啊，这不是一门精确的科学。一个人的脑子需要很多的努力和安静来解读另一个人的频率。有时确实可以做到，可以毫不费力地知晓别人的想法。”

“我想学会这一点。”

“最大最多汁的西瓜长在尼罗河的这一边！”依米提图一边说，一边看着种子，“确实，在种植之前必须把地准备好。”

摩吉拿起铲子。

“我的主人，你千万不能对任何人说你的计划，否则就会危及我们。”

摩吉感觉就好像依米提图没有告诉他一切。摩吉只想向宁蒂证明自己。他不打算给食光族制造麻烦。关于他的外祖父对美洲狮做了什么，他看得很清楚。所以，他权衡执行一个秘密计划的风险——有可能被发现并等着挨皮带抽，有可能余生睡在稻草上，在钢铁谷仓吃残羹剩饭。他权衡了这些风险的意义，明白生活肯定不是葡萄干布丁，因为他随时都可能被送回提加丁院长那里。想到这里，他的身体就处于一种绝望的状态。他脱口而出：

“为什么不？”

“很好！那么，你必须对我们的友谊深信不疑。”依米提图说，“也要对我们的使命深信不疑。你能让我们相信你不会背叛我们吗？”

“不，先生。”摩吉说，“我的意思是，是的，我会让你们相信。”

“那么，明天我们将耕地和播下种子，你很快就会看到你从来想象不到的西瓜。”

摩吉的心荡漾着兴奋。依米提图伸出胳膊搂住摩吉，拥抱他，使摩吉的心里乐开了花，以至于当依米提图放手的时候，他还自己站在那里。不知道这是怎么做到的。摩吉已经扔掉了他的拐杖，只是站在那里。意识到这个意外的变化，摩吉开始往下坠落，依米提图接住了他。

在那天剩余的时间里，摩吉几乎不能掩盖他的兴奋。仅此一次，他想看到当帕皮从门廊的摇椅上看到巨大的绿皮西瓜从车道朝木屋滚落下来会是什么表情。他把种子数了两次，它们就像三十颗小黑牙。他的脑子里充满着新的想法：新的可能性，新的前景，新的开始。想到食光族，他的心里就充满了希望。他听到了心潮澎湃的声音。

第二天，帕皮睡得很晚，摩吉和依米提图偷偷地在棚子后面工作，他们对木块又凿又锤击，为其增加新的部件，又对其重新排列。“快点！”摩吉不停地催促，“要在他醒来之前干完。”他们把犁绑在霍卡斯·普卡斯的鞍座上，让它拉着犁穿过那片地，使土地变得松软。

“让我们接着种植。”摩吉焦急地说。

“要有耐心，我的主人。我们首先必须祝福种子。最重要的是，我们必须祝福种子！它们可能看起来毫无生气，但它的整个生命就在那里，等待着机会光彩夺目。现在，我们来赞美生命之源。”

突然有一个想法涌入摩吉的脑海——面前这个矮胖的家伙很荒唐。但是出于某种原因，摩吉顺从了他的指导。他又会损失什么呢？虽然他不知道来源是谁或是什么东西，也愿意尝试。他数出十颗种子，把它们握在温暖的手心里。“我赞美生命之源。”他说，“我，我感谢种子的创造者，因为没有人认为种子非常聪明甚至是神圣的，但它们可以长成我们食用和分享的东西。我，我感谢造物主用美丽的种子制造出月亮、太阳和海洋。阿门！”说完，他感到轻松多了。

“非常好！”依米提图说，“现在，让你的头脑静一静。你看，你必须沉浸在其中，忘记整个世界。”

“我们最好抓紧干，除非你想在帕皮朝你开枪的时候丧命。”

“他尽管来！”依米提图笑着说。

摩吉无奈地嘘他。

“好吧，你种下种子之后，不要老是想着它们。”依米提图说，“只需要浇水，保佑和赞美它们。感谢使它们成为食物的法则。”

摩吉给种子浇水，并用稻草覆盖它们。他和依米提图兴奋地跳了起来，仿佛他们刚刚让金子发芽了似的。

“我得走了。”依米提图说，“但首先，来猜个谜语！你准备好了吗？”

“你，你最好离开这里。”

“有一个绿色的房子，绿色的房子里面有一个白色的房子。”依米提图说，“白色的房子里面有一个粉红色的房子。粉红色的房子里有很多孩子。它是什么？”

“快走吧！”摩吉转过身，朝小木屋走去，结果直接撞在帕皮交叉的双臂上。

“你退后，小子。”帕皮说完便从他身边匆匆走过。

依米提图冲到田地的另一边。

“去死吧！”帕皮一边说，一边追逐他，“上帝做证，你逃不掉的！”

他们穿过一片一片的荆棘，依米提图笑着，像猪那样发出哼哼声一路小跑，直到摩吉拄着拐杖穿过荆棘，不慎绊倒了帕皮，使帕皮一头栽在番茄上。

在离开这个神奇且神秘的花园之前，依米提图转过脸向摩吉鞠了一躬，说道：“是西瓜，我的主人！谜底是西瓜！”

“你没事吧，小子？”帕皮问道，一边喘着气，一边把肘支在泥土里。“麦克塔维什是对的！只要有机会，他们就想把你偷走。”他低头看着自己的手指尖，对摩吉说，“如果我只能做一件事情，就是把那个流浪汉和他的同类关进双桅船的禁闭室，让他们的余生依靠半生不熟的豆子和腐蚀的水过活。”

赞美生活的热情，竟使摩吉的绝望消失了。那天晚上和第二天一整天，他都在想象着一个神奇的宇宙，充满自由的一个未来的奇迹世界。摩吉·利特曼从一个闷闷不乐的懒惰孩子已然转变成拥有一股神奇力量的超能少年。他梳理自己的头发，把衬衫扎进裤子里，默默地反复赞美种子。摩吉·利特曼，一个无父无母的孤儿，一边做着家务，一边想象着各种可能性：大堆旋转的绿色房子，绿色房子里面是白色房子，白色房子里面是粉红色房子，粉红色房子里面是一堆黑色的小婴儿。

第五章

part 2

西瓜熟了

种子只孕育了三天。

第三天早上，当摩吉去花园的地里查看时，他惊呆了。他面前躺着十几个完全长大的西瓜，聚集在一起就像绿色的恐龙蛋。种子到芽，芽到根，根到藤，藤到叶子和蓓蕾，蓓蕾到西瓜，仅仅用了三天！难道时光之父溜出去喝茶了？

他把西瓜捧在手上又嗅又轻拍，并把西瓜转过来检查其成熟度，就像依米提图告诉他的那样。它们粘手吗？颜色均匀吗？他轻敲它们，听着空洞的声音。他把它们翻过来，检查它们接触地面的黄色斑点。是的，它们的确成熟了！他发出一声欢呼，米莉－梅跟着吠叫起来。田里的山羊开始咩咩叫，鸽子们也齐声鸣叫。天空阳光明媚，云朵仿佛也在哼唱着赞美。西瓜！又大又多汁的西瓜！神奇的西瓜！

帕皮穿着内衣和靴子冲出木屋门，一手端着咖啡杯，另一只手拿着猎枪。他迅速来到瓜地旁。“怎么了？发生了什么？我一枪崩了那些流氓！”

摩吉指着西瓜。

帕皮把他的杯子放在木桩上，慢慢地解开放下步枪。他一言不发地盯着西瓜，然后挠了挠肚皮，“好吧。”他说，“我会处理它们。”

那天晚上，一只仓鸮在摩吉的卧室窗户外面发出尖利刺耳的叫声。月光照在窗玻璃上，舒缓他炙热的眼睛——这双眼睛刚刚瞥见天堂的模样，并且仍在愉快的回忆中畅想。菲尼亚斯发出咕噜咕噜的声音来到小床上，跳起来舔摩吉的脸，就好像它懂摩吉的心事，好像它可以舔掉摩吉想与朋友分享好消息的渴望。

摩吉上紧妈妈的音乐盒上的发条，躺在床上。“妈妈，今天发生了一些事。”他说，他多么希望她能听他说话。每当他做了任何令人惊讶的事情，妈妈的反应总是泪水。她可爱的眼泪。他想告诉她，他有一根魔杖，一根神奇又神秘的魔杖。他拿着魔杖，可以撒下尘埃，把小小的黑色种子变成巨大的闪闪发光的绿色房子。哇哦！瞧瞧，妈妈！我将把干涸的土地变成小溪，让小溪汇流如大海，用野花装饰草地。她一定会说：“真棒，摩吉！真棒！”

那天晚上，一切都感觉很不同：树木、天空、星星、飞蛾、蝙蝠——一切。尽管感觉不同，但其实跟以前一样。这没有意义，却又意义深远。神奇无处不在。太阳和星星、行星和星系、海洋和山脉、人类和生物，甚至是微小的种子，都突然变得很神奇。宁蒂夫人和依米提图打开了他的眼界。他们把他引入了一个全新的世界，一个激动人心的世界，这个世界里充斥着滚动的绿色星球、粉红色的天空和黑色的星星。他大声笑了，仿佛他是阿拉丁，生活在一个没有神灯的世界。

第二天早上佛晓时分，当摩吉为山羊挤奶的时候，双胞胎来到谷仓看他。

“萨拉姆。”他们一边说，一边拱手行礼，低着头。

“嘘！”摩吉说。他看看外面，确定木屋里没有灯光，然后返回挤奶凳旁。

“这是珍珠！”他一边说，一边朝另一只母山羊点点头，“你可以给它挤奶。”

“我先来！”马尼什说着，把沙尔推到一边。他抓起木桶，跪下来开始挤奶。

“保持安静！”摩吉小声说，“你们知道，你，你们不应该再来这里。为什么还要来？”

谷仓外面有声音，鸽子们在鸽舍里躁动。摩吉举起手示意双胞胎保持沉默。“我，我知道你们可以藏在你们的洞穴里。”他说，“但这并不意味着你们是安全的。帕皮最近一直很奇怪，你们永远不知道他会在哪里出现。”

“萨鲁坎可以使洞穴的入口消失。”马尼什说，“只有在黎明时才可见，这时我们都出来沐浴阳光。”

“快走，去告诉宁蒂早上开放洞穴是不安全的，除非我，我吹三次卡祖笛。”摩吉说，“当我吹卡祖笛，那意味着解除警报。”他把双胞胎从谷仓里推了出去。

当摩吉走进木屋，他没有看到帕皮在黑暗中坐着。

“我想喝一杯咖啡。”声音来自带靠背的椅子。

摩吉跳了起来，完全惊呆了。他的外祖父几个星期以来都没有醒那么早了。

“有印第安人的迹象吗？”帕皮问。

“其实，他，他们不是印第安人。他们是一群特殊的人。”摩吉的脉搏在加速地跳，当他点灯的时候，他的手在颤抖。

帕皮的下巴在胡子下面气歪了。“愚弄我，小子，你对他们很友善嘛。”

摩吉的态度转为防御模式。“你说过我是自由的。你撒谎！我，我根本不自由。我就像你养的一只鸽子！”

“如果我是你的爸爸——”帕皮开始说，目光坚定。

“你不是我的爸爸。”摩吉打断他。

“你这个不知感恩的小子竟然是告密者！”帕皮站了起来，一把揪起摩吉的衣领，扬手打了他。菲尼亚斯立刻从沙发下面冲过来，用爪子刺进帕皮的腿后面，使帕皮不得不后退。他放下摩吉，转过脸抓住菲尼亚斯，把它扔向房间的另一端。

沉默像赤潮那样在摩吉和他的外祖父之间翻涌，气氛非常沉闷。摩吉觉得自己有点儿病了，他的脑袋感到隐隐作痛。“我，我可能不是这个世界上最聪明的男孩。”他说，“但我听妈妈的话。妈妈说，我应该四处传播仁慈，一点点善意可以改变世界。这个世界需要更多的善良，她说的。”

帕皮昂首阔步地走出去。他皱着眉咒骂自己的后背，然后开始把摩吉的西瓜运到马车上。

“等一下！不！”摩吉声音嘶哑地喊道。

“它们将被送去蔬菜水果店。”

“不！你不能……它们是为穷人准备的。”

“我们不是南方联盟的粮仓。”帕皮说。

“它们是我的，你这个老傻瓜！”摩吉无法控制自己。他用一只手拄着拐杖，另一只手试图卸下西瓜。一个西瓜从他的手里滑落，摔在地上裂开了口子。他抓住了另一个。

“有的人想误导你。”帕皮一边说，一边把西瓜从摩吉手里夺走，使摩吉失去平衡，摔倒在地。帕皮把剩余的西瓜装到马车上，爬上马车座位，拉起缰绳。“你把我当作傻瓜，但我不傻。要不是我的后背，今天我就去那座山上抓捕印第安人。告诉你山上的密友，我很快会灭了他们。”

帕皮离开后，直到晚上很晚才回来。摩吉意识到那天早上当双胞胎在的时候，帕皮一定是在谷仓外面偷听了他们的对话。为了最后一搏需要得到外祖父的批准，摩吉喂饱动物，放飞了鸽子，打扫畜栏，甚至洗碗。整个下午，他一直在门廊里徘徊，喃喃自语，数着时间。他用留声机播放卡鲁索的歌，痛苦地绞着双手，拖着步子走来走去。他点燃了一根香烟，火柴烫伤了他的手指。菲尼亚斯透过窗户盯着他看，就好像他是一只狗。摩吉调高了音量，卡鲁索的声音飘荡山谷，此时日落的余晖正缓慢地从天空消失。

第六章

part 2

摩吉和巴比伦尼亚共度的一个奇妙的下午

第二天早上天刚破晓，摩吉就骑马来到洞穴，通知宁蒂准备应付一切突如其来的事。

“他会来找你们麻烦的！”当宁蒂和双胞胎来到外面迎接他的时候，他说，“这次不同于以前。他和麦克塔维什过去常常交谈和互相开玩笑，他们总是大声地笑。”

“有什么变化呢？”宁蒂问。

“帕皮现在脾气很坏，只是认真地密谋。”

“他在密谋什么？”

“我不知道。你，你们看到了田野里的洞，对不对？他们一直挖这个洞，直到帕皮伤了后背。我有一天去那里看了一下。有一条隧道，隧道的尽头有一扇锁着的门。”

宁蒂垂下眼帘，双手合拢。她似乎不知道该说什么。

“非常感谢，我的主人。”马尼什说，“你注意到什么了吗？”

“帕皮去了村庄，让村民们聚在一起，很快他们就要来找你们的麻烦。我有一种不祥的感觉。”

“聚在一起？那是什么意思？”马尼什问。

“是啊，那是什么意思？”沙尔重复道。

“你听到了什么，我的主人？”宁蒂问。

“‘后尘。’他们不停地说。我希望这是密码。”

“这是什么意思？”宁蒂问。

“我，我不知道。”

“还有吗？”

“帕皮说他要围捕你们。”

宁蒂看起来闷闷不乐。

摩吉还坐在马背上，“我要走了。老人很快就会醒来。我，我找找看我能做什么。”

宁蒂平静地自言自语：“我们如此接近……如此接近。”

“接近什么？”摩吉问。

她没有回答他。

“让我现在加入你们吧！”摩吉说，“我，我不会让他伤害你们。”

“我的主人，这没有用。”宁蒂说，“唉，这不是你的命运……”她转身返回洞里。

“不是我的命运！这是什么意思？”摩吉问双胞胎。

“呃！”马尼什说，“它关系到你的父亲。”

“爸爸？”摩吉说。

“你是不是和事佬？”马尼什问。

“你是不是？”沙尔重复问道。

“他唯一能从我这里得到的是一记拳头。”摩吉说。

“你必须与他和好，否则你们俩都注定要受苦。”马尼什说。

“那就等着死到临头吧。”摩吉说。

“你的追求是什么？”马尼什问。

“对啊，你的追求是什么？”沙尔重复问道。

摩吉曾经充满希望，但此刻他的热情在减退。追求？他只是想被爱。

那天早晨，当摩吉返回村子的时候，下起了小雨。

巴比伦尼亚溜进院子里，直奔鸡舍。

摩吉在她身后悄悄地靠近，她惊恐地向后一跳。“我为你保存了蓝色的蛋。”摩吉说。他递给她一个筐，她把筐里装满了蓝色的鸡蛋。摩吉坚持要骑马送她回洞里。他们俩双双骑上霍卡斯·普卡斯，穿过田野和树林，她的关节似乎一路上都在吱吱作响。巴比伦尼亚坐在前面，举着帕皮的红色雨伞，摩吉环绕着她牵引缰绳。她闻起来有股蜂蜜的香甜味。

“你的西瓜长得怎么样？”她问他。

“哦——”他说。

“你为谁而种，我的主人？”

“这很复杂。”他局促不安地说。他不想在她面前表现出失败。

“你的外祖父怎么样？”她问。

“其实，他很忧伤。他没有一个女朋友。”他说。当他借用外祖父的现状说自己的感受的时候，胳膊上顿时起了很多鸡皮疙瘩。他有种在魔毯上飞的感觉。

“那么，你必须给他找个女朋友。”她说。

雨变小了，摩吉忍不住把一只手放在巴比伦尼亚的发梢上。她有些不安，把雨伞递给摩吉，然后拉起缰绳。

“小心！”他说，“霍卡斯很容易被吓到。”

充溢着松木香的空气中突然飞舞着成千上万只蓝蜻蜓，就像透明的飞花。摩吉的世界从忧心忡忡变成了奇妙无比。他和巴比伦尼亚惊奇不已地伸出手触摸蜻蜓颤动的翅膀。他们看到一个英俊的年轻人和一个少女在树下亲吻。

“我认为这是一个好兆头。”摩吉说。至于为什么这么说，他也不知道。巴比伦尼亚用自己的光脚踢了一下霍卡斯，她似乎急于回到洞里。

当他们骑马上山的时候，根本没有语言能形容摩吉的心态。他就像一首诗。他是火是光是炸药。他一直在寻找她，不止是把她当一个普通朋友那么简单。在她离开霍卡斯之前，摩吉拿出他的红铅笔，在她的手腕下面画了一颗心。她的眼睛亮了起来，但随后她从马上下来说道：“走吧，我求你了！”

“但我喜欢你。并且其他人，我也喜欢他们。”

“我的主人，我欠萨鲁坎的情。你看，他把我从皇帝那里救了出来，要不是他一直照顾我们，谁知道会发生什么事！”

“难道你不能只对他说声谢谢？”

她垂下眼帘。

“我不理解。你爱他吗？告诉我你爱他，我就会忘记你。”

她没有回答。

“我，我有话要说。”他说，“大多数的时候，我是个坏人。要不是我那么浑，我的妈妈和爸爸可能仍然在这里。但我改变了，而且……”

“请原谅，我必须走了——”她说完便跑进洞里，正好萨鲁坎来到了外面。

“看在上帝的分儿上，如果你不远离巴比伦尼亚，我就把你变成一只蝾螈。”萨鲁坎对摩吉说。他回到洞里，然后摩吉面前的洞口嘶嘶作响，之后变成一堵花岗岩墙。

可怜的摩吉。傻傻的、害了相思病的摩吉。那天晚上，他梦见他在一条被自己误入歧途的船上行走，当他纵身跳进海里，一条长着黑头发的美人鱼来迎接他。

第七章

part 2

摩吉想得到食光族的认可

摩吉被爱的希望重新点燃热情，又开始种植西瓜。由于帕皮依靠他来采摘蔬菜和水果去集市上卖，所以摩吉没有想到他会来菜地，除非有什么东西吸引了他的注意。摩吉犁地，撒下十多颗种子，做了一些赞美，然后又撒了十多颗。这是他最后的二十多颗种子。

那天早晨，双胞胎很早就来找摩吉，急切地给他看某个东西。

“首先向你表示衷心的感谢和问候，我的主人。”马尼什说。他展开了一张从医学百科全书上撕下的残页，上面印着三个扭曲的鳞状生物的照片——不是人，不是动物，也不是蔬菜——有可能是独眼巨人的表兄弟。

“这是萨鲁坎干的。”马尼什说。

摩吉在研究图片。

“我的主人！”马尼什说，“在你的外祖父来这里之前，牧场主们试图像猎杀公牛那样围捕萨鲁坎，但萨鲁坎召唤了灵魔，也就是六头蛇纳赫兹，并对牧场主们施了可怕的法术，把他们变成了怪物。这就是他们加入马戏团之前的照片。”

摩吉心里对这些牧场主充满同情。他知道作为一个怪胎是什么感受。“萨鲁坎吓不倒我。”他说。

“但他做了比这更糟的事！”马尼什说，“他有一次在山上击碎了一群猎人的眼球。”

“眼球！”沙尔指着埃尔塞拉特说，“在山上！”

摩吉怀疑这是否解释了有一群猎人最后成为秃鹰的午餐的故事。

“我认为你最好远离萨鲁坎。”马尼什对摩吉说。

“我可以对付他。”摩吉说。

“你不应该冒犯他。”马尼什说。

“不应该！”沙尔重复道。

作为一个不折不扣的乐观主义者，摩吉耸耸肩。但是这些消息把萨鲁坎放到一个不同的视角，摩吉决心找到他的行为方式。他拿出一些巧克力，并把它们举起来。双胞胎伸手去抓。“首先，跟我说说猜硬币魔术。”他说。

“我无法解释怎么做。”马尼什回答说，“你试着理解吧。”

沙尔插嘴说：“出现的不是硬币，而是自己的一部分。”

“当心点儿！”马尼什说，“萨鲁坎是一个强大的魔法师，他能够招魂引魄。”

下一次摩吉看到萨鲁坎，是萨鲁坎在小溪边与巴比伦尼亚和双胞胎一起造纸的时候。摩吉大声喊他的名字，当他转过身，摩吉凭借意志的力量，并召集自己大脑的力量，屏住呼吸，集中所有的力量。当他打开手掌，发现一个长着黑白条纹的黄色物体在自己掌心蠕动——是一只活毛毛虫！你可以想象到他惊讶的程度。

“啊！”沙尔惊叫道。

带着明显讶异的表情，巴比伦尼亚和萨鲁坎向摩吉靠近。

“切！艾鲁！”萨鲁坎哼了一声。他仔细查看毛毛虫，用低沉沙哑的法语腔调说，“蛆虫没有魔力。”

摩吉跟他的妈妈学过法语，所以完全听得懂萨鲁坎说的话。但他仍然目不转睛地盯着毛毛虫。我做到了吗?

萨鲁坎歪着头，继续用法语喃喃自语：“他是个蠕虫，就像他手里的污秽！”然后他猛地抽走摩吉的一根拐杖，使摩吉踉跄倒地。他顺势坐在摩吉的背上，出声地吃着一个新鲜的李子。摩吉扭动身子艰难地摆脱了萨鲁坎。他把手别到身后想抓住一只手臂或一条腿，但无济于事。他像一只蠕虫那样无助。他挣扎着，不知该说什么好，当最后一些话从他嘴里蹦出来，完全出乎他的意料。他脱口而出的是法语！——“当一只毛虫或蠕虫没有什么错，因为它们是美丽的，要不是它们，花朵不会绽放，春天不会有任何颜色。”这些话刚刚从摩吉口中涌出，清晰而热烈。甚至连他自己都感到惊讶。

双胞胎后退了几步。巴比伦尼亚惊讶地眨了眨眼。萨鲁坎站在那里，哑口无言。

然后，从栈桥上传来马车车轮的声音。

食光者们嗖的一声瞬间消失了！是帕皮来了吗？他看见他们了吗？如果他看见了，摩吉该做什么？他最不希望的是被严厉斥责。

摩吉踏上通向木屋的小路，脑子里仍然对萨鲁坎耿耿于怀。一个疯狂的想法出现在他的脑海中，一个让这个魔法师永远不敢造次的计划：如果他告发部落会怎么样？哈！如果帕皮知道在小溪和田野里发生的事情会怎么样？他的喉咙里感到一阵可怕的紧张。光的斑点回到了他的视野，就像相机镜头里的太阳黑子。这个光斑跟随着他的视线，看到了他所看到的一切。他内心深处之外的一切——灌木，溪流，树林——似乎是透明的，几乎是无形无色的。

他蹒跚地走进院子里，心里怦怦直跳，当马车驶进来的时候，汗珠从他的额头滴下来。车夫穿的深色衬衫很像帕皮常穿的那一件。有那么一刻，摩吉认为那是他的爸爸。他几乎无法呼吸。

不，那不是爸爸，是摩吉的外祖父。

使用魔术在部落里赢得自己的位置的想法在摩吉内心燃烧。由于热切地想要更多地了解毛毛虫为何奇迹般地出现在自己手中，摩吉打开了《华尔兹龙虾》，狂热地翻阅页面，寻找线索。他研究了史前洞穴、古代地图，以及星座和泥板文书的图片。宇宙的秘密就在他的指尖，以黑色的小字、句子和段落的形式出现，但对他来说，仍然难以辨认，就像跟随横渡水面的蚂蚁那么难。他愤怒地合上书，咒骂自己竟然认为自己是天才。

巴比伦尼亚在小溪边走开时对他说“小心春分”的样子使他震惊。春天将会带来那么多未知的变化。思索摆在面前未知的东西令他感到折磨。如果未来是一片海洋，那么他正站在海洋中心，看着海水从边缘开始冻结。

第八章

part 2

世界上最丑的西瓜

西瓜！神奇的西瓜！摩吉一动不动地站在菜地门口，瞠目结舌地看着自己种的在三天之内成熟的作物。他至少默念了四十遍阿里巴巴，但最令他惊讶的是，有一个西瓜竟然自己滚到了角落里——像一头猪一般大小的葫芦形西瓜！

我到底该怎样把它在帕皮的眼皮底下隐藏起来？

他料想当帕皮从村里回来，这会成为一个问题——但萨鲁坎呢？他没有看到西瓜。

到了下午，没准这些神奇的作物已经到达了洞穴。摩吉不敢猜想为什么会这样。萨鲁坎出现了，像一个符文或诅咒，像一个可怕的报纸标题。在他的两个密友的陪同下，他直接走到巨瓜跟前，一只脚重重地踩下去，将瓜藤从母株上断开。他把摩吉推到一边，把巨瓜滚到院子的另一边，狂笑不止。

“住手！”摩吉用嘶哑的声音喊道。他愤怒地朝他们走去。

当另外俩人阻止摩吉靠近，萨鲁坎跨坐在西瓜上，假装要骑着它走，然后又跳了下来，用他的矛对准西瓜，说了一些难以理解的话。空气变成绿色，神奇的西瓜开始震动，最后变成很多小块，每小块变成一只粉红色的蟾蜍。

狂怒的感觉向摩吉袭来。“他是个骗子。”他说。他摆脱阻力，朝萨鲁坎扑了过去，把他打倒在地，想让他被灰尘窒息，直到没有呼吸，然后在阳光下被秃鹫吃掉。他们从树荫下滚到阳光下，相互撕扯，像狗一样喘着粗气。摩吉像爆发的火山，萨鲁坎虽然肌肉发达，却像猴子那样敏捷和狡猾。萨鲁坎把摩吉按倒在地，试图压住他的胳膊，但摩吉奋力挣脱了，然后跨骑在萨鲁坎的胸口，用膝盖把他压住。

就在那时，双胞胎举着长矛穿过田野跳到摩吉跟前。“普罗米修斯点火器！”他们一边唱着歌，一边在空中跳跃。马尼什大步流星地跨过篱笆，跑到马槽里。摩吉记得的最后一件事是萨鲁坎把他扔了出去，然后跳起来用力大无比的手臂摇晃他。

当巴比伦尼亚赶来的时候，摩吉的世界是模糊和颠倒的。他躺在地上，被巴比伦尼亚揽在怀里。他抬头看着宁蒂，只见头顶上空飞舞着一只蓝色蜻蜓。巴比伦尼亚用他们的语言低声安静地祈祷，在摩吉眼里，这祷告听起来如此可爱。在他的生命中，只有一个人曾经像她那样抱着他，那就是他的妈妈。六年来，他已经习惯于缺失亲情，如今这样的体验使他心跳不已。他伸手触摸她的脸，一张天使的脸。

她挺直身子，突然站了起来。

沙尔用手从水槽里捧了一些水，冲洗摩吉出血的鼻子。马尼什从自己的头发里拉出一把竹梳。然后，双胞胎开始从地上收集西瓜种子。年纪较大的基莎对院子里一地的粉红色蟾蜍很不满，摩吉瞥见她对着宁蒂耸了耸肩，摊开双手，下巴伸向萨鲁坎的方向。她没有大声说出来。这无法用逻辑分析，但摩吉读懂了她的意思：这是我们最好的做法吗？

“萨鲁坎！”宁蒂咆哮道。她声音里的震慑力足可以命令一支军队。

萨鲁坎大摇大摆地向她走去，搓了搓肚脐上的蝎子疤痕。

“亲爱的，如果你继续用这种方式，我会让你的皮肤承受难以忍受的煎熬。”宁蒂说。然后，她派他去田野里——他的头发向后梳，又黑又亮地垂在背上。“去树林里采蘑菇。”她说，“不要采带菌褶的，宝贝！”

“萨鲁坎主人，新世界的救世主！”基莎讽刺地说，“一只熊无法用勺子运送鸡蛋。”

“他是一个好战士！”宁蒂说，“谁还能保护我们？”她查看了院子，然后动员巴比伦尼亚跟随萨鲁坎。

“你没有其他亲人吗？”宁蒂问摩吉。双胞胎帮助他站起来，并给了他两把西瓜种子。

“有一个姨姥。她讨厌山羊。”摩吉说。

夫人仔细地观察他，带着一种介于惊愕与怜悯之间的表情，“你对救济穷人的追求是什么？”

“拿走所有你，你们想要的西瓜。”摩吉用一根拐杖指着菜地说，“这就是我所做的。”

“我的主人，村里没有人吗？”宁蒂说。

“什么？”他的声音低沉。

“和平！”宁蒂一边说，一边举起了手。她有一种独特的安抚他的方法，她会说“和平，和平”。她的话悦耳怡人，有一股柑橘的味道，这使摩吉产生巨大的希望。然后摩吉会想，我可以这么做。

宁蒂摘下自己的项链，把它戴在摩吉的脖子上。项链的一面是一个坐着的男人，头顶笼罩着光环，手持一本书的形象。项链的另一面是几个模糊的词：IS, XS, basile。摩吉认为这意味着宁蒂已经接受他主动给部落食物是他愿意遵守部落守则的证明，他愿意加入他们，归属于一个真正的有兄弟姐妹的家庭，他生命中唯一重要的愿望将得以实现。

“那么，我什么时候可以搬过来？”他问。

“守则还有第二条规则。”

“这个东西有魔力吗？”他指着项链问。

“哦，亲爱的，没有！它非常古老和真实。”

“你什么时候教我猜硬币魔术？”

“我的主人，让我们不要再说硬币了。我教授奇迹，而不是魔法。继续救济穷人，这是一件高贵的事。”

摩吉只想着巴比伦尼亚的触摸，但他知道自己必须回到外祖父的木屋，回到自己的房间。

“算了吧，忘记硬币。忘记西瓜。我不相信奇迹。”摩吉说，“奇迹在这个世界是不可能的！我厌倦了不可能！我只想要快乐。”

一段长长的沉默。

“好！”宁蒂说，“我们终于取得了一些进展。”

“我的主人正在变得充满正念。”马尼什说。

看着宁蒂离开院子，小摩吉才敢于认为他刚刚赢得了光环。他轻轻地把手靠近那条古老的项链，仿佛它是一件极其神圣的圣物，他把它塞进衬衫里面。

很快，他用脚像踢绿色的足球一样，把西瓜从瓜地里一个一个地运到谷仓。自从来到圣伊西多尔，他的右臂力量翻了一倍，他学会了平衡拐杖的同时拿着干草叉。当他把秸秆扔到西瓜上面用来隐藏它们的时候，萨鲁坎从他身后掐住了他的喉咙。摩吉放下干草叉，跪了下去，随着一阵巨大的、神性的痉挛，将萨鲁坎从自己头顶上抛了出去并摔倒在地。摩吉拿起干草叉，将它的尖头直接叉到萨鲁坎吓呆了的脸上。

萨鲁坎举起双手认输。

在他离开谷仓的路上，他转过身去。“记住我的话，你永远，我是说永远，都不会成为我们中的一分子。”

第九章

part 2

摩吉为西瓜计划找到支持者

摩吉坚定的决心依赖于他善良的本性和上帝的恩典。他意识到，他需要帮助格丽塔和乌玛得到西瓜。他在西边的田野里找到了解决方案。在充斥着响尾蛇草和闻起来像苦茶的鼠尾草的养蜂场，他找到了扎格罗斯，蜜蜂的主人。

“萨拉姆，先生。”当摩吉骑着霍卡斯·普卡斯靠近时，扎格罗斯说。

如果有人想去村子，那么这个人一定是扎格罗斯。每次摩吉看见他，他都缠着摩吉给他讲外面的世界。他戴着一个可笑的羽毛头饰，以灵魔或野猫的方式偷偷溜到蜂巢附近，激动地说：“我昨晚进入一个梦境！那一定是在村子里，男人和女人们在教堂里唱歌，在公园里散步，在雨中亲吻。”他打开一个蜂巢，掏出一个滴着蜂蜜、覆盖着蜜蜂的框架。蜜蜂们似乎不介意他这么做，它们飞起来，落在旁边最近的蜂巢上。没有一只蜜蜂去蜇他。

“哦！”摩吉说，“在圣米格尔，教堂里没有人唱歌，也没有人雨中亲吻。并，并且游荡闲逛是违反规定的……”

“但是人必须游荡！”扎格罗斯说，“在一片人们怀揣梦想和像喜鹊那样唱歌的土地上，人必须游荡！”

“宁蒂知道你的梦境吗？”

“当然她知道，夫人知道一切。她从来不说什么，她只是那样看我一眼。”他转了转眼球。

摩吉笑了。

当大多数蜜蜂离开蜂巢时，扎格罗斯把含蜡的框架放进一个收集桶中，然后用一个新的框架代替它。“我告诉你，住在那个洞里很难受。”他说，“所以，如果我变回一个凡人会怎么样？如果我再经历一轮死亡和出生，那又怎么样呢？这是我的选择，我个人的选择。每一天，都要做很多选择。有时候，它们堆叠在一起，就像尘封在一扇关闭的门后面，然后有一天，锁也不再起作用了。”

摩吉从来没有这样想过。“好吧，现在让你做一个选择。”他说。他提出了一个计划，让扎格罗斯帮助他偷偷把西瓜运到村里。

“啊？我们什么时候去？”扎格罗斯问。

“明天早上。”摩吉说，“顺便问一句。如果不太麻烦的话，你，你可以把我的名字弄对吗？”

“怎么了，先生？”

“我的名字是，是摩吉。不是先生，是摩吉。”

“摩吉不是一个真正的名字。”

“对我的父母来说是真的。”

第二天早上日出之前，摩吉给山羊挤完奶，放飞了鸽子，吹了三次卡祖笛。他的笔迹经过实践有所改进，现在他可以给帕皮留一张字迹清晰的字条：我去检查奶牛了。他和扎格罗斯把三个西瓜装上帕皮的马车，在座位和干草捆之间，总有适当的位置摆放物品。然后，他们爬上马车，坐在西瓜旁边，用篷布遮盖住西瓜。

然后他们等待着。

“母亲和孩子怎么了？”扎格罗斯问。

“他们没有适当的床。”

“什么是适当的床？”

“我不知道。他们没有钱。”

“什么是钱？”

“哦，孩子！”

“关于城市，你有什么消息？”

“麦克塔维什说他们正在修建地铁。”

“在哪里？”

“在世界的另一边，我猜。”

“有什么新发明？”

“有人在谈论汉堡包，某种新奇的三明治。”

“什么是三——”

“嘘！”

他们在等待中睡着了。

当帕皮从木屋里出来，已经是下午了。他把牛奶罐装在马车的最远端，然后爬上马车。在他身后，摩吉和扎格罗斯稳如磐石地坐着，围住西瓜。帕皮接上麦克塔维什，将更多的牛奶罐装上马车。他们像时钟一样准，一如既往地把马车停在公园里的马槽边，然后去蒂莉酒馆。

两个男孩在篷布下一直等到黄昏，始终保持警惕的眼神注视蒂莉酒馆的窗口。当扎格罗斯看到酒馆里的男男女女尽情地享受那里的欢愉，当他看到窗口的摆设和刷了油漆的街头路牌，看到穿着背心拿着保龄球手袋的男人和穿着带纽扣装饰的靴子，戴着羽毛帽子的女人漫步在木地板上，他几乎无法克制自己的感觉。当一束灯光闪烁在酒馆的窗口，照亮了成堆的萨里露恩风味茶点、格莱海姆松饼、肉桂酱汁和透明水晶软糖，他瞪大了眼睛。

“摩西保佑我！”他喊道。

“安静！”摩吉说，“这里有不少人想看你被吊起来。”

“先生，我饿了。”扎格罗斯说。

摩吉从来没有见过部落的人坐下来吃饭——除了他们吃野生浆果和水果之外，他仍然将信将疑他们是食人族。“你们到底吃什么？”

“光束！”扎格罗斯一边说，一边吐出一根稻草。

摩吉搓了搓鼻子，“撒谎。”

“我从不撒谎。”

“巴比伦尼亚吃鸡蛋。”

“她从来不吃！”

“那，那她要蓝蛋做什么？”

扎格罗斯咯咯地笑了，“看谁陷入恋爱了！啊，对了，可爱的巴比伦尼亚像北极星一样来到地球。有时，她闪耀得太亮，有时又完全看不到她。”

“别那么大声！不管怎么说，她，她几乎没有注意到我。”

扎格罗斯掀起篷布，借着光线更近地看着摩吉说：“你的确穿得很普通，先生。”

“我就是这样穿，穿衣服的。难道巴比伦尼亚不喜欢粗糙装束？”

“在我来的那个地方，爱是个谜。”

他们安静了一会儿。

当天色足够昏暗，摩吉去公园桥下找到格丽塔，只见她和她的女儿正坐在一个小小的火堆跟前，她在火焰上搅和一个锡罐。“你不认识我，但——”

“我认识你！”格丽塔说，她显然很高兴，“我们经常在公园里看到你。”

摩吉重新介绍了自己，她邀请他坐下来待一会儿。

“对不起，夫人，我，我有点匆忙。但……好吧……你看……事情是这样的：我有东西给你。”

“哦？”

“我，如果你不介意用一下你的推车，我拿给你看。”

格丽塔和乌玛推着她们的小车，穿过公园，来到马车旁边。

扎格罗斯开始把西瓜往下递。格丽塔惊讶地拥抱摩吉，并亲吻他的面颊。

“尼罗河边最大最美味的西瓜！”扎格罗斯说。

摩吉把他的拐杖扔到推车里，然后帮助把推车推回公园的桥下。在那里，格丽塔拿出一个五美分硬币给他。

“哦，天哪，不！”摩吉说，“我，我不要你的钱。”在格丽塔更年轻的时候，他和他的妈妈没有帮助她，这一点令摩吉感到惭愧。

“我听说你的妈妈去世了。”格丽塔说，“你过得好吗？”

“我每天都想念她。”

“我明白。”

由于担心被遗弃，或更糟的是，担心帕皮抓住他馈赠西瓜，摩吉拖着沉重的步子回到马车。扎格罗斯消失了，不在篷布下，不在街上，哪儿都没有他的踪影。摩吉极度担心，想象着他的朋友被迷信的村民持刀威胁，或被投送到监狱。他大喊他的名字。他偷偷地穿过蒂莉酒馆，快速经过面包店，绕回马车。他像疯了一样不停地颤抖，然后爬上了马车。

帕皮离开蒂莉酒馆没过两分钟，扎格罗斯就从篷布下跳了出来。摩吉真想痛骂他一顿，但一路上不得不保持缄默。当帕皮刚一解开驴子身上的套具，走进木屋，摩吉就开始对扎格罗斯咆哮。

“哎！你，你差点儿被落下！你在想什么？”

“先生，我看到了未来，我在光线里看到了未来！”扎格罗斯说，“你看到那些旋涡状的面包卷和十字形面包吗？我的生活将要彻底改变。我多么渴望爬进去享受那里的食物和舞蹈！”

“是，正如我所料，你比野餐桌上的果蝇更疯狂。”摩吉激动得忘了保持愤怒。他总在回忆当格丽塔看到西瓜，无比感激地拥抱他的那一刻。他已经把目光投向下一次逃脱。小摩吉，一个不善与人共事、缺失世界上最珍贵的财富的超能少年，与他的小伙伴扎格罗斯——一个拥有不太实际的愿望的少年，正在一起出色且成功地救济穷人！

尽管帕皮的警惕和萨鲁坎的不断数落，摩吉和扎格罗斯还是运送了十几次西瓜。如果摩吉不得不告诉他的外祖父真相，那么也不能告诉他自己将要做什么。为了这个目的，摩吉想出了回避他的问题的方式。

“有那帮血腥的印第安人的任何迹象吗？”帕皮会问，“小溪边的脚印？丢失的鸡蛋？草地上的踪迹？”

“先生！”摩吉会说，“你，你恐怕难以相信我在树林里看到的牡鹿！”

或者，“你看，我们的鸡饲料快，快没了。”

抑或，“这天热得真是没谁了！”

摩吉失去父母的绝望渐渐地被新的希望所冲淡。他暗暗地相信部落将是他的下一个家。这也是当扎格罗斯主动帮助他和巴比伦尼亚相聚时他从来没有质疑过的原因。

摩吉开始追求迷人的巴比伦尼亚的那天下午，一阵秋天的寒意渗入他的骨头。摩吉接受了扎格罗斯的一点儿建议，欲以一个体面的追求者的形象出现，赢得巴比伦尼亚的芳心。在馈赠格丽塔和乌玛西瓜之后，摩吉对自己变得更高大成熟更有信心，对未来也更加乐观。他骑着霍卡斯·普卡斯来到南部的树林，赤裸着上身，露出古铜色的皮肤，一张伟大战士般的脸上沾染的灰尘和浆果汁混在一起形成斑驳的条纹，眉间闪耀着白点儿，头戴巨大的羽毛头饰——扎格罗斯保证这种形象会让巴比伦尼亚无法呼吸。

她果然在扎格罗斯所说的地方待着，背靠一棵大橡树，手里拿着长矛。

“扎格罗斯说我，我能在这里找到你。”摩吉说。

“他应该在这里见我，一起练习。”她一边说，一边举起长矛。她的眼神越过他，看向远处的田野。

“哦，我就是希望……”

大橡树里突然传出一阵大笑，叶子颤抖，橡子坠落，树枝上挂着三个英俊的小伙子。是萨鲁坎和他的跟班。

“这里有一只公鸡伪装成孔雀？”萨鲁坎笑得直不起腰，拍着自己的大腿。另外两个人跟着笑。巴比伦尼亚用手掩着嘴，难以掩饰自己的笑意。

摩吉只是想要留下一个好印象，但在巴比伦尼亚和萨鲁坎面前却像个白痴！忽然间，摩吉意识到这是扎格罗斯搞的可恶的恶作剧。他无法直视巴比伦尼亚，他甚至无法直视任何东西，因为他的眼睛里满是尴尬。“没关系！”他说。他调转马头，扬长而去。霍卡斯·普卡斯臃肿的肚子随着年龄的增长抖动得愈发厉害。

一回到院子，摩吉就带着怒气去马槽擦洗他脸上的油彩。

扎格罗斯拿着一个西瓜溜进院子。“什么情况，先生？漂亮的女士神魂颠倒了吗？”

摩吉把头饰扔在他身上，“切！我脑子一定是进水了！”

扎格罗斯举起西瓜，仔细地审视它。

“神一般的蔬菜。”他说。

“这不是蔬菜，是水果。她，她嘲笑我。”

“有些女孩没有品位。”

“萨鲁坎怂恿你这么做的吧。”摩吉朝木屋走去。

“不，先生。我发誓没有！你看起来真的很有气魄！发生什么了？”

“我太愚蠢。”

“先生，你不知道吗？不愚蠢，你永远不懂爱是什么！”

第十章

part 2

萨鲁坎施展魔法

整整一个星期，摩吉不愿意在部落跟前露面。坐在门廊的摇椅上来回晃荡，抽着帕皮的烟草，看着秋日的阳光为夏天拉上一层镀金的窗帘。他昏昏欲睡，眼皮打架，也不知睡了多久。

起风了。霍卡斯·普卡斯猛地弓背跃起，呼哧呼哧地喷着鼻息，向后仰起头，风猛烈地吹拂它的鬃毛和尾巴。摩吉非常了解霍卡斯，所以他怀疑有什么东西不对劲——因为他在圣伊西多尔多年的生活中，从来没有见过霍卡斯轻易屈服。米莉 - 梅在门廊上他的身旁吠叫，发出呜咽般的声音。鸽舍里的鸽子们扑腾着翅膀，羽毛飞扬，饲料撒落在地上，陷入恐慌。恐惧侵入摩吉的脊椎，在他的体内蔓延。

一片油腻的黑暗遮盖住午后的阳光。木屋的上空，出现了一片长方形的黑云，山谷高处的天空是蓝色的。风猛吹木屋，发出吱吱嘎嘎的响声。摩吉用望远镜扫视埃尔塞拉特，心想多半是野火造成的。山峰上的景象吸引了他的注意：是萨鲁坎，魔法之王。只见他的矛尖直接指向摩吉，并且喷出大量滚滚的烟雾。风把垃圾、干草和叶子都吹向木屋，使摩吉看不清山峰和萨鲁坎。然后，黑云开始呈螺旋形旋转，像龙卷风那样上升和打旋，分裂成六条轨迹，每条轨迹以蛇头的形状出现。一股热风向木屋袭来，铁皮屋顶发出拍击声，墙壁也吱吱作响。六个蛇头转向，直接注视着摩吉，摩吉的喉咙只觉得一阵空冷。难道萨鲁坎要毁了木屋？

帕皮睡在他的靠背椅上，身旁是一个空的威士忌酒瓶。摩吉不敢唤醒他，害怕他会提起步枪去追捕整个部落。邪恶、巫术、黑魔法，无论是什么，摩吉从来没有见过这些东西的威力，但他决心保持冷静。他把米莉－梅关在谷仓里，然后穿过院子。树木沙沙作响，公鸡在啼叫，他的脑海里浮现一句话：在悖论和骗局面前保持镇定，你就会知道爱的力量！以前在哪里听过这句话？他想不起来了。他的耳朵里嗡嗡作响，电流在他周围发出噼里啪啦的爆裂声，压力使他不可能到达门廊。他已经无法移动。

他牢记宁蒂曾经说过的话：邪恶没有力量，除非你相信它有力量。他拒绝对萨鲁坎显示出真正的力量，于是快步朝木屋走去。在屋里，他径直经过睡着的外祖父，走进自己的房间，坐在床上，闭上眼睛，不理会外面的景象。镇定，平和、平和、平和，镇定。

黑云很快升到山谷上方，越过山脉，阳光再次普照整个牧羊场。霍卡斯·普卡斯继续吃草，鸽子们又开始咕咕叫。

摩吉走到外面，再次用望远镜扫视山脉。施展魔法造成了什么样的结果，他无法解释。但此刻一切恢复良好，就像春天的雨和鸟儿在歌唱，阳光照耀着潺潺的小溪，闪闪发光。在高高的山峰上，萨鲁坎瞪着摩吉，摇摇头。

“你在看什么？”帕皮从摩吉身后问道。

摩吉跳了起来，他不得不快速思考。

“秃鹫！”他说，“又一只肮脏的秃鹫。”

第十一章

part 2

运送西瓜带来的可怕而不可预见的结果

摩吉和帕皮针对西瓜发生冲突之后的一段时间，外祖父对于摩吉来说就像狗身上的蜱虫一样讨厌。他没有把摩吉送走，是个奇迹。但他不断地缠着摩吉骑健身脚踏车。他逼迫摩吉为他擦亮靴子，为他梳理头发。他坚持让摩吉陪他一起送货。然后，蒂尔达姨姥来了一封信，帕皮把信扔进炉子，他并没有威胁要赶走摩吉，而是向摩吉灌输关于自律的美德和自由的代价的一些哲学。帕皮所做的唯一的威胁直接指向部落，但由于他一直受到背部疼痛的困扰，有时他会在地上躺好几个小时，所以未能如其所愿。东边田野的工作已经停了好几个星期了，而且他无法骑马登上埃尔塞拉特。

为了安抚帕皮，摩吉顺应了他的要求。尽管摩吉双腿僵硬，手臂抽筋，但他还是很好地应付困境，渐渐获得力量。牧羊场的工作给他带来了好处。“有时候好事并不见得一眼能看出来。”他告诉菲尼亚斯。他很少想到他的爸爸或回家。他不再是一个傻乎乎的男孩，他已经是一个年轻人。

随着年底的临近，摩吉开始担心即将到来的春天和不祥的大地震。世界正在显示出一些预兆：暴雨导致溪水膨胀得像一条受伤的巨龙，流入田野，以非常快的速度涌入山谷中央，带走砂砾和岩石，暴露出红黏土的堤岸，闻起来有血腥的味道。草莓般大小的雨滴不断地冲刷着木屋。反常的闪电雷暴使逃命的松鼠淹没在水槽中，蝙蝠在瘀青色的云层中翻滚而过。

圣伊西多尔的昏倒羊农场变得非常萧条。院子里到处是牲畜粪便和鸽子屎。揉成团的纸、金属罐和瓶子从被倾翻的垃圾桶里滚出来。

一天早上，扎格罗斯来到谷仓。

“先生，跟我说说这个世界。”扎格罗斯一边说，一边看着摩吉给山羊挤奶，“告诉我北方城市的景象。”

“我不知道。妈妈说那里有音乐厅、电车、枪手和淘金者。”

“那里的商人和外国美食怎么样？香料和香水呢？”扎格罗斯饶有兴趣地问。

摩吉本来不想理他。他已经紧紧地关上心门。他不知道还有谁可以相信。

“那个可怜的女人和她的女儿怎么样了？”扎格罗斯问，“剩下的西瓜呢？”

“你忘了你在村里晃荡，让我们两个都神经紧张？你忘了你把我变成一个令人嘲笑的笑话，把我打扮得像个傻瓜？”

“那确实会取悦女人。”

“算了吧，太冒险了。除了远离麻烦，我，我什么都不做了。”

他们又一起运送了几次西瓜。

扎格罗斯说服摩吉他确实没有搞任何恶作剧，让摩吉相信他打扮成古代印第安战士的形象真的很迷人，而萨鲁坎那么做是出于自己不可告人的目的。总之，朋友和盟友与家人一样可遇而不可求，而因秘密行善结盟的朋友可以形成一个锐不可当的团队。

为什么他觉得哪里不对劲呢？

在他们最后一次送西瓜的那个夜晚，摩吉感觉到扎格罗斯已经变了。或是摩吉变了？他不确定。

像往常一样，摩吉很早起床，吹了三次卡祖笛，帕皮仍然在睡觉。他做了家务，然后和扎格罗斯把最后那些西瓜装上了马车。

“现在，你打算怎么追求巴比伦尼亚呢，先生？”扎格罗斯说。

“谢了，不劳你费心。”

“哎呀，等待爱情就像等待昨天。”

“是的。”

“爱情是个谜，对吗？”

“也许。”

“所以呢？”

“如果爱是宇宙中最伟大的力量，那么它一定等，等于最大的数字。而且这个数字一定能与所有其他的数字融为一体，是不？”

“大到足以包括所有的星星、所有的星系和每一种生物。”

“那我知道了。”摩吉说，“我，我知道答案了。”

“我们没有一整晚的时间。”扎格罗斯似乎很着急、紧张和神经质。但他们站在马车旁，他挠着自己的头，不断地用鼻子闻来闻去。

“我，我估计爱是数字 1。”摩吉说。

扎格罗斯停顿了一会儿。

“哈！你开窍了！”他热情地拍了拍摩吉的后背，使摩吉失去了平衡。

在公园里找到格丽塔之前，摩吉再次提醒扎格罗斯透过蒂莉酒馆的窗户密切观察帕皮。“待在原地别动！”摩吉说，“别忘了村民们会跟你没完。”

扎格罗斯咧嘴一笑，向摩吉敬了一个礼。

每当摩吉回到那个以煤气灯照明，充满海鸥气息的村子，他总是有一种感觉：即使他大部分时间都生活在这个村子，但他仍然没觉得自己属于这里。除了少数例外，大多数村民总是把他当作外来者。他们似乎无法绕开他的混血血统或身体上的残疾。他把自己看作是没有土壤的种子，无根的蓟。这就是他返回马车时的想法。他发现扎格罗斯再次不见了。他大声喊他的名字，但无人答应。

摩吉爬到篷布下面，也没有他。几个小时过去了。当午夜十二点的钟声敲响，扎格罗斯还没有回来。摩吉担心极了，通过呼吸夜空中如加了糖一般的甜蜜味道和回忆小时候妈妈推着婴儿车带他漫步在街道的温馨来寻找安慰。随着身边每一个路过的脚步声都不属于扎格罗斯，摩吉的胃里一阵紧缩。

当帕皮笨拙地一步一拖地走出酒馆，爬上马车，攫住缰绳，摩吉已经不再愤怒。他默默地咒骂扎格罗斯和他自己。我怎么能让这种情况发生？他知道他要做点儿什么。为什么我没有留意他？

回到牧羊场，摩吉仍在马车上等待，直到帕皮在木屋里点燃了酒精灯。他独自烦恼地等待着，他该怎么告诉宁蒂他把扎格罗斯弄丢了呢？

第十二章

part 2

天堂的窗口，火焰洞

日出之前，摩吉绝望地从床上爬起来，吹了三次卡祖笛，然后骑上霍卡斯·普卡斯奔向埃尔塞拉特，随身携带了两罐山羊奶和一篮蓝色的鸡蛋。他不记得火焰洞位于何处，曲折迂回了很多次，在到达入口之前迷失了两次方向。

“没有门可敲的时候，你会怎么做？”他问霍卡斯·普卡斯。

霍卡斯·普卡斯直接走进洞穴，沿着一条黯淡的通道走到一个类似前厅的地方。从那里，摩吉只让它走到隧道尽头有一丝光亮的地方。他们来到一个巨大洞穴的入口。摩吉必须低着头才能避免碰撞到洞口上梁，而霍卡斯·普卡斯已经信步进入一个拥挤繁忙的环境，里面全是食光者。挂在柱子上、嵌在墙壁中的油灯将这里照亮，人们蜷缩在临时搭建的桌子下，蹲在肮脏的地上，围着火坑绕成一圈，都在忙着不同的活计。他们突然停了下来，盯着摩吉和霍卡斯·普卡斯看。瞪大了眼睛的摩吉被眼前悬挂在墙壁挂钩上的骷髅头骨吓坏了，那一排排的头骨像是可怕的幽灵画廊。如果他不了解情况，可能会认为他们正忙着肢解下一具尸体作为他们的餐食。当他意识到那些头骨只是带有切口的葫芦时，他笑了起来。那些切口看起来太像嘴了。

“对不起，我，我应该敲门的。”他对这里的人们说。

空气中充斥着蘑菇、木材烟雾、橘皮、古老的财宝箱和阴暗秘密的味道。火坑里的余烬在洞穴的中心闪烁。在一扇由旧门制成的桌子上，依米提图透过一个卷轴抬头看，朝摩吉眨了眨眼。

“你愿意拉把椅子坐下吗？”宁蒂问摩吉。每个人都发出嘘声和闹哄哄的低语，然后回到各自的工作中。

摩吉从霍卡斯·普卡斯身上下来，取下拐杖，然后把鸡蛋和羊奶递给宁蒂。

“聪明！”宁蒂说，“你吹卡祖笛提醒我们打开洞口。”摩吉怀疑宁蒂是否知道她的肩膀上有一只火蜥蜴。“在出去迎接太阳之前，我们刚刚完成手上的工作。”她说。她让他在一个装满水的木碗里洗手，这似乎是每个食光者重新进入洞穴前首先做的事情。

“冬天就要到了。”宁蒂说。她举起一个又细又长的针织品。那是套在扫帚柄上的套子吗？不管它是什么，宁蒂继续把黄色的毛线缠在一根小骨头，也许是鸟的肋骨上编织。“我想，你把它叫作袜子。”她说。

在洞穴的一侧，摩吉发现一堆蓝色的鸡蛋被放在一个稻草堆上，鸡蛋上有红心标记。这令他多少感到些许安慰。在草堆附近，那位名叫基莎的老人正把羊毛缠到一个纺锤上。她旁边的两个人正在编织草垫，年长的那位正在用一个粗糙的木耙把干草堆积起来。沙尔正在把蜂蜡滚成蜡烛，年龄小的年轻人们将他们的手指浸入一个蜂蜜罐，一个背着婴儿的少女在用研钵和研杵研磨。她停下来，嚼了一颗无花果，然后把它滑进婴儿的嘴里。

“他的名字叫谢尔曼。”宁蒂看着婴儿说道。摩吉俯下身子仔细看。婴儿的眼睛超大，双眼间距很宽，看起来像一只山羊——是极淡的蓝色，冰山蓝。要不是摩吉拄着拐杖，肯定会仰面跌倒，因为婴儿的小嘴里发出洪亮的声音，说道：“你好，哥哥。我在地球上投下一个火把，我要守卫它，直到它熊熊燃烧！”

“哇！这听起来不像是个婴儿！”摩吉惊魂未定地说。

“你不要被他们的外表愚弄！”宁蒂说。

“谢尔曼比我们所有人的年龄都大。”

巴比伦尼亚和萨鲁坎走进洞穴。一看到摩吉，萨鲁坎就发出轻蔑的哼声，走到阴影处。巴比伦尼亚的辫子盘绕在头上，头上戴着野花装饰的花环。摩吉的目光无法从她身上移开，只见她把散发着橘子香味的水从一个陶罐倒入一个木箱，然后冲洗双脚。他的心变成了一块冰激凌，正在被掏空和融化。

“你看，我的主人，我们很忙。”宁蒂说。

“猜个谜吧！”她说，“什么东西比爱更伟大，比想象力更邪恶；穷人拥有它，富人需要它；如果你吃了它，你就会死？”

哦，另一个食人族的笑话。摩吉想了一会儿，然后耸了耸肩膀。

“没什么！”她笑着说，“没什么比爱更伟大，没什么比想象力更邪恶；穷人一无所有，富人什么都不需要；如果你什么都不吃，你就会死！”

她笑了。她肩上的火蜥蜴也笑了。

摩吉一头雾水地问道：“为，为什么你总是用谜语说话？为什么不直接说你的意思？”

“啊，我是这样的。”她说，“说实话，这其实是一回事。”

“不一样。”摩吉抗议道，“如果那是一回事，那么说‘我知道我是什么样的人’和‘我是我所知道的人’就是一个意思了。”

巴比伦尼亚用她的牙齿剥开了一个无花果。摩吉叹了口气，再次感觉自己很愚蠢。

“我想跟你谈谈……”他对宁蒂说，“……关于扎格罗斯……”

萨鲁坎从后面出来，推了摩吉一把，使摩吉扔下一根拐杖，把一根点燃的蜡烛撞到了地上。宁蒂和双胞胎迅速浇灭了稻草上的火苗。

“你没事吧，我的主人？”巴比伦尼亚问摩吉。

“没事！”他说，“是我笨手笨脚。”他不想给萨鲁坎一种被关注的乐趣。

宁蒂递给摩吉一根顶端紧紧地固定了一只鹿角的竹竿。“依米提图为你制作的。它是为地震而准备的。”他把他的拐杖放到一边，把竹竿握在手里。宁蒂把摩吉的手臂环绕在她的腰部，让他抓住一盏油灯，把他带到洞外的通道。他不小心踩到了她的脚。

“我，我有事情告诉你——”他又说一遍。

“哦，我们知道你的外祖父正在追捕我们。你每天的‘危险解除’信号对我们很有帮助。我们确实需要阳光得以生存，但人类的行为也难以预测。保密对我们的生存来说至关重要。”

摩吉在犹豫是否告诉她关于扎格罗斯的情况。“我知道。”他说。发生了这么多事，他们的友谊出现了一点儿问题，他只是不知道该如何告诉她坏消息。倘若她生气了要驱逐他该怎么办？

空气中闻起来有水、湿黏土和骨头的味道。石灰岩石墙已经钙化且出现了条纹，似乎在哭泣。当他们沿着阴森恐怖的地下通道艰难行进，脚下有水渗出。他们来到一个顶棚很低的洞穴，这里的墙壁上满是喷溅的涂鸦，成百上千只用双白线画的白手向上伸着，像魔鬼的手套。岩石上刻着各种象形图案和符号。一大堆瓦罐放在墙的一侧，有些封着盖子，还有一些塞满纸卷。就在正前方，这个洞穴通向另一个亮着令人毛骨悚然的蓝色灯光的洞穴。

“人们可以在最微小的灰尘或最宏大的星系中找到真相。”宁蒂一边说，一边指着墙上的一个黑色螺旋形之物。

“宇宙的开始。”摩吉说，他觉得它看起来像一个电子。

“很好！你的聪慧超过了你的年龄，我的主人。”摩吉听到这话感到很惊讶。长期以来，他一直在努力读书和写字，但他总是认为自己不够聪明。

宁蒂的影子上升到他们上方的白色烟雾中，仿佛灯光把她的影子涂抹到墙壁上。即使她是食人族，摩吉也开始相信她不会吃了他。他向前倾身，凝视有蓝色光线的那一侧，但宁蒂使他的注意力转回到一幅图——图上画着一个坍塌的建筑物，波浪，颠簸的船——以及一个看起来像天文图之类的东西上。

“在人类进入现代文明之前，圣人便在星星上读取了宇宙的历史。他们绘制了黄道十二宫图来预测事件。看这里，图上标记了矩阵的下一个开口，也就是入口。这个位置就在这座山的上面，在树圈里。”

“哦，树圈！”摩吉说。他想起他的外祖父，一个拥有丰富考古学的行家，曾经说过这个地方是用来做祭典仪式的。

“这是一个神圣的地方。”她说，“每个至日和每个春分，我们都要返回这里重新建立我们与家的联系。”

摩吉对那个有蓝光的洞穴实在太好奇了，所以并没有听进去宁蒂的话。他把身子倾向前方，想看看里面到底有什么。

“我的主人！”她说，“注意，你必须警惕这次大地震。”

摩吉开始对所有的谈话感到有点怀疑，“你听起来很像格拉贝神父。”

“地球可能会电闪雷鸣，狮子会在笼子里慌乱地走来走去，但你不必害怕。”她说。

“所以，当世界末日来临，我们应该做什么？”

“保持镇定。”

摩吉的手感到刺痛。仿佛宁蒂，过去和未来都在用一种他没有掌握的语言跟他说话。

“我的主人，振作起来！”她说，“在有太阳之前就有光，在有星星和大海之前就有光。”她的双手随着话语起伏，放下，像两只拴着无形丝带的比翼鸟展翅高飞。仿佛这一次世界的分崩离析类似于七月四日的聚会，在聚会上，人们放烟花，在桌子上跳舞，出洋相，然后早晨醒来就是新的一天。

“那里有什么？”摩吉指着有蓝光的洞穴问道。

她示意让他看。从一个很小的开口向里张望，他对自己看到的景象惊讶极了，只见像海葵似的奇怪的植物从岩石上冒出来：它们都发出微小的蓝光。

“我们必须走了。”宁蒂说。

“等一下，我，我有事情告诉你！关于扎格罗斯。”这句话最终引起了她的注意，此时摩吉向她解释了前一天晚上发生的事。当他讲完后，他观察宁蒂的反应。她只是看着他，眼神犀利如剑。

他们返回到主要洞穴，宁蒂向其他人宣布，正如他们所怀疑，扎格罗斯选择回到人类文明中去。

紧接着是一片叹息声。

“什么？”马尼什大声喊道。

“你确定吗？”依米提图问。

“发生了什么？”巴比伦尼亚问。

“他想去城市。”摩吉说。

“你把我们的兄弟弄丢了？”马尼什问。

“我们不要仓促判断。”宁蒂说。

“扎格罗斯选择了自己的路。我们都可以自由选择。我们一定要祈祷他被安全地引导回家。”

萨鲁坎在角落里保持异常的安静，他正在把矛尖对着一块巨石打磨。

“我，我真希望从来没有让扎格罗斯帮我。”摩吉说。他多么希望扎格罗斯懂得愚蠢和勇敢的区别。

“你去哪儿了，摩吉？”

从谷仓传来的声音吓了摩吉一跳。他站在霍卡斯·普卡斯旁边，转身看到帕皮在门口吸烟。

“呃！”摩吉含糊地说，“到处跑。”

“你脖子上戴着什么？”

摩吉意识到是宁蒂送给他的项链从衬衫里露了出来。他的脸色顿时变得苍白。他一听到帕皮的声音，脑子便开始飞速运转，试图编一个与旧井泵有关的夸张离奇的故事。当他在打扫卫生的时候发现了这条项链，这个项链属于一个史前猎人，而外星人把这个猎人诱入一个飞碟；或它属于一个牛仔，这个牛仔上了一艘船，从圣米格尔航行到中国，在那里被一个秘密的刺客组织掳为人质。

帕皮把手迅速地有力地掠过霍卡斯·普卡斯的后背。“它很热，就像它走了比到井泵更远的路。就像它上过山。”他瞪大了眼睛。“这就是你谢我的方式？说谎？你去见那帮人渣了，对吗，小子？”

“哦！”摩吉的头感到抽痛。他绞尽脑汁地想该说什么。他该如何应对这个问题？“你看，先生，我，我想亲自去抓一个魔鬼。今天早上，我发现了一个，就一直追着他上了埃尔塞拉特山。我知道你，你不想让我去那里，但我近距离地抓住他的头发，就在他身旁。见鬼，他的动作很快！”

“嗯。”帕皮说，“他长什么样？”

“全身都是疤痕，目光残忍，就像魔鬼一样。”

“是，我知道你说的那个家伙。”

“我们离得就这么近。”摩吉用拇指和食指摆出一英寸的距离。

“听着，孩子，追逐印第安人与你无关。你只需要狩猎，捕几只松鼠，把最大的猎物交给我就行。”

“好的。”摩吉的脉搏还在狂跳不止。

在离开谷仓的路上，帕皮把一些还在发光的烟灰弹落在稻草中，燃起了小小的火焰。摩吉用自己的裤边把火扑灭。他已经非常擅长扑灭火焰。但帕皮不是唯一的引起火焰的人。在蒂莉酒馆里，摩吉知道他只是众多容易引起火焰的人们当中的一个。

第十三章

part 2

费尼根折磨摩吉的猫

那天深夜，帕皮蹑手蹑脚地到处走动，像一个穿着袜子的幽灵，吸着一种浸泡的调和物，制造出盘旋的绿色烟雾，弥漫在整个木屋。

早上，他把沸水倒进一个高高的带有铰链盖的陶瓷杯。“碎玉米。”他自言自语地说，仿佛在对自己的想法做出回应。配料都排列在厨房的桌子上。他把枫树糖浆滴到杯子里，每个动作都伴随着咕哝和皱眉。“三撮辣椒，一撮火药，搅拌。”

“我可以帮忙吗，先生？”摩吉问。

“不用。”

帕皮从一个铁罐里拿出一撮嚼烟，把它加到了调制品里面。他脸上的神态说明了一切：他的皮肤变白和出汗，一副痛苦的表情。

菲尼亚斯从桌子下走出来，毛皮像棕色的绳子一样打着结。

“那只猫需要梳理。”帕皮说。

“它，它不让任何人……”

帕皮发出一声呻吟，然后闪电般地一把揪起菲尼亚斯的脖子。菲尼亚斯的眼睛凸出，牙齿和牙龈都露了出来，被无助地悬在半空中。帕皮用另一只手在厨房的抽屉里翻。

“放开我的猫！”摩吉说。他抓住外祖父的手臂，使帕皮向后退。帕皮蜷缩着，但仍然抓着猫，另一只手拿着一把羊毛剪。他嘴里咒骂着，苦着脸，眼睛里闪着疯狂的光芒，大步走到门廊，坐在摇椅上。他使菲尼亚斯仰面躺着，把它的头按在它的两腿之间，并迅速从脖子到尾巴地剪掉了它的毛。菲尼亚斯咆哮着扑腾着，它棕色的毛飘扬在寒冷清晨的空中。

“停下吧！”摩吉大喊道。

菲尼亚斯像一只无毛的吉娃娃狗，松了一口气，跑回木屋。愤怒的摩吉跟着它回到卧室，砰的一声撞上了门。

“我是你的最终归宿，小子！”帕皮说。

在接下来的沉默中，摩吉担心他会签字让自己离开。他开始相信帕皮是对的：每个祝福都有阴暗的一面，每个诅咒都来自一个祝福。帕皮，他的监护人和监狱长。食光者，他的朋友和敌人。

摩吉把手伸到床下，抱起菲尼亚斯让它坐到自己的大腿上，并用它喜欢的方式抚摸它的耳朵。“我，我应该早点儿这么做。提防帕皮攻击你。”他打开窗户，让菲尼亚斯自由地外出。“去找她，菲尼。让她看看你有多厉害。”他抬头看着白云，想象着未来的巨大灾难。他想到公园里的格丽塔和乌玛正在火堆上煮饭，还有那些毫无戒心的村民正在各自忙活自己的事情。他想到了山上洞穴里的部落正在一起做一些别的事情，或许正在召开某种史前的大会。

“帕皮错了。”他大声说，“他不是我的最终归宿。”

第十四章

part 2

天哪，她回来了！

她像初冬那样不受欢迎地来了，仿佛她那迷人的手镯发出的声音敲响了季节的变化。她穿着牛角扣靴，宽大的非洲长袍，戴着库非帽，飞扬着火焰般的头发穿过院子，闻起来有一股滑石粉和醋的气味。自从葬礼以来，她比原先发福了一倍。她给了摩吉一个几乎令他窒息的熊抱。“亲爱的小伙子！亲爱的，亲爱的小伙子！”她一边说，一边摇摇她那迷人的手镯，“我真的很震惊，你能一直和一枚生锈的大炮住在这里。”

“我很好，谢谢你，蒂尔达。”帕皮不无讽刺地说，“你呢？”

“你怎么养孩子的？”她问。

“他没有怨言。”

“你这样说话真像个牛仔。你忘了你的家乡吗？蠢到家了。任何人都可以看到这个小伙子还没有吃饭。看看他的头发。”

直到那时，摩吉才注意到他变得很瘦，而且他的头发已经长得垂到了他的肩膀。

帕皮烹制沙丁鱼砂锅作为晚餐，他们俩喝光了两瓶麦克塔维什在他的乳制品地窖里酿制的葡萄酒。喝完酒之后，蒂尔达姨姥完全换了一种举止。没过多久，她就像帕皮失联已久的女朋友那样开始同情他。帕皮抱怨天气太热，抱怨他的后背不适以及该死的印第安人。蒂尔达姨姥哀悼她浪费掉的青春已经远去。接下来，他们开始悲叹爱尔兰的马铃薯饥荒，并大声开唱《丹尼男孩》。

晚饭后，摩吉回到自己的卧室，但他暗中窥视着大人们，急切地想听到任何关于自己境况变化的消息。无论他们怎么决定，摩吉不允许自己害怕，他已经在凭自己的想象力寻找一种新的巧妙方法来推迟他们的决定。他可以假装生病或跌倒，使情况看起来比实际上更糟，但随后他会被迫忍受帕皮采取的任何家庭补救措施。谁知道会是什么措施。令他惊讶的是，他们根本没有谈论他。他的未来悬而未决，而他们正在享受非常温馨、舒适的家庭团聚。米莉 - 梅一副幸福的样子，围着厨房打转。“哦，男孩，哦，男孩，哦，男孩。”他们高声唱着，回忆昔日时光，嘻嘻哈哈笑得简直喘不过气来，并时不时地为“憋屈的自己”干杯。

“你知道吗？”帕皮对她说，“我的十个孩子，也就是你的表外甥和外甥女——我指的是剩下的十个——他们对我像对陌生人一样。在葬礼上，他们很有礼貌，像步兵。”

“天知道，作为一个父亲，你又不是圣人。”蒂尔达姨姥说。

帕皮转身离开她。“呃，他们抛弃了我，除了凯特。每次我生病的时候，在黑暗中我想起的永远是她。”

姨姥冲到沙发旁边，扯了一张纸巾擦拭帕皮的眼泪。“亲爱的，不用担心。要是你知道死亡是什么样的就好了，那么你今天会待在船上，享受所有的阳光和美好。”她站起身，向冰箱里窥探。“变质的山羊奶，不新鲜的栉瓜蛋糕，被咬了一口的巧克力？看在上帝的分儿上，费尼根，你希望怎么照顾这个孩子？”

“去睡觉吧。早上再问我这个问题。”

“上学呢？上学怎么样？”

他把手臂放在眼睛上，“这个孩子可以经营牧羊场。他不需要上学。”

“这不对，我告诉你，这不像话。”

“呃，他很好，蒂尔达。”

“好，我告诉你一个消息，亨利拜托我把这个孩子带到爱尔兰。我想把他送到一所适当的寄宿学校，在那里，他将学会文法。”

简直比摩吉预期的更糟糕！灾难！

“什么——？”帕皮摇摇晃晃地挣扎着站起来。

“好了，好了，”她压低声音很严肃地说，同时笨拙地上下挥舞自己的手臂，“你会吵醒那个孩子。”

“我，我已经醒了。”摩吉说完，拖着沉重的步子回到房间。

“哦，亲爱的来了。”姨姥说。

“我不去。”摩吉说。

姨姥看着她的手表，“现在哪儿也不去，亲爱的。已经很晚了，去睡觉吧。我们明天早上聊，我有一个好消息跟你分享。”

“爸爸回来了？”摩吉问。

“不是！”姨姥说，“我的意思是……”她推着摩吉回他的房间。

“……我有一封信。”

“你不会把我带到钢铁谷仓吧。”摩吉说。他拒绝移动脚步。

“当然不会。”她说，“我不会的，不用担心，去睡个好觉。”

“你不许带我去任何地方！”摩吉说。

蒂尔达姨姥看着帕皮，仿佛想得到一些帮助。他护送她来到他的卧室，“蒂尔达，睡我的床吧。休息一下。”

“等等——”她开始说话，但帕皮已经关上了门。

帕皮看着摩吉站在他的简易床旁边，那是一个充满恐惧和绝望的背影。“早上我们再聊。”他说，“睡觉吧。”说完，他关上了门。

摩吉站在那里，像鬼魂一样徘徊不止，直到没有力气站立。

黎明时分，帕皮仍然在沙发上沉睡。摩吉给他盖上一张毯子，煮了咖啡，然后走到外面去照顾小动物们。

很快，蒂尔达姨姥穿着长袍，顶着一头火焰般的红发匆忙走出院子。“嗨！嗨！嗨！”她说，“费尼根船长过着养尊处优的生活，不是吗？”

“你看，它，它们一起移动。”摩吉一边说，一边指着在头顶上空盘旋的鸽子，“就像一只鸟那样，我喜欢它们拥有同样的步调。”他吹响卡祖笛，但只吹了一次，召唤鸽子飞回鸽舍，同时没有给部落“危险解除”的信号。

蒂尔达姨姥端着摩吉的肩膀，摩吉触到了她那巨大的如波涛起伏的肚子。

“可怜的小伙子，姨姥会让你的情况变好转。你会看到的。你的爸爸想要给你最好的生活。你属于我，跟我回爱尔兰。”

“绝不去爱尔兰！”摩吉大喊道。他步履艰难地回到木屋。

姨姥走进木屋，倒了一杯咖啡，把它放在帕皮面前的矮桌上。摩吉眯着眼睛，她的目光像黑暗的窗帘落在他身上。“你以为你爸爸还在爱尔兰。”她对摩吉说。摩吉靠在墙边站着，看起来像是一只睡眠不足，近乎疯狂的猫头鹰。

“除非地狱冻结，我才会去爱尔兰。”摩吉说。

蒂尔达姨姥把披肩扔到肩膀后面。“绝望的时刻需要采取激烈的措施。”她说。她穿着宽大的非洲长袍蹒跚走出门。当她赶着摩吉父亲的双轮单座轻马车离开的时候，向摩吉挥了挥手。

她第二天回来，面带志在必得的笑容，并带来一篮新鲜的烤饼。

“我应该早点来。”她对摩吉说，“我应该在葬礼后就把你带走。但我不知道你的爸爸要去……去……总之，我这辈子一直想要一个孩子，而且我觉得你应该有一个比这里更好的家。”

“不！”摩吉大声疾呼，“我，我不去！我在这里有朋友。在爱尔兰，我不认识任何人。”他浑身颤抖，使劲地用拐杖在地上猛敲。他几乎快要泄露他想要加入食光者的计划。

“天哪，这个家伙失控了！”蒂尔达姨姥对帕皮说。

“你能怪他吗？”帕皮问，“他有一个白痴父亲和一个夸夸其谈的姨姥。”

摩吉缓慢地走到外面。他快速走下坡道，然后失去了平衡，一头栽倒在鸽舍的一边，接着站起来，冲向小溪。在那里，他躲在花岗岩后面，直到夜幕降临，直到繁星闪烁，也许是受到星座的困扰，他的姨姥声嘶力竭地呼唤他。

蒂尔达姨姥声称在这件事情上没有选择（出生在白羊座的星象下），所以不会听别人的劝阻。接下来的周日，她又驾着马车来到牧羊场试图带走摩吉。但这一次帕皮封上了牧羊场的大门，她被堵在那里，发出一连串的咒骂。帕皮和摩吉把马车赶到大门口，试图跟她讲讲道理。

“现在是早晨最好的时光，蒂尔达。”帕皮说，“你去教堂了吗？”

蒂尔达姨姥从门口向后退，轻蔑地咕哝了一声。她瞪着他们，爬上亨利·利特曼的马车。“我要找一把斧头。”她说。

“像蝙蝠一样疯疯癫癫。”帕皮对摩吉说。他们从门廊上看着蒂尔达姨姥用斧子砍破那些木板。“在你的房间等着，我来应付她。”

虽然不确定外祖父的动机，摩吉还是选择加入反对这个顽固的爱尔兰女人的阵营，通过卧室的门仔细聆听他们的对话。帕皮给了蒂尔达姨姥一个亲切的态度，沏上茶，然后说出了最终意见：“这个孩子最好待在这里，我有鸡需要他来喂养。”

“我不会再推迟了！”蒂尔达吐了口口水，然后开始嘭嘭嘭地敲摩吉的门，“我要你一句话！”

摩吉把门打开了。“你休想！”他说，“我不去。我自己决定在哪里生活！”尽管他悲伤、沉重、绝望，但仍然希望与部落共建未来。他不知所措地突然跳过她，直接走出了木屋。

同样的事情又发生了。摩吉感觉就像回到童年时代，他试图让自己冷静下来，但他做不到。他想骑上霍卡斯·普卡斯去驰骋——但他的脑子很乱，找不到方向。一股突如其来的电流蹿上他的脊椎。他无法阻止它，无法以意志力消除它。他失去了对力量的控制，他的周围起风了。灰尘呈螺旋状离开地面，大风先吹走树叶和树枝，然后是木桶和鸡群。令他绝对惊讶的是，他竟然释放了一次肆虐的龙卷风。

帕皮和蒂尔达从木屋里往外看，都被眼前的景象惊得目瞪口呆。风结束的时候，蒂尔达姨姥走到外面拍拍摩吉的头，“很明显，你没有吃足够的淀粉，亲爱的。我会带着文件回来。”

第十五章

part 2

食光族的第二条规则

雨一直持续下了二十九天，没有停过。闪电和雷鸣响彻山谷，使泥土沿着埃尔塞拉特山的表面往下流。天气是摩吉最担心的事情。他曾多次骑上霍卡斯·普卡斯去寻找火焰洞，但食光者们用隐形法术把洞口隐藏了起来。他怀疑萨鲁坎是这件事的罪魁祸首。他仍然醉心于对巴比伦尼亚的渴望，极度想要一种新生活——一个真正的家庭。直到十二月的一个早晨，当摩吉在树林里看到宁蒂和双胞胎，才感到欣喜。

“啊，利特曼主人！”当他骑马靠近，双胞胎又欢呼又鼓掌。

“你能来真好！”宁蒂说，野生薄荷在她的手指间旋转。

摩吉盯着她，难以置信她的年龄。

“有时像上帝一样老，有时像新下的雪一样年轻。”她说。

“你又在读我的心！”摩吉笑着摇了摇头。他们很友善，似乎没有因为扎格罗斯的不幸而对他有任何恶意，这一点令他感到释怀。薄荷的香味让他想起妈妈的花园——很久以前那遥远的花园。

宁蒂和男孩们在研究他。他们看起来有点儿惊讶，难道他说什么令他们感到有趣的事了吗？

“怎么？”他问道，“你们知道我在找什么，对吗？”

他最近一直在想的是巴比伦尼亚……巴比伦尼亚穿过草地，巴比伦尼亚采花，巴比伦尼亚扔出长矛，巴比伦尼亚——他的秘密。无论她是印第安人还是比恐龙还古老的某种外星物种的偷蛋贼，那对他来说都不重要。这是多么神奇的新感觉！

“她和萨鲁坎在树圈。”宁蒂说。

“很好！”摩吉说，脸上难掩嫉妒的神色。

宁蒂莫名其妙地看着他，“你知道他打算娶她。”

巴比伦尼亚嫁给萨鲁坎？什么？“我……我——”

“我们走吧。”宁蒂说。她和双胞胎在霍卡斯两侧朝大橡树走去。摩吉下马，柱起拐杖。“关于巴比伦尼亚，关于我们，你有一些需要了解的东西。”宁蒂说，“在我们来这里之前，我们选择自己的身体就像世人选择马车。”

双胞胎咯咯地笑起来。

摩吉想了一会儿，“你想说什么？”

“我想说如果你和巴比伦尼亚在一起，我指的是在地球上，那么你会变老，她会保持年轻。”

“那么……你是说如果我们离开地球，事情就会不同？”

“是啊，在第五维度，人们对物质性的身体没有感觉。年龄是无关紧要的。”

“但是，巴比伦尼亚真的想嫁给萨鲁坎吗？”他问。

“你必须去问她。”

每个人都安静下来。

“我的主人，你没有注意到你现在说话口齿清晰了吗？”宁蒂说。

摩吉很惊讶，“我，嘿，你是对的。我没有口吃了。”

“你看，奇迹可以发生。”她笑了。

摩吉高兴了一会儿，但一想到巴比伦尼亚要和萨鲁坎结婚，他的心情就黯淡下来。“口齿清晰有什么好处？”他问，“那也帮不了我。”

“哪里哪里，当然要做些什么！你的任务是什么？”宁蒂问。

“我不需要任务，我需要魔法。”

“我的主人，我想让你听我说，仔细听。”她用严肃的语气说，“最终，每个世人只有一个真正的目标：意识到爱和表达爱。看在上帝的分儿上，慈悲比魔法更强大。”

他眯起眼睛。

“我给你出一个谜语。”她说。她把一块卵石抛到空中，落在泥土里。“你能看到重力吗？”她相当严肃地问。

“你就是某种重力，不是吗？”她继续说道。

“我已经知道这一点，在书里看到过。”

“事实上，你甚至可能把你的生命赌在上面。”她说。

“见过方形西瓜吗？”他有自己的一两个谜语。

“听着，我的主人。”她说，“时间不多了。”

“硬币游戏怎么样？”他问。他没有听她说话，至少没有意识到应该去听。他认为加入部落的唯一方法是表演令人炫目的魔法和展示力量。“我想学读心术。我想预知未来——”

“你要继续浪费我的时间吗？”宁蒂挺直身子。

摩吉注意到她有点生气了。“对不起。只是……我想证明萨鲁坎做的任何事情，我都可以做到。”

“有更重要的事情让你去证明，我的主人。你有一种超能力，它不受你的意志支配，这种力量与整个宇宙的力量是一致的；正是这种能量促使生命有了起源。”

马尼什取回宁蒂扔掉的卵石，她又把它抛到空中。这一次，它停在半空中，在摩吉的头部上方旋转，像一个小小的星球。

“怎么——？”摩吉问。

“这是从山羊养殖升华到猜谜，从猜谜升华到爱迈出的一大步。”宁蒂说，“注意，亲爱的：你的心是一个花园。如果你不注意，你的邻居会践踏它，野兽会吞噬它，狗会在里面排便。”

摩吉简直想笑，但他极力忍住了。一颗充满大便的心！双胞胎遮掩他们的笑容。卵石继续旋转。摩吉的双手和双脚都感觉刺痛。他瞥了一眼乡村路，察看帕皮的马车。

“你已经准备好花园，你也种上了可口的西瓜，并把它们赠予穷人。”她说，“我为你鼓掌。我们接下来看看第二条守则怎么样？”

摩吉注视旋转的卵石，把身子倾向一侧寻找线体或磁体。

“现在，重力是物理宇宙中最强大的力量，对吗？”宁蒂继续说。

“对。”

“错！什么更强大？想想看，什么能颠覆重力定律？”

他仔细考虑这个问题，想到是重力使陆地免于飞离地球，是重力阻止行星和星星相互碰撞，于是他得出结论只有一种方式可以颠覆重力定律：“魔法！”

卵石落在他的头上。扑通一声！沙尔和马尼什喘着粗气，抽了抽鼻子，露出笑容和整齐的牙齿。

“不不不，不对。”宁蒂对摩吉说。她指着他的太阳穴，“静下心来，我的主人，休息一下。”

“你要告诉我如何在我的头上种西瓜吗？”他面带讽刺的笑容问道。

双胞胎报以讥讽的大笑。马尼什深情地用一只手臂揽住摩吉的肩膀。米莉－梅大步朝他们跑来。

“答案是爱。”宁蒂说，“爱比重力更强大。而且，它引出我们守则中的第二条规则：与敌人和平共处。”

“什么？”摩吉问。由于某种原因，这一点立刻让他烦恼。

“让我们坐下来。”宁蒂说，他和双胞胎坐在地上，背靠大橡树的树干。摩吉下降到一个尴尬的姿势，腿弯曲到一边，胳膊弯到另一边——一个受折磨的姿势——仿佛被悬挂在马鞍的一侧。

“闭上你的眼睛，只是呼吸。”宁蒂说。

摩吉闭上一只眼睛，另一只眼睛像流氓海盗那样半睁半闭。噪声、说话声、野火和雷暴声都涌入他的脑海。若是他的外祖父发现他与敌人联合会怎么样？魔鬼和巴比伦尼亚在哪里？

“静心！”宁蒂说，“这些噪声只是手段，是笼子里的小鸟。忘记它们，忘记你的身体一分钟，让生活保持原样。”

她的话是一种奇怪的安慰。摩吉永远记得她的眼睛里充满天使般圣洁的光芒，以及她长长的手放在他肩膀上带给他的力量。她说：“安静，我的主人。相信慈悲的力量，因为它是幸福的关键。”

摩吉又闭上了眼睛。脑子不再飞速地运转。他突然意识到自己幸福的最大障碍似乎是：萨鲁坎。

“怎么？”宁蒂捅了捅他，“你想要金币还是奇迹？”

第十六章

part 2

一个惊人的事件所带来的暗示

由于背部不适和异常寒冷的冬季，帕皮从来没有回到东部田野去工作。但他不时地公开宣称他的身体状况不会阻止他经营上的变动。摩吉只希望延迟离开能一直持续到春分，到时每个人都忙着大地震之后的清理，而无暇关注食光者。

通常，他都非常小心地掩饰自己对外祖父的绝望。夏季似乎无所不在的光线被冰雹遮蔽，圣伊西多尔的夜空没有星星，就像被乌贼墨浸染过那样漆黑。当他坐在门廊的摇椅上看着冰冻的冰雹磨掉了附属建筑的棱角，摩吉此刻作为一个年轻人，需要有人来帮助他走出心灵的黑暗。他的姨姥有一天会回来，并拿着合法文件带他离开。

当暴风雨来临的时候，三个星期以来大部分时间在喝酒和睡觉的帕皮会跌跌撞撞地走到外面，瘫坐在摩吉旁边的摇椅中。

“呃！”摩吉说，“我数了一下，现在大概有十四只鸽子、三十九只山羊、两头奶牛、两头驴子、一匹马、一只狗。我不知道有多少只鸡……我怀疑你爱它们吗？”

“什么？”帕皮问。

“我的意思是，你爱小动物，因为你喂它们，对吧？让它们安全。但是你知道，知道该怎样爱一个女孩吗？”帕皮·费尼根从他的瓦罐里猛喝了一大口酒，暂停了一下说，“和爱小动物一样。”

摩吉精神恍惚，“爱是个奇迹。”

帕皮吃下一颗树莓，“我不知道什么是奇迹。难道成为一个人不算奇迹吗？”

就在这时，一个庞然大物从谷仓后面走出去，进入田野。美洲狮？摩吉慢慢地站了起来。

“该死的家伙！”帕皮从摇椅里弹了起来，冲进屋里，提着猎枪奔向夜幕中。

摩吉这次没有试图阻止他。他知道美洲狮已经走远，但第六感告诉他那是安娜希塔。他最后一次看见它的时候，它的尸体在小溪里打转。它怎么还活着？最后他得出一个令人惊讶却合乎逻辑的结论，这是小溪的杰作，一定是长满苔藓的岩石上那潺潺的溪流使它重新活过来的。

第二天早上日出的时候，摩吉骑上霍卡斯·普卡斯穿过院子，打算去找部落向他们展示自己的一点儿魔法。意外的是，有个东西从一截橄榄枝上落下，像一个巨大的熟透的橄榄倒立悬挂着。

萨鲁坎！霍卡斯吓得暴跳了起来。摩吉试图控制它，但萨鲁坎从上空抓住摩吉的头发。摩吉疼得尖叫。这种痛苦是无法忍受的。他伸出手，使出洪荒之力扭住萨鲁坎的手臂，迫使萨鲁坎放手。当摩吉骑马进入树林的时候，雷声在山谷中咆哮。

独立的精神在摩吉内心渐渐呈现。他在大橡树附近的树林里找到了宁蒂、依米提图、巴比伦尼亚和双胞胎。向他们鞠躬后，他迅速拿出一个溜溜球，像单手明星那样开始展示。“完全是物理学效应。”他说，“善有善报，恶有恶报。”

年轻人们高兴地大叫起来，一窝蜂地聚在他身后。巴比伦尼亚和老人们只是微笑着继续采蘑菇。一夜之间，土壤中绽放的蘑菇又大又湿润。

“我看到安娜希塔了。”摩吉说。其实他是在测试他们。依米提图点点头。所以这是真的，安娜希塔还活着！

“还有什么？还有其他魔法吗？”马尼什和沙尔在摩吉身后大声地要求。

他拿出妈妈的音乐盒，把它举起来。“这个，不是一个玩具。”他非常严肃地说。

“啊！”双胞胎说。

巴比伦尼亚好奇地瞥了音乐盒一眼。她面带羞怯的笑容向他走过来。他俯下身子向她展示盒子。她的脸与他如此接近，以至于他可以闻到她的呼吸——像蜂蜜一般甜美，像自由那样令人向往。她在对他做什么？她的眼睛里闪烁着某种东西。恶作剧？他不知道。

就在这时，萨鲁坎突然出现了。摩吉把音乐盒塞进口袋，对巴比伦尼亚说："其实，它现在不想唱歌。"

"得了吧，这里都是你的朋友。"萨鲁坎说。

摩吉在自己的牛仔裤上摩擦点燃了一根木制火柴，然后把它举了起来。"魔法！"他大声说道，他为自己重拾这一失去的"魔法"而感到自豪。

萨鲁坎窃笑起来，把手挥了一圈然后举起手，只见一簇火焰从他的食指尖冒了出来。"魔法！"

双胞胎伸出手，试图摸索摩吉的口袋。

"小心！"摩吉一边说，一边把他们打发走，"如果你们让这个盒子疯了，它将永远不会再唱歌。"没等摩吉反应过来，萨鲁坎就跃到霍卡斯的后方，然后降落在摩吉身后的霍卡斯的背上，三下五除二地把音乐盒从摩吉的口袋里移了出来。

"我们的火炬手。"依米提图嗤之以鼻地说，他和宁蒂目睹着这一切，"还记得你说了什么吗？萨鲁坎无私奉献……"

萨鲁坎跳下霍卡斯，摇晃着音乐盒，把它放到耳边。摩吉咆哮着，像秃鹫一样抓起拐杖冲过去。萨鲁坎一边躲闪，一边大声狂笑。摩吉挥起拐杖向他击去，但没有握稳，拐杖掉在了地上。摩吉使霍卡斯调转方向，发起第二次进攻。他打出一记右勾拳，但萨鲁坎抓住了他的拳头，像钳子一样紧紧地攥着。

摩吉挣脱了萨鲁坎的束缚，这一次他抓住了萨鲁坎的头发。"要盒子还是你的头发！"他拖着一边号叫一边咒骂的萨鲁坎，直到萨鲁坎最后把音乐盒扔到空中。摩吉纵身抓住了它。然而，他的胜利是短暂的。宁蒂、依米提图、巴比伦尼亚和双胞胎只是站在那里看着他，仿佛他是一块正在溃烂的口疮。

摩吉屏住呼吸，眼睛因尴尬而感到疼痛。这是他第一次读出了他们的想法：要音乐盒还是要部落？这不是一个容易的决定。音乐盒是他与他的过去，是他的妈妈和爸爸、他的家之间最重要的纽带。他很想保住这个纽带，这是他永远保留幸福记忆的方式。回到木屋，给音乐盒上紧发条，就可以舒缓自己疲惫的灵魂。但现在他要做一个难以抉择的决定：如果他要向部落证明自己的价值，如果他想打动巴比伦尼亚，那就必须心甘情愿地放弃。

"好吧！"他叹了口气。他把音乐盒递给萨鲁坎。

萨鲁坎走到他的右边，"你是个傻瓜。如果你认为可以收买我的话，那你就错了。"

此时，摩吉的身体感觉像是一只被风雨侵蚀的手套，已经不再适合他的手。他回到牧羊场，开始一场运动来挑战自己的极限，悄悄地站在谷仓里练习站立，米莉 - 梅是他的唯一见证者。他跌倒又站了起来。他跌倒又爬了起来，一次又一次 ，反反复复。他假装面前这只金色毛发的杂种狗是一位娇羞的少女，他对它说："你愿意给予我一份至高无上的荣誉……你愿意嫁给我吗？"他躺在谷仓的稻草上，咧着嘴傻笑着，想象着巴比伦尼亚穿着婚纱，想象着和她以及其他人一起开始的新生活。直到脑海里妈妈的声音冒了出来：首先摩吉，你必须学会穿戴得体。这是他必须做好的一件事，只此一次不再重复。

摩吉从卧室私密的角落拿出他的旧鞋带，把它们系到鞋子上。

无论再艰难，他都要系上它们，虽然用一只不灵光的手完成这件事很困难。他把鞋带穿上穿下，拉紧，系了一个结，然后把结向右拉一下。一遍又一遍地，三次，五次，甚至十次。天知道他尝试过多少次。当他承受了多次的失败之后，他打了一种双结，然后才就此作罢。

从那时起，萨鲁坎抓住每个机会激怒摩吉。在黑夜里最黑暗的时刻，他派蛇走进摩吉的梦里，“要想成为一个奇迹制造者。”他不无讽刺地说，“你必须对毒液无动于衷。”摩吉知道是萨鲁坎施法术让埃尔西凌晨在他窗外哞哞叫。还有谁会在摩吉练习骑自行车的时候让秃鹫把一只只活老鼠扔在他头上？是萨鲁坎。他变幻多端，无处不在。他可以变成蝙蝠出现在谷仓椽子上，也可以变成蛇出现在草地上。这一秒还在这里，下一秒就去了别的地方。萨鲁坎从不错过任何一个机会批评摩吉，嘲讽他竟敢妄想混进一个更优越的种族。摩吉在轮番的打击当中树立了新的勇气，萨鲁坎根本无法战胜他。

米莉－梅吠叫了三次，仿佛在唱哈利路亚（赞美上帝的圣歌）！

摩吉转过身，窘迫地看到他的外祖父正站在他身后。

第十七章

part 2

摩吉报信但无人在意

帕皮鼻孔张大，眼睛几乎像要从眼眶里弹出来。

“据说这会带来好运。”摩吉指的是他眼睛上面的白点。

“哼，我应该——”帕皮笨拙地伸手触碰他，但摩吉从他的胳膊下躲开，踉踉跄跄地走进厨房，把桌子放在他们之间。“你骑上马，去那个被上帝抛弃的山上告诉那些流浪者，如果我回来的时候他们还不走，我会用炸药送他们回家。”

摩吉走到外面，骑上霍卡斯·普卡斯离开。火焰洞似乎每次都不在同一个地方。霍卡斯·普卡斯曲折行进又原路返回，当摩吉到达竹帘的时候，霍卡斯大口地吸气。当然，由于是下午，洞穴是不可见的。“夫人！”摩吉大声喊道。他等了一会儿又大声呼喊。空气中发出强大爆裂的电击声。鸟雀突然冲破竹帘飞了出来。山坡仿佛变成了液体，泛起涟漪，能量波从中心向外辐射，洞口很快呈现了。沙尔背着谢尔曼出来了。“什么消息，我的主人？”他笑着问。

“你和其他人最好离开。是不是还有另一个洞？我的意思是，如果你们不离开这里，就会在此终结。”

“兄弟，你找到开始了吗？”谢尔曼问。

“没。”摩吉说。

“那么请告诉我，为什么你说会终结？”

“好吧！”摩吉说，“我真的需要和宁蒂谈谈。这很重要。”他这次没有进入洞穴之前就先下马了。

沙尔带领摩吉和米莉－梅走进洞里。萨鲁坎从他们背后冲过来，手里拿着一只死去的野鸡，嘴里发出喇叭般的声音。萨鲁坎比摩吉印象中更高大。这个眼中钉肉中刺身上那些他亲自用滚烫的刀刃刻上的疤痕给摩吉一种毛骨悚然的感觉。

在洞穴里，萨鲁坎的野鸡掀起了热闹的气氛。人们竞相拍手欢呼。

“萨鲁坎万岁！”马尼什喊道，一边拉开野鸡的翅膀检查羽毛。

摩吉有些僵硬地笑。他清了清喉咙，挥挥手示意大家。“是的，我有一些重要的事情要告诉大家。”

喧闹中，没有人听到他说什么。宁蒂光顾着看萨鲁坎带来的野鸡和它漂亮的羽毛。年龄最小的年轻人深情地爱抚米莉－梅，并把摩吉的口袋翻了个遍。基莎把摩吉的口袋抢过来，“艾鲁！”她用不赞成但熟悉的语调说。当摩吉让一只毛毛虫神奇地出现在他手心的时候，萨鲁坎也说过这个词。“艾鲁”肯定不是什么值得骄傲的字眼。“呃，难道没有人关心这里要被炸毁这件事吗？”

部落开始用他们的语言大声唱歌，年轻人围着火坑跳着疯疯癫癫的吉格舞。

“就为了一只死鸡？”摩吉问。大家就像没看见他似的。

“比你那些破鸡蛋和水果强多了！”萨鲁坎说。

米莉－梅朝他吠叫。萨鲁坎蹲了下来，一边咆哮一边露出他的牙齿。他把双手举在头顶上，像一只螳螂那样向外张开。米莉－梅发出哀鸣，趴在地上。

“是因为扎格罗斯，不是吗？”摩吉问，“他们怪我把他弄丢了。”

“你和你的外祖父击中了安娜希塔并不够。你必须——”

“什么？”

“你并没有杀死它，不是吗？”

当宁蒂经过的时候，摩吉伸出手拦住了她。“夫人，我认为你并不明白。我的外祖父正在制作炸药。你知道这意味着什么吗？这就像火山即将爆发。”

宁蒂给火坑添了些燃料。“不用担心，我的主人。野鸡是一个好兆头。我们今晚可以好好吃一顿。”她和部落的其他人围着火坑，手牵着手。他们用自己的语言唱歌，他们的脸颊在火光的照耀下闪闪发亮。

摩吉从洞里走了出来，摇摇头。

萨鲁坎跟在他身后。“他们饿了，你怪他们吗？”他说。

摩吉被他的坦率惊住了。他骑上霍卡斯准备回去。

“谢谢你警告我们。也许你是可以被信任的。我会还你这个人情。我告诉你如何向部落彻底地证明你的忠诚。”

他这番话引起了摩吉的注意。

“牧羊场有很多山羊，是吗？”

“对。”

“如果你能送来一只山羊，我会把它当作一份和解的礼物，你将得到我的祝福。我们亲如兄弟。”

“只是一只山羊？”摩吉说。

“对。”

“他们饿了。”摩吉在下山的路上对霍卡斯·普卡斯说，“一只野鸡不足以让二十个人吃好。一只山羊肯定能填饱他们的肚子。而且巴比伦尼亚，好吧……养活她们并给她们安全感。这是帕皮对女人下的结论。”

第十八章

part 2

羊肉汤

为了证明自己，为了生活在一个新的世界，在那里他所要做的就是在地上播撒魔法种子，随心所欲地种植西瓜；在那里他可以收获各种奇迹，并且拥有友谊和家庭，摩吉难以抗拒萨鲁坎的诱惑，认真考虑了他的建议。

当他回到牧羊场，帕皮的马车还没有回来。他径直走到步枪柜，心怦怦直跳，身体紧绷得像拉满弓箭的弦。一只小野鸡并不足以养活他们。他把步枪的背带系在猎枪上，并给猎枪装上子弹。一只山羊是极好的。一份了不起的和解礼物肯定会打动部落里的所有人。

摩吉斜背着猎枪走到羊圈门口，站在十几只凸出的眼球面前，他靠在外墙的侧板上，把猎枪举到肩膀上。给他们一只山羊很容易，不是吗？但最终，他还是不相信萨鲁坎的话，并且他也不想扣动扳机。但完全出人意料的是，此时米莉－梅冲进谷仓追逐一只蜥蜴，撞到摩吉身上，使他失去了平衡。猎枪的冲击使摩吉仰面躺在了地上。他面前的稻草里躺着鲁弗斯，一具扭曲而没有生命的尸体。一些其他的昏倒羊立即昏了过去，啪的一声侧身倒地，四脚朝天。其他山羊冲向外面，眼睛瞪得鼓鼓的，嘴巴大张着。

摩吉的耳朵在嗡嗡作响。当他回顾刚才所做的事，当他看见鲁弗斯脖子上血淋淋的洞，他想要呕吐，而且羞愧万分。事实上，他几乎晕倒了，就像当他看见帕皮杀鸡的时候那样。

很快，部落的成员们抵达这里，一群长腿，头发飞扬，额间有白点的人——双胞胎、宁蒂、依米提图、巴比伦尼亚、萨鲁坎和其他人。

谷仓外面开始下雨。

“是枪响吗？你没事吧？”宁蒂问。

一看到鲁弗斯死了，巴比伦尼亚和一个较年长的妇人便跪倒了，并开始低声祷告。

“我没有……”摩吉低声说。

“我的主人，你做了什么？”宁蒂说。她的声音里透着深深的失望。

摩吉不知所措，感到头晕目眩。

萨鲁坎摇了摇头，叹了口气：“勇敢，老兄！圣诞快乐！”

宁蒂闭上眼睛，似乎在祈祷。然后她摇了摇头。“没用，山羊的灵魂不想回来。我不能使它复活。”她低下头，转身离开。

“真是悲哀的一天。”马尼什说，“你杀了苏荷马斯兄弟。”

“没用，我的主人，我们和你道不同。”依米提图说。

部落的人们聚集在一起，神情凝重地穿过南部的田野。

摩吉再次独自一人，非常悲伤。摩吉·利特曼，家庭的毁灭者，杀死山羊的凶手。谁会爱他，谁会不把他当作一个跛子、儿子，孙子或孤儿，谁会不把他当作一个包袱或一个悲伤孤独的故事，而只是爱他这个人？有谁会爱那个温顺、善良、奇怪又普通的摩吉呢？

那天晚上大雨滂沱，院子里的树木和棚子在雨水的洗礼下无精打采地低垂着头。

在那段时间，菲尼亚斯出现在木屋，它的毛已经长成原来的样子，又长又有光泽，被雨淋透了像是女人的假发。摩吉把菲尼亚斯抱进来，把它的毛皮弄干。“我做了一件蠢事，菲尼，你可能无法相信这是一个多么巨大的错误。也许你认为帕皮把你的毛皮弄得一团糟很懊恼，但那比起我对山羊做的事简直太微不足道了！”

第十九章

part 2

帕皮大发雷霆

雨水敲打着屋顶，摩吉在清洗猎枪。帕皮带着三箱炸药回到牧羊场的时候，已是晚上。到那时，摩吉已经编了一个故事来解决问题。

帕皮走进屋子，猛灌了一口威士忌，然后朝摩吉点了一下头以示赞许。“好孩子，即使大象站在你的头上，你也不会打它。”

“是的。”

“那些印第安人！”帕皮咆哮道，“你说有一个人出来寻找施舍物？”

“是的。一个疤痕累累的丑孩子。”

“哦，我知道他。”

“他来谷仓了，所以我拿着猎枪去追逐他。”摩吉说。

“然后呢？”

“他试图抓住枪，然后枪走火了。”

“以前我说他们不好，你还不相信。”

“是啊。我的动作有点慢，你知道的。”摩吉的脑子在飞速运转。他为帕皮的杯子斟满酒。

“是的，有点慢。”帕皮说。他吞下一片金黄色的药片，摩吉又把杯子斟满酒。

“我是一个简单的人，我过着简单的生活。我不要求太多。”帕皮说，“我有权在我自己的土地上按自己的方式独自生活。这是我唯一的要求。”

“我想抓住那个有疤的孩子。”摩吉说完，把步枪放到一边。

“我猜你想说你认为自己能够攻其不备。”

帕皮像尖刀一样锐利。摩吉看得出他脸上神情紧张，就像他上次崩溃之前一模一样。帕皮来回踱步，皮鞋的后跟重重地敲击在橡木地板上。钟表的嘀嗒声敲得越来越响，摩吉的心怦怦直跳，大发雷霆的帕皮用力猛踢那口旧钟，使它摔倒在地板上，破碎的玻璃和螺旋弹簧散了一地。

帕皮揪起摩吉的衣领，“小子，你到底是支持我还是背叛我？”

“呃，你知道……”

“他们在哪儿？”

“洞里，先生。”摩吉认为帕皮永远找不到洞穴。

“敢对我撒谎，我就把你送到你那疯疯癫癫的姨姥那里。我做得出来。”帕皮的声音嘶哑，充满苦涩的味道。他放开了摩吉。

“去睡觉吧。”帕皮说完，看着步枪。

帕皮从他的椅子上跌跌撞撞地移到床上睡觉的时候，早就过了凌晨时分。他一回房间，摩吉就走到厨房，把装海带片的罐子从架子上拿下来。即使大象站在你的头上，你也不会打它。没有更多的死亡。山羊不会死。印第安人不会死。大象也不会死。他小心翼翼地把海带片倒进步枪的枪管里。

第二十章

part 2

卡拉度之树

三天后，当第一道曙光升起的时候，一群人到达圣伊西多尔。麦克塔维什和村民们坐着马车或骑着马赶来。帕皮坐在爱吉身上，问候宾果市长。摩吉从门廊上看着市长，只见她坐在一匹出色的骏马身上，点燃一根污迹斑斑的树枝，然后挥舞着它朝山上奔去。

摩吉感到脊背发凉——悲剧的预兆。菲尼亚斯也一定感受到了，它蹲在鸽舍下面，尾巴在抽搐，眼睛里闪着野性的光芒。

“埃尔塞拉特山。”帕皮对摩吉说。

两分钟后，摩吉骑上霍卡斯·普卡斯，手里紧握着他的拐杖。

“最好的战斗总是在日出打响。”帕皮说。

摩吉吹了三次卡祖笛，小声地咒骂自己。他再次发出了完全清晰的信号！但没有必要担心，对吧？帕皮用一支装满海带片的步枪能造成什么伤害？

“我向你爸爸保证过，孩子。”帕皮说，“我答应像对待自己儿子那样照顾你。今天早上，我要兑现这个承诺。”

哇！这是真的吗？这就是帕皮从来没有把他送去钢铁谷仓或提加丁院长那里的原因？他曾许下诺言——并遵守诺言。突然间，摩吉感到混乱和不安。他很想转移开那帮上山的人。

“等等，也许……”摩吉想说，但已经太晚了。

帕皮挥舞着他的步枪，大声喊道：“东部田野！”然后他和麦克塔维什带领村民们穿过笼罩着红色薄雾的黎明。他们穿着连帽斗篷，看起来像掘墓人，而不是牧羊场工人。

摩吉忽略了一个小细节：炸药。

他骑马上前待在市长旁边，无法分辨是马蹄发出的嗒嗒声还是自己血管里血脉偾张发出的巨响。

“我想，武器违反村子的法律。”他说。

“我们不在村里，孩子。”

当他们到达东部田野的洞穴时，麦克塔维什消失在地下，上来的时候提着很多步枪，他把步枪递给村民们。市长拒绝步枪，她手上挥舞着一把短口手枪。当麦克塔维什和帕皮把炸药塞进鞍袋时，摩吉祈祷部落此时早已警觉，使洞穴的入口隐藏。

米莉－梅把它的鼻子贴在地上，走在最前面。它知道技巧，无数次熟练地嗅出了火焰洞。

摩吉的呼吸加快，他向圣徒祈祷，他向他的妈妈祈祷，他向星星、太阳、所有生命之源祈祷。他一直祈祷，直到一大群人到达山上的第三个休息区，那里即将接近洞穴。

竹帘就在他们上方，竹帘后面的洞穴入口明显得不能再明显了。

摩吉感到自己脸上的血液凝住了。

“从下面掩护我。”帕皮说。他跳下马，然后沿着斜坡朝竹帘方向往上爬，竹帘正好在洞口的外面。帕皮的一只肩膀上背着鞍袋。麦克塔维什登上洞穴上方的区域。每隔三步，他就把地上的炸药串在一起。帕皮挥手示意村民离开洞口的两侧。他缓慢且小心翼翼地走近竹帘。突然，一大群野雀如暴风雨般冲了出来，每个人都跳了起来，然后当宁蒂透过竹帘向外看的时候，他们又跳了起来。

“卡拉度！”她说。

帕皮踉踉跄跄地向后退，把猎枪瞄准她并扣动了扳机。除了钢铁与钢铁撞击发出的撞击声，什么都没发生。他失去了立足点，头朝下朝着陡峭的斜坡翻滚下去，经过树叶、岩石和腐烂的树枝，此时猎枪朝空中射出一团绿色的尘埃——发生的一切都像是慢动作，宾果市长无奈地朝他的方向赶去，麦克塔维什向他大声喊着什么。然后，帕皮撞到一棵古老而粗壮的橡树上，头骨迅速地裂开一条缝。

摩吉简直无法呼吸。他惊惶地骑马沿着山坡冲下去，然后下马瘫坐在他的外祖父身旁。麦克塔维什已经在那里，他正用自己的斗篷垫在帕皮的头下。

帕皮的眼睛是睁开的，目光呆滞。他在低声耳语。摩吉俯下耳朵听他说话。

“我感觉不到我的腿。”他说，“听着，孩子，如果我不这样做——”

“什么？”摩吉几乎听不清他在说什么。

“你就像我的儿子一样，”帕皮说，“我永远无法了解我的儿子们。”

“我去寻求帮助。”市长说，“掩护我！”她绝尘而去。

摩吉撕下自己的衬衫，把它盖在帕皮的胸部。帕皮的眼睛闭上了，眉头皱在一起，神情就像在做噩梦。他的嘴唇裂开，鼻子被划伤。一些枝杈和叶子缠结在他的头发上，血顺着他的头流到斗篷上。他笑了。“嘿，我的背不疼了。”然后，他的眼睛失去了生气，“蒂尔达，你是对的。”他低声说。说完之后，他就没气了。

麦克塔维什检查他的脉搏，摇了摇头。他合上了帕皮的眼睑。

“不！”摩吉哭号道，“帕皮，不！”他控制不住地发抖，用手使劲地拔地上的草。“为什么你不能忽略这些事情？”

麦克塔维什用胳膊揽住摩吉，以示安慰。他示意村民们把摩吉的拐杖拿来。“我很抱歉，小伙子，我真的很抱歉。”然后，他示意村民们继续攻击山上的部落。

萨鲁坎咆哮着举起长矛。麦克塔维什转过身，射击他的胳膊。萨鲁坎扔下长矛，抓住麦克塔维什的胳膊。

“别浪费功夫对我施任何巫术。”麦克塔维什说，“无论是死是活，我都要把你们一锅端了。是时候让你们赎罪了。”

摩吉站起来，走到宁蒂跟前。“做点儿什么！”他说，“让帕皮活过来！”

“我的主人，我们无法帮助他。”宁蒂说，“不能在这里。不是现在。”

“但是你说过，一切皆有可能。奇迹呢？”

“我们曾经试图与他维持和平。他从来没有接受过我们的帮助。现在怎么会接受呢？”

帕皮看上去像是在小睡。摩吉摸了摸他那长满老年斑的手。仍然温热。他想象着他的妈妈与帕皮在死后相聚的场景。他想象她会惊讶地哭泣。

在市长带着治安官、医生、牧师和殡仪执事赶来之前，时间似乎定格成了永远。事实上，圣米格尔的整个急救团队都出现了，包括酒吧老板、面包师、半打渔夫都算在内。医生扒开帕皮的眼睑，查看他的瞳孔。“费尼根船长，恐怕你这次没救了。”他说。治安官封锁了大橡树周围的地区。

格拉贝神父跪下来为帕皮在胸口画十字，然后站了起来。“我想这意味着圣诞巡游将被取消。”

治安官示意部落的人们上马车，他们像待宰的羔羊服从了治安官的指示。双胞胎握着巴比伦尼亚的手。“紫色的花在哪里？”马尼什睡眼惺忪地问。当三个武装的村民驾驶马车离开的时候，受伤的萨鲁坎对摩吉以口形默示“毛毛虫”三个字。

治安官询问摩吉是什么导致了帕皮的死亡，摩吉几乎说不出话。“我们今天早上骑马出去，然，然后……”这就是全部他能说的话。

“我们有这个权利，警长！”市长插了一句，“嫌疑犯正在侵入。”她把手枪里的子弹取出来放到手袋里。

村民们把帕皮的尸体放在担架上，抬着他穿过田野。米莉－梅跟在旁边，用它的鼻子轻碰帕皮的手，就像在期待帕皮拍它的头。担架被滑到殡葬执事的马车上。摩吉的心简直要碎了。

“这是个耻辱，奇耻大辱。”市长说。她转向摩吉，“孩子，去把你的东西收拾一下，你要回家了。”

摩吉震惊地回到木屋，把一些衣服塞进他的书包里。他不能忍受独自待在木屋里，因为他害怕帕皮的灵魂会穿过厨房寻找威士忌，所以他来到了院子里。首先看到的仍然是鸽子，山羊藏在谷仓里。霍卡斯从后面走出来，轻轻碰了碰他。“新鲜的胡萝卜，霍卡斯。”他说。只见霍卡斯的嘴唇之间吹着气，把头偏向鸡舍的方向。“怎么了，姑娘？”原来鸡舍里有六个蓝色的鸡蛋。他猜想霍卡斯想告诉他去捡回鸡蛋。这已经没有任何意义。尽管如此，他还是捡走了它们。

III

three

一条漫长而曲折的路——通向不可预见的困难

第一章

part 3

摩吉回到温布利伍德

蒂尔达姨姥打开了温布利伍德 11 号的门，映入眼帘的是市长和摩吉。她惊讶地看着他们，当她得知帕皮去世的消息，显些跌倒在书架旁。

厨房的地板在过去的六年里变得黯淡无光，饼干罐是空的。墙上的霉菌就像过去的鬼魂在发出嘶嘶声。蒂尔达姨姥在烹茶的时候，向市长保证她会照顾摩吉。这就是他唯一听到的谈话内容。厨房的桌子上有一块还没有吃的腌鱼三明治，钟表的嘀嗒声和附近海浪的冲击波都令他感到威胁，因为帕皮躺在担架上的形象一直萦绕在他心头。他从来没有感谢过他的外祖父接纳了他。他不习惯对任何人说谢谢。至少他应该感谢帕皮没有把他送走，即便他是为了遵守对爸爸的承诺。他希望整个世界都被炸毁——那些不可能的开端和突然的结束，那些逝去的日子，一分一秒，连同那些没有说过的话都一并毁灭。

蒂尔达姨姥来到桌旁。她打开从旧金山带来的有一周之久的旧报纸。“血腥条约。”她说，“你说这样做有什么好处？给野蛮人新学校、新衣服、自己的土地，教他们读书识字，他们用什么回报？他们被关押起来不好吗？”

“他们是我唯一的朋友。”摩吉说。

“你还有一个父亲。”

“对。”

“牧羊场里到底发生了什么？”

摩吉没有回答。

“我想这一切都会公诸于世，总有一天。”她叹了口气。

起初，摩吉感到回到家里很放松，但很快熟悉的环境和小事情：比如妈妈抱着幼小的他，爸爸站在妈妈身后的那张照片，看到这些比以往任何时候都令他感到心痛。

除了一个幽灵般的父亲和一个爱管闲事的姨姥，他现在独自活在这个世界上。这种认识对他来说就像地毯一样沉重。他和帕皮一起时不经常哭泣，并不是因为他很勇敢或过得很幸福，也不是因为他已经回到了温布利伍德，尽管这里相当不错，他没有哭是因为现在他的眼泪已经在骨头里结成了冰。

整个世界都变得值得怀疑。家庭、亲密关系——生活中是不是应该有它们？它们塑造了宇宙。没有它们，月亮、行星和恒星都如迷失在太空中的孤儿。没有地球，就没有太阳。没有蜜蜂，就没有花朵。当一个男孩因没有归属感如此痛苦，他该做什么？

如果他没有打死帕皮的羊，他会在哪里？食光者们会在哪里？在那个可怕的早晨，他应该设法让帕皮待在家里。

“你的爸爸，这个可怜的傻瓜种下了悲伤的种子。”蒂尔达姨姥的声音吓住了他，“但他会回来的，小伙子。你会看到的。”

摩吉不相信她的话。不管怎样，时间已经不多了。新的一年即将来临，春分将在三月份。“我昨晚做了一个梦。”他对他的姨姥说，“在丛林中，甚至连老虎都被吃掉了。”

“海洋附近没有老虎。”她说，“即使有，这附近也没有丛林。你的外祖父已经走了，但他会是第一个射击老虎的人，这个十足的笨蛋。”

当她从报纸上方看着摩吉，一滴眼泪顺着她的脸颊流下来。

“你是怎样做到的？”她问，“你怎么总是让我觉得自己又像个孩子一样，愿意相信奇迹？”

摩吉父母的床被精心地铺过，干净的褶缝和尖角。他妈妈的梳妆台就像她七年前离开时一样：香水瓶整齐地排列在椭圆镜前，一本科学类的书籍面朝下打开着。在衣柜里，一双粉红色的芭蕾舞鞋挂在钩子上，就像死去的天使那样苍白和柔软。她的衣服、围裙、裙子和衬衫按季节的色彩排列，从春天到冬天。摩吉把脸埋在它们当中。泪水涌出来，他迅速擦掉了。

他站在全身镜面前，被自己的模样惊呆了，他看到了自己的变化。他看起来像一个流浪汉，感觉自己很像帕皮，虽然他不想承认，脆弱而憔悴——一个怪人，一个敏感易怒的怪老头。

外面花园里的草已经干了。暗褐色的芽体紧贴灌木。没有蜜蜂或蜂鸟，因为没有花朵。许多芽体沉重地落在地上，在灰黄色的雾中就像黯淡的红色石头。一只安静的乌鸦用自己的喙把它们埋在土里。

晚餐是温热的鸡汤，爱尔兰苏打面包。

蒂尔达姨姥是摩吉现在唯一真正的亲人吗？他多么希望自己出生的时候她就在现场，而不是生活在欧洲的某处绿色岩石上。她会看到他像流星一样撞到地球，她或许会拯救他不变成一个愚蠢的儿子。也许她会变得跟帕皮一样。

他不能再忍受这种悄无声息的绝望，摩吉把一切告诉了他的姨姥。他告诉她关于火焰洞、安娜希塔、神奇的西瓜、公园里的格丽塔和乌玛。他讲起扎格罗斯、友好的蜻蜓、食光者手中弹出的魔法硬币，以及名叫纳赫兹的六头蛇。

“宁蒂夫人……她可以看到未来和过去，你知道吗？食光者会说任何他们想说的语言，他们永远不会变老。”

“你的想象力太丰富了！”蒂尔达姨姥说。

“但这是真的！”

“而且我猜测他们还会读心术——”

“对——”

“而且，浴缸里有尼斯湖水怪，我猜。”

摩吉多么希望他没有把《华尔兹龙虾》落在牧羊场，因为大人只相信他们在书里获取的信息。“这些不是编造的。”他说，“他们不是印第安人，他们是天使。”

“你饶了我吧！”她打了个盹，“我觉得他们最好被关在监狱里！”

“呃——”

“做白日梦没有用！”他的姨姥怒气冲冲地说，“我们说点实际的事吧。比如穿过池塘，你期待看到清晨的露珠就像绿色牧场上闪闪发光的小钻石吗？”

摩吉拄着拐棍笨拙地站了起来。

“得了，别想那些不着边际的事了。”她说。

晚饭后，摩吉和他的姨姥坐在燃烧的壁炉前。温暖的橙色光芒软化了蒂尔达姨姥的心，她宽大的肩膀靠在沙发的垫子上。“有时候，一个人的命运就像冬天里的一棵果树。这句话为什么会出现在我脑子里？所有的事情都在打击我，就像一列列火车堆叠在一起：失去了你的妈妈，我的小凯特，然后是你外祖父的故去。我不寒而栗地想到我的大限将至，而我从来没有爱过。我本来希望有我自己的孩子，你知道吗？生活并不总是啤酒和橡皮糖，不是吗？”

“我认为家庭就像星星，不繁衍，就会坠落。”摩吉说。

“我的家庭从来就不算是一个家。”她说完，用纸巾擦了擦眼睛。

“牧羊场呢？”

“我原本不属于牧场。但你不用担心，麦克塔维什会照顾那些小动物。”

摩吉从靠墙的桌子上打开一本习字帖，缓慢而精确地大声朗读，仿佛他是一个学校老师：“即使石头也会对爱有所回应。”

“等等！”蒂尔达姨姥颤抖着说，“你别读了！”

“食光族教我的不只是种植西瓜。”

“我想，他们也可以让早晨的太阳升起。”

“姨姥，没有太阳，他们会死。他们在那个监狱里维持不了多久。我不会让这种情况发生。”

第二章

part 3

帕皮的临终遗嘱

根据帕皮·费尼根最后的遗愿，宾果市长在帕皮下葬前调停了木屋的落地式大摆钟，这样做的目的是迷惑魔鬼，给帕皮的灵魂腾出时间升上天堂。如果失败，他下葬的时候就要带着上了膛的猎枪面朝下掩埋，如此一来，他进入地狱之门的时候就可以开枪射击了。

蒂尔达姨姥回到她平时飞扬跋扈的状态，她抓着巨大的手提包，准备风风火火地赶去监狱。“到头来，你可能是荒草地里被丢弃的球，但我不愿意接受失败。”蒂尔达姨姥自语道。

摩吉觉得帕皮和蒂尔达姨姥有很多相似的地方。

对于一个如此矮小的孩子来说，蒂尔达姨姥的一切都显得很大：大耳垂，大耳环，大礼服。那天早上，她显得特别高大。她把自己任命为调查帕皮·费尼根死亡的首席大法官。“我想让那所有的流浪者都受到惩罚。”她说，仿佛忘记了之前帕皮对她所做的令她感到绝望的一切事情。

摩吉，一个从来没有进过监狱的孩子，在背包里装了一些给宁蒂的东西，然后动身朝村子奔去。

这是个平安夜，圣米格尔已经变成了一个大闹市，聚集着穿着奇装异服的魔术师和穿着长袍的使徒，狗、山羊、装饰彩车、手推车和马车。市长的乐队在公园里搭了一个舞台，孩子们化妆成天使在跳舞，附近那些看起来像罗马士兵的成年人在唱赞美诗和颂歌。树上有五颜六色的纸灯笼，露天燃烧的明火上摆放着一壶壶的热苹果酒。珠宝商卢珀尔打扮成希律王，在人群中走高跷。

在监狱里，格拉贝神父通过一个扩音器大声说道：“我忠实的羔羊，凡是有耳朵的就应当听，让他听听圣灵对教会说的话：‘我，约拿单，你患难中的兄弟和同伴，出现在这个村子就是要提醒你关于魔鬼的集会，他们说自己是维持和平的人，但实际上他们不是。我们将不再容忍野蛮人的诅咒。’”

“赞美耶和华！”村民们回应道。

“让这群魔鬼从地球上消失！”

“阿门！”

祭司的灰色毛衣和白色衣领使他看起来像一只鸽子。格拉贝神父打开圣经，“我们现在必须勇敢地消灭这些苏美尔魔鬼。我们必须迅速行动，因为耶稣纪元 1906 年已经近在咫尺。印第安人必须为帕皮·费尼根的死伏法。”

摩吉和蒂尔达姨姥挤过人群的时候，他护着自己的背包。

当那天上午仍然穿着浴袍的市长宣布帕皮已经将他的所有财产——马车、小动物、一小笔钱，甚至他的留声机和四弦琴——都留给摩吉的时候，摩吉感到非常吃惊。

“哇！”摩吉喊道，“我要怎么处理它们？”

“对于你来说照顾它们太难了。”市长说。她转向蒂尔达姨姥，“由于他最近的亲人去向不明，我可以指望你照顾这个孩子吗？”

“我可以照顾自己。”摩吉说。

蒂尔达姨姥盯着自己的指甲，然后哼了一声。

“你还未成年，孩子。”宾果市长说，“佩蒂伯恩教授，你的决定是什么？”

“好吧！”蒂尔达姨姥说，“但我去那个肮脏的农场工作之前，首先要把那里堆满鲜花，不给山羊挤奶，不清理畜舍。你把这些写下来！”

“那就这么决定了。”市长一边说，一边签字和盖章。

摩吉站了起来，“鉴于我是地主，我要求看到囚犯。”

宾果市长看上去很惊讶，站在那里不时望窗外的街景。不一会儿，她在一张纸上写了些东西，走进另一个房间穿戴整齐。然后，摩吉和蒂尔达姨姥跟着她走到外面，她把那张纸钉在市政厅的门上。纸上写着：

紧急会议

议程：

圣伊西多尔VS印第安人

市政厅

日落

（没有枪。没有酒。）

你们热爱的宾果

宾果市长，蒂尔达·佩蒂伯恩和摩吉穿过外面的人群，经过圣诞老人将绞刑架的接头钉在一起的怪异场景；经过钉着十字架的木桩，上面张贴着海报并饰以大蒜绳索；经过格拉贝神父，他正在指导一个年轻女孩把美元钞票固定在一件圣母玛利亚真人大小的长袍上；经过一群天使和牧羊人诵唱：不再有地震，不再有蜜蜂，驱除印第安人，给我们和平！邮差骑着摩托车停到蒂尔达姨姥身边，递给她一份请愿书，呼吁立即处死印第安人。她在请愿书上签了字，并朝绞刑架举起一只拳头。

监狱里到处都是斑驳的地衣和苔藓，两百零一年不见阳光使它绝对可以成为一个自然奇观。卡利柯·杰克，一个臭名昭著的海盗的名字被刻在监狱入口的基石上。据说这个海盗用他那失事的船只和山上取来的花岗岩修建了这个监狱，结果他自己成为这个监狱里的第一个囚犯。一名看守人员站在门口迎接他们，与此同时，他腾出手来把钥匙圈从皮带上松开。他打开了巨大的木门，三个访客沿着走廊往前走。

“他们不会说英语。”市长对姨姥说。

蒂尔达姨姥走进昏暗的牢房。市长让摩吉停下来，指了指他的背包。摩吉打开它，只见里面是一小筐蓝色的鸡蛋。

“他们喜欢鸡蛋。”摩吉说。

宁蒂示意摩吉进来。宁蒂和巴比伦尼亚面对面地坐在一张折叠床上，像鸽子般警惕又温顺。蒂尔达姨姥不想浪费任何时间，她大步走到宁蒂面前。“我想跟你聊几句，你这个女人。”她说，“我极其痛恨你的恶作剧。你是一个巫婆——一个难以对付的角色，如果你不会说英语，我也不为难你，你听好我要说的话，我很快就让你上绞刑架！”

她把摩吉从阴影处拉出来。“看看这个孩子，他失去了外祖父。现在他拥有什么？只剩下垮掉的生活。”

“放松点儿，亲爱的。”市长说。

“如果让我裁决，她就应该被绞死。”蒂尔达姨姥说。说完之后，她脸涨得通红，然后转身离开。

“不会太久的。”宁蒂轻声说，她的双手交叠在腿上，像一个修女。

蒂尔达姨姥几乎走出门外，但她在中途僵住了，“等一下。她会说英语！”

“进去还是出去？”市长一边问，一边挥舞着钥匙。

蒂尔达姨姥慢慢地转过身，“进去。”

“你们是哪路魔鬼？”蒂尔达问宁蒂。

宁蒂和巴比伦尼亚目光呆滞，缺乏活力，摩吉看得出她们正在承受监禁之苦。

“很久以前就写在星星上了。”宁蒂叹了口气。

“她到底是怎么回事？”蒂尔达姨姥问摩吉。

“好好听着。”他回答道，“她是说村子即将变成地狱要被毁灭。”

在刺眼的光线下，巴比伦尼亚仍然像一只猫那样安静和冷漠。

宁蒂抬头透过装有贴条的窗户向外看，“快了，村子很快就会消失。”

蒂尔达姨姥的神情就像是遇见了鬼。她抓起手袋——头发散乱，嘴咧成海星的形状。“她在说什么？市长！”她喊道。

天文钟的钟声敲响了，此时是正午时分。摩吉把鸡蛋放在巴比伦尼亚身边的小床上。

宾果市长打开了牢房的门。

“事情不应该是这样。”摩吉对巴比伦尼亚说。

“过来，孩子。”市长说。

“我要带你们离开这里。”摩吉低声对巴比伦尼亚说，“放心。”

在监狱外面，蒂尔达姨姥瞥了摩吉一眼说：“哦，你做不到。我看到你的眼神了。别把我算在内，小伙子。”

“她们没有杀帕皮。我当时就在现场。那是一个意外。如果我没说错，当你签约成为一名老师的时候，你矢志要维护真相，而政治家不会这样做。”

她叹了口气。

“不管怎样，我要参加市政厅的会议，如果你想维护正义，那你也到场。”他说。

她看着天空，“我需要时间思考。”她把目光转向面包店。“首先，我要吃一个肉桂面包。”

第三章

part 3

为宁蒂和食光族辩护

市政厅，曾经是个干草仓，由大量的黑橡木木材建成，此刻比李子树下的马蜂窝还热闹。所有人都在这里：市长、邮差、酒吧老板、圣米格尔的各色人等都到齐了。摩吉和蒂尔达姨姥坐在前排靠中间的位置上。

前一天，蒂尔达姨姥还拒绝参加会议，她不想与村民们混杂在一起，而且她的脚趾拇囊炎剧烈地疼痛。她的脸色像英国的天空那样阴沉。但当天晚上，她的脚恶化了，她把这一点作为是上帝对她的暗示，因此决定重新考虑摩吉的提议。

宾果市长在高台上用力地击槌，宣布会议开始。

“首先，关于圣伊西多尔昏倒羊牧羊场发生的案件，任何妄想自行执法的村民都要受到迅速警告和谴责。”她说。

“恶魔之灾！”格拉贝神父大喊道，“印第安民族必须被斩草除根，否则会有流血。我告诉你，他们正在全国各地形成联盟。”

市长的母亲，赖驰吉夫人，以市长母亲的姿态在会议上大声发言，“那些印第安人，他们首先催眠你，然后吃了你。”

“天啊，这比教会还糟糕！”蒂尔达姨姥说。

马克姆太太站在过道上。她穿着一件领口很难看的衣服，像女学生那样举起手，“这是一个卫生问题！”她说。她的儿子记下笔记——宾利·马克姆。

“现在，我不是耸人听闻。”一个当地的农民说，“事实上是有据可查的，山上正在酝酿阴谋，我们必须直接把这些印第安人绞死，否则他们会召来支援者。”

“他们粗鲁，而且不文明，我告诉你，他们一直在抢我们的牛奶和鸡蛋。”珠宝商说。

摩吉看见一只老鼠在头顶的横梁上闲逛。

再次传来法槌的敲击声。“法庭保持肃静！”市长大声说。

蔬果店老板阿布先生用犀利的目光看着摩吉，他的黑眼睛里充满着智慧。他用缺少了拇指的手托住摩吉的下巴，“你知道该说什么，年轻人，村民们会听你的。”

摩吉颤抖了。他害怕公开发言，不知道该说什么。但和帕皮一样，他不是出生在树林里，所以不会被猫头鹰吓坏。果然，当他站了起来，鼓噪的人们安静了下来。

“好吧！”他清了清嗓子，把自己想象成一个诗人，“帕皮的死是个悲剧，我和任何人一样心碎。但你们不应该为此责怪那个部落，因为那是我的过错。所有的麻烦都是因为……因为……

因为我用枪打死了帕皮的山羊。我应该蹲监狱，而不是你们所说的印第安人。”

人群开始骚动。

“有这样一张脸的孩子怎么会是跛子？”市长的母亲问。

“法庭保持肃静！”宾果市长怒喝道，“我和大家一样对费尼根先生的死亡感到愤愤不平。作为市长，我有义务代表那些故去的人们伸张正义。所以，我要宣布：我，一个公务员，亲眼目睹了结束费尼根性命的不幸事件。如果你们愿意坐下来保持安静，我将澄清事实。”

村民们回到自己的座位上。

“现在，太阳爬上山坡……”市长开始说道，她舔了舔嘴唇，挤出一个专业证人的微笑。她讲述了六天前她和费尼根如何上山的故事。除了宁蒂从洞里走出来，帕皮的枪被卡住的那部分与事实不完全相符，其他的讲述都是真实的。“费尼根蓦地转身，那个像乌鸦一样又瘦又老的女人出现在洞口，把费尼根推向死亡。”她说。

蒂尔达姨姥流露出悲哀的眼神。

“所以你们看，圣米格尔的上流名士，帕皮·费尼根先生是被谋杀的，就这么简单。”市长说。

“这是一个谎言！”摩吉再次站了起来。

“那些野蛮人即将上绞刑架。”市长说，“而你，孩子，没资格争辩。”

人群兴奋地爆发出大笑声。

“我建议在这些印第安人被绞死之前，先让他们修建一个防海堤坝！”有人说。

“等一下！”牧师说，“让他们的灵魂改变信仰是我的神圣责任！”

“接种疫苗怎么样？”马克姆夫人说。

摩吉把一根拐杖挥舞到空中，大声喊道：“我发誓，部落是无辜的。当时我就在现场，没有人推帕皮，没有人推他。帕皮自己摔倒的。不管怎样，圣伊西多尔的昏倒羊牧羊场现在属于我，我允许部落留在这里，只要他们愿意。”

人们尖叫着要报复。

“闭上你们的嘴！”蒂尔达姨姥大声说道。

“如果利特曼先生不起诉，我会起诉，代表圣米格尔公民。所以帮助我，我来起诉。”市长说。

“但是——”摩吉抗议道。他能感觉到热量涌入他的耳朵。

“明天的圣诞节盛会之后，我将行使我的权力——执行绞刑。”市长说。

“别听利特曼的，他甚至无法系鞋带！”宾利·马克姆大声喊道。

摩吉低头看着自己的鞋带，满脸尴尬。

“你，小伙子，最好闭嘴！”蒂尔达姨姥对宾利·马克姆说。

“这个水果碗是谁？”宾利·马克姆问，同时上下打量她身穿的那件混杂着红色、橙色和绿色的长袍。

村民们仍然没有离开。

蒂尔达跳了起来，“我站在摩吉这一边。他是对的！”蔬果店老板也表示赞同。治安官及其副手和一些村民一个接一个地说，“摩吉是对的！”

宾果市长重重地敲击法槌，“肃静！”

接下来的情形不能用肃静来形容。地震般的隆隆声响了起来，大厅俨然变成一个相互指责、手舞足蹈和唇枪舌剑的战场。市长继续猛敲法槌，大声喊道：“肃静！肃静！肃静！”法槌的槌头忽然折断，飞向人群，结果落在马克姆夫人的双乳之间！

摩吉在大厅的后面发现了麦克塔维什，他的脸隐藏在牛仔帽下面，下巴紧绷，嘴巴歪向一边，时间仿佛被冻结了——那是一副报复的神情。蒂莉酒馆的老板双手合十双脚交叉搭着，摇了摇头。

他和他的姨姥穿过人群，朝治安官的副手走去，副手正在试图分开珠宝商和渔夫，这两个人在地板上打成一团。这位副手的监狱钥匙掉落在地板上。宾利·马克姆在摩吉面前徘徊和咆哮。摩吉用拐杖的尖端戳他的脚趾，蒂尔达姨姥用她的皮包砸他的屁股。“满口胡言的家伙。”她说。

一到外面，摩吉就举起钥匙，对蒂尔达姨姥咧嘴笑。“哈！”

“天哪！”

“我让食光族卷入这场混乱。我必须把他们救出来。”

当他们走进监狱的时候，夕阳映红了天空。似乎每个人都低估了这个跛脚的孩子和他那穿着小红靴、咋咋呼呼的姨姥。摩吉和他的姨姥透过牢房的门看见宁蒂和巴比伦尼亚正盘腿坐在地板上，她们之间摆放着鸡蛋。她们一起低声说着些什么，然后各自打开一个鸡蛋。光从蛋壳中乍现，一道令人惊叹的炫目的光。她们把它一饮而尽，就像在喝牛奶。

“等一下，我去拿饼干！”蒂尔达姨姥低声说，“她们喝下的是光。光！”

摩吉让蒂尔达姨姥去取回马车，并把饼干带来。

他打开牢房的锁，推开了房门。

宁蒂和巴比伦尼亚吃了一惊，并跟着他一起打开了所有其他牢房的门。他领着部落成员们走到外面，然后挤在马车上。

“答应我一件事！”摩吉一边驾着马车朝弗卢姆街西面的山上驶去，一边对蒂尔达姨姥说。

“是什么，小伙子？”

“如果我们成功地离开这里，答应我教我系鞋带。”

“真是个好孩子！”她笑了。

第四章

part 3

摩吉带部落返回圣伊西多尔

“我的老天！你们到底从哪里来？能多说说你们的情况吗？你们在那个洞里到底做什么？”蒂尔达姨姥如发射连珠炮般问了一大串问题，宁蒂保持沉默。摩古只是转了转眼珠，挥动缰绳。

“我们没有预见到这个事故。”宁蒂疲倦地说。

“他们会来找你们麻烦的！”摩吉说，“别担心，我会照顾你们。”

“你不能那么做！”姨姥说，“我们不住在牧羊场！你把你的朋友送回去，然后背上背包说再见。”

在黑暗的天空中，一群海鸥跟在马车后面飞翔。

摩吉拉了拉缰绳，回过头看巴比伦尼亚，只见她被夹在双胞胎之间。自从他们第一次见面到现在已经近七年了。她丝毫没有变化，但他变得肌肉发达，而且身高也追上了她。是年龄的增长加剧了他的渴望吗？在他的想象中，她总是比他高，就像一束无声地能点燃一切的火焰。所以，他的梦里经常充满火焰。不，她一点儿也没有改变，有变化的是他。

摩吉遇到了萨鲁坎的眼神，然后把头转向前去。

“所以，你可以预见未来，对吗？”蒂尔达姨姥对宁蒂说，“我想你和万能的上帝有一些特殊的联系。”

宁蒂揉搓自己的耳垂，头发凌乱，面容憔悴，看上去不像她平常的样子。

“每个人都有联系，女士。”她说，“他们在小学没有教你吗？”

“没有。”蒂尔达姨姥说。

“你的母亲——”

“从来没有。”

“那么，你如何支撑自己的精神寄托？”

蒂尔达姨姥低头看自己巨大的胸部，“请再说一遍！”

对话暂停了一会儿，马车继续向东穿过悲伤谷。摩吉徜徉在自己的想法中，回顾了就在一个星期前，当帕皮最后一次骑马登上埃尔塞拉特山所发生的悲剧事件。

当马车到达通往圣伊西多尔牧羊场大门的拐角时，海鸥在空中围成了一个很大的倾斜的圈，然后朝着海岸往回飞行。

米莉－梅从门廊上跑下来迎接马车。

“女士！”依米提图双手交叠在一起对蒂尔达姨姥说，“你为我们做了一件好事。请接受我最深切的感激。”蒂尔达姨姥竟然一反常态地脸红起来。

摩吉急忙把篮子递给每一个人，敦促他们进入冷藏棚拿走所有的坚果、葫芦、牛奶、鸡蛋、干鱼和他们想要的水果。一种全新的不可思议的感激涌遍他全身，是责任感。必须有人照顾部落，必须有人在村民们发现他们已经离开监狱之前把他们藏在那个洞穴里，而这个人就是他。

萨鲁坎从其他人手里抢走篮子，并把它们推到摩吉面前说："我们不需要他的食物。"他胳膊上的枪伤已经消失了。

"谢谢你，我的主人！"巴比伦尼亚一边对摩吉说，一边重新拿起篮子，"你一直对我们很好。"

萨鲁坎把篮子从她手里夺走，并把它们扔了。她给他一个蔑视的眼神。他冲着她举起了手，摩吉站在萨鲁坎和巴比伦尼亚之间。

"不要这样做，你会后悔的。"他对萨鲁坎说。

依米提图立即让萨鲁坎远离现场。

"你不能激怒他。"巴比伦尼亚对摩吉说，"他会让你很痛苦。"

"这就是你要嫁给他的原因？那样他就不会打你了吗？"

她拾起篮子，走到棚子里。

"你的衣服呢？"蒂尔达姨姥问宁蒂，"我们不能让你穿得像卧室里的睡衣那样到处晃。"依米提图在院子里漫步，他身穿布袋似的衬衫，虽然显得高贵挺拔，但神情沮丧。"钱呢？你们会需要钱。"蒂尔达姨姥一边说，一边在手提包里摸索。宁蒂挥挥手拒绝了蒂尔达给的纸钞。在星光的指引下，她带领部落横跨田野朝山上走去。

“神经病！”一走进木屋，蒂尔达姨姥就对摩吉说，“他们在小学没有教你吗？”她一边模仿宁蒂说话，一边点火加热水壶。

“她没有任何恶意。”摩吉说。

“她是个麻烦制造者，和部落里的其他人一样。”

“但是——”

“我不打算留在这里。我要回到我的家乡，你和我一起去，年轻人。明天，我们把这里的一切交给麦克塔维什先生。他会照料山羊和其他小动物。”

那天晚上，蒂尔达姨姥把木屋从里到外彻彻底底地打扫了一遍，包括擦地板，拭去家具上的灰尘，擦洗窗户。“别想太多。”她说，“我只是打扫。如果我没有把东西整理好，我会内疚。现在，我累了，我的脚趾拇囊炎很疼，你去打包东西。”

当然，他没有去做。

目前，蒂尔达姨姥似乎是摩吉唯一的亲人了，但他绝不会放弃部落，他们比她更像是家人。除了萨鲁坎，其他人都接受了他。他们教他读写，尊重所有的生命。部落里有远比他的期望还多的兄弟姐妹和叔叔阿姨。宁蒂和依米提图帮助他掌握自己的力量，并让他确信他也可以帮助别人。双胞胎激励他再次找回自信，还有巴比伦尼亚……

窗外的星星闪闪发亮，就像明亮的银鱼在一条黑暗满溢的河流中游泳，它们缓慢地挣扎着逆流而去，永远不会碰触到彼此。

为了努力地忘记可爱的巴比伦尼亚，摩吉通过做家务来转移注意力。他给马车的车轴上润滑油，清除畜舍的污物，给小动物们梳理毛发，骑健身脚踏车。但这一切都没有用。一只鸟飞过，他会想到她。她无处不在——在飘浮的云朵中，在冬日的星光中。他的胃疼的时候，第一个跳入脑海里的是她。蒂尔达姨姥发现他和山羊们一起躺在稻草里。“孩子，你在做什么？”她问。

“睡午觉。”十天以来，为了让他感受爱尔兰的美好生活，蒂尔达姨姥给他做了很多涂抹黄油的烤饼，但他不领情。她谈到卫生保健和餐桌礼仪、适当的教育和宗教训练——所有这些进入他的大脑就像水流进了一个被隔成若干小室的壳。他有伟大的目标需要完成，这个任务非常神圣，如果他失败，那么他的生命就会失去全部的意义。心灵的折磨使他发烧，他爬出木屋，没有去做家务，而是骑马朝埃尔塞拉特山奔去，期望洞穴是开放的或者宁蒂决定放弃她的怀疑，欢迎他回来。然而，洞穴此时是关闭和不可见的。伪装成入口的花岗岩是一个冰冷坚硬、带有斑点的壳。他没有大喊或呼唤，而是用耳朵贴着花岗岩仔细聆听。他听到隧道和通道里有一些声音，他想传递一些祝福，但这些祝福没有传递进去。他的心门已经打开，他不会被拒绝。即使蒂尔达姨姥让他喝了煮沸的胡萝卜汁和荨麻汤，以抵御发烧。即使她把两张向东开往纽约的火车票固定在橱柜上，然后转道从纽约搭乘小火轮前往爱尔兰。即便如此，他也不会放弃部落。

清晨五点，厨房的噪声吵醒了摩吉。他起床在角落里窥视蒂尔达姨姥。只见她穿戴整齐，她的行李箱就在前门附近，她正在沏茶。摩吉刚想要说点儿什么，蒂尔达姨姥不小心用刀切烤饼的时候切到了自己。

“哦，耶稣！”她喘着气说。

摩吉笨手笨脚地朝她奔去。

“我的手指。”她说。她的手上拿着一块抹布。蒂尔达姨姥像一朵飘浮的云彩，在椅子上来回摇动，忍住了眼泪。摩吉不假思索地把自己的手放在她的手上，并把自己的头靠在她头上。

“没事的，姨姥，你会没事的。”

她深深地吸一口气，血色回到她的脸颊上。他们头挨头地一起待了一段时间，当她把血淋淋的抹布从手指上取下时，竟然看不到伤口的痕迹。

“天哪，这是怎么回事——”蒂尔达姨姥惊讶地喊道。她看上去有点儿害怕摩吉。

这发生得太快太容易，摩吉也很惊讶，但不像以前那么惊讶。虽然他不明白愈合是怎么发生的，他开始熟悉这种事情的窍门。当他发挥能量的时候，他需要完全忘记自己，让生活本身去接管一切。

“这是爱的力量吗？”他心不在焉地问道。

蒂尔达姨姥的表情使他发笑。

“这真是个奇迹！”她目瞪口呆地说。“看看这个手指。看看你的成就！你不是普通的孩子，摩吉·利特曼！”她最后端着一杯茶坐了下来，然后不一会儿就在沙发上睡着了。

摩吉对自己目标的理解变得更加全面。治愈力超越了大自然和魔法的力量，这对他来说仍然是一个谜。他走进卧室，坐在简易床上对旁边的米莉－梅说，“在每个男孩的生活中总会出现这样一个时刻。”他非常严肃地说，“我要自己穿袜子。”多年来，他一直不穿袜子，只是为了避免这一刻。他从抽屉里取出一双袜子，他用强大的右手使劲把袜子拉扯到脚上，他的腿不由自主地抽搐，直到最后袜子完全穿在了脚上。然后，他又套上支架和鞋子。这个过程花了二十分钟，但是，哈利路亚！他第一次把鞋带正确地绑在一起。宾利·马克姆，等着瞧吧！

第二天早上，当他上山时，摩吉惊讶地遇到麦克塔维什和几个村民正沿着小径往山下走。他们捕获了依米提图。依米提图的手被绑在身后，他走在他们的驴子旁边。

摩吉把他们拦了下来。“不！”他说。

“站在一边，小伙子！”麦克塔维什说，说着他把步枪随意地挂在胸前，“法律就是法律。”

依米提图给了摩吉一个简短的微笑，眨了眨眼，然后点点头，仿佛在示意摩吉让他们通过。摩吉不情愿地移到旁边。这群人从他身边经过，然后继续下山。他的内心感到恐慌。

“我知道你掌管一切，而且我知道你洞悉一切。”摩吉对天空说，“我只是一个傻瓜，但我来这里是给予帮助的。感谢你的恩典，请告诉我该怎么办？”

两分钟后，双胞胎沿着小径向山下走。“我的主人！我的主人！”马尼什大声喊道，“萨鲁坎要杀了他们！”

萨鲁坎和另外三个英俊的年轻人沿着另一条路下山，试图用武力把依米提图救回来。

“萨鲁坎拒绝服从夫人。”马尼什说，“他说让我们忘记守则，暴力才是世人知晓的唯一语言。”

当摩吉和双胞胎到达洞穴时，宁蒂正在外面看着麦克塔维什和其他人带着依米提图穿过低处的田野。

“我有个计划，拿起你的长矛。”摩吉迅速说。

宁蒂抱着双臂。

“相信我！”他说，“我不想伤害任何人。”

她踌躇了一会儿，然后回到洞里，不一会儿带着部落里其他年轻人和老年人一起出来，所有人都拿着长矛。

“快点儿！”摩吉一边说，一边注视着田野，“走到第一条长凳。从那里，你们每个人之间保持十步的距离，然后等我的信号。当我吹这个，就向蜂巢射击，每个人射击一个蜂巢。快点儿！”他指了指卡祖笛。

他们茫然地看着摩吉。

“我保证，没有人会死。”他说。

他们开始下山。摩吉向相反的方向骑，以占据不同的有利位置。当麦克塔维什带领的那群人接近蜂巢的时候，摩吉吹响卡祖笛，只见十六只长矛从树枝上飞过，以巨大的弧度落在蜂巢上，把蜂巢打翻，释放了数以万计的蜜蜂。成群的蜜蜂嗡嗡作响，对他们发起强大的攻击。麦克塔维什和村民们挥舞着双臂和夹克，他们的驴子弓背跃起，发出尖叫，一起舞动着远离牧羊场。就在那时，萨鲁坎从树林里突然出现，高举着长矛，高呼战斗的口号：YEEAAA!

依米提图的笑声在田野上回荡。

“真棒，摩吉！”宁蒂、巴比伦尼亚、双胞胎和其他人都在欢呼和吹着胜利的口哨。

但摩吉知道麻烦还远远没有结束。

第五章

part 3

摩吉得知部落要返回家园

怀着对部落未来境遇的担忧，摩吉告诉姨姥关于那些村民和蜜蜂的事情。但蒂尔达姨姥并没有想要主动对部落提供帮助，而是坚持要去爱尔兰。

“去收拾你的东西。”她说，“因为我们要赶下一班火车离开，现在就剩五天了。”那天早上，她在一阵愤怒中醒来，开始清扫，擦洗，并把厨房的架子摆放整齐。“我不会给这个地方或村子留下一粒饼干屑。我真希望每次村民问我为什么没有自己的孩子时，我能用一个铜便士堵上他们的嘴！”她的橙色嘴唇不停地唠叨，声音又大又尖利。

摩吉在他姨姥的抗议声中走出木屋，骑上霍卡斯·普卡斯，登上了山腰。洞穴关闭着。他继续沿着山路向山顶奔去。巴比伦尼亚就站在树圈里。

“春天就要到了。”他坐在霍卡斯身上说道，“我估计你和其他人很快就可以采摘浆果，在小溪边造纸——一切恢复到正常。”

“是啊，就快到春天了，一切都会恢复正常，但并不是你想的那样。我们要返回自己的家园。”

“什么？不。”摩吉简直是惊呆了。

“接下来的地震会使洞口裂开，而我们会直接上升到旋涡中，”她一边说，一边指着她的上方。

“你要走了？”

“在你们英语中应该说是迁徙。”她在挑选橄榄枝，并把它们放进裙子里。

“你为什么不告诉我？”他问。

“你帮我们逃狱，帮我们转移走村民。我们非常感谢你。但是，我们不能再给你增添更多的麻烦了。”

“那不是我干的，你知道的。”他说。

“什么？”

“帕皮来这里的那天早上，我没有给危险解除的信号。”

“没有其他人知道这件事。”

“我知道，我知道。但是，我认为帕皮偷听到……”

她开始走回洞里。

摩吉知道试图为自己解释是没用的。虽然他在外祖父去世的那天破坏了他的步枪，但不好的结局还是出现了。事实上是他故意地或不小心地协助了对洞穴的攻击。当他看着她沿着小路下山，他觉得自己仿佛没有了呼吸。另一个家庭，就这样从我的眼前溜走！他对迁徙毫无了解，但他在她身后喊道："我要和你一起去！"

接下来的三天，摩吉一直在忍受蒂尔达姨姥想要返回爱尔兰的迫切心情——冗长的演讲和严厉的警告。与此同时，他偷偷计划把她送上火车之后，自己返回圣伊西多尔牧羊场。

"今天的课从一壶茶开始讲。"她一边说，一边倒了两杯茶，"然后，你会遇见我家乡的守护神：基尔代尔的布利吉德、科尔姆希勒和帕格里克。"

在她身后，摩吉拿起一把刀，假装要劈开自己的手腕。

"我要去查看菜地。"他说完便走向门口。

"哦，你别去。就待在这里，稍后会有时间。"她大声地喝了口茶，然后开始给她面前的大碗里的土豆削皮。

他瞥了一眼窗外，坐了下来。

"要不是北爱尔兰问题，我的家园永远不会衰败。"她开始说，"如果不是为了新教徒，上帝的应许将是真的。"

摩吉真想把其中一个土豆塞进她的嘴里，让她闭嘴。但他没有那么做。一次小地震使桌子晃动，但只持续了一分钟。

蒂尔达姨姥只是暂停了一下，然后又回去削土豆皮。削完之后，她冲洗了双手，叫摩吉来沙发上。像往常一样，在读到任何重要的内容之前，她会用嘴对着眼镜哈气，然后用袍子的下摆擦干它们。

"我希望，从今天的课程中，我们都要恢复信心，至少在所谓的世界末日之前制订一个逃脱计划。"蒂尔达姨姥说。摩吉的争辩是徒劳的，蒂尔达姨姥只会强词夺理或大动肝火。总之，这令摩吉很崩溃。他不想去爱尔兰。他也不想听她讲那些关于教会、宗教和圣徒的训示。她的声音像鞭子在抽打，实在令摩吉无法忍受。突然间，他柱起拐杖说道："我不需要你教我知道什么是奇迹。我自己就见证过！"

"好吧，我敢打赌，你不知道死者的灵魂会一直在墓地里守望，直到下一个死人到来吗？炼狱是一个非常热的地方，死者必须给他们亲爱的人获取水。当两支葬礼队伍同时进入墓地，场面会变得非常丑陋。没有人想让他们心爱的人的灵魂在炎热的炼狱遭受折磨。"

摩吉用他的拐杖在咖啡桌上猛敲。"我受够了你的声音！"他在大喊大叫，"还有你的舌头！"

"我的舌头怎么了？"

"每天，一整天，你都不停地说啊说，从圣徒到新教徒。你要把我烦死了——"

"是吗？至少我很震惊。你应该学习关于礼貌的课程。"

"你听起来就像我的爸爸。"他吐了一口口水，然后挣扎着走到外面。

她打开门，在他身后对他说："难怪他把你送走！难怪他回来了但没来找你！"她一说完，立即掩上嘴。

摩吉的身体骤然停在那里。"什么？我的爸爸回来了？"

"哦，亲爱的，对不起。我原本不想告诉你。我在一个多星期前看见他骑着马从车马出租所出来。我在后面追赶他，但他转向海岸奔去。我没有告诉你是因为……因为……他是一个白痴。"

她试图拥抱摩吉。

他推开她，径直走到菜地，哑口无言地坐了下来，一群苍蝇在他头上萦绕。爸爸回到村里，却从来没有和他联系过！这个消息抹杀了他为爸爸找的每一个借口。感觉就像是枯萎的肢体刚刚被截肢，重聚就是个病态的梦想。

那天晚上晚餐之后，也许是为了补偿摩吉，蒂尔达姨姥带来了《华尔兹龙虾》，请求摩吉给她讲讲这本书的内容。他打开书，翻到标记着月桂叶，讲述食光者的故事的那一页。

“嗯！”她浏览了一遍，然后透过眼镜看着摩吉，“这是……是他们吗？”

“明天我要去圣米格尔。”他说，“现在是召开乡村会议和与村民会面的时候了。”

蒂尔达姨姥如此全神贯注于那本书，以至于她都睡着了那本书还摊在她的胸口。摩吉为她盖上毯子，封上柴火炉子，并填满了水壶。

“你能原谅我吗？”她睡眼惺忪地问。

“什么？”

“我没有告诉你你的爸爸回来了，因为我不想让你心碎。”

“如果我在村里遇到他，难道不尴尬吗？”他说。

“他是个丢人的父亲。我很厌恶他。我也这样告诉他了。把儿子留在村里是他拙劣到极点的借口。”

摩吉走到门廊，没有任何生命的迹象。只有星星和月亮，只有蟋蟀的吱吱声和一只仓鸮在树间来回穿梭。摩吉几乎忘了爸爸的模样——除了记得他的眼睛是灰绿色的。

下一波抵达圣伊西多尔牧羊场的村民穿着紧身连衫裤、白色针织衫，戴着头盔和手套，准备应对蜜蜂。当清晨摩吉从门廊上看到他们的时候，只见他们沿着长长的车道前进，跨过桥梁。摩吉数了一下，总共十九人。他们带着园艺剪刀、绳索和铲子，直接穿过东部田野朝帕皮的地库奔去。地库的门是锁着的，但他们通过木板穿了过去。

摩吉透过望远镜看着他们，说道："我们等着瞧。"

"你要去那里吗？他们会把你锁起来！"

米莉－梅围绕着厨房的餐桌打转，爪子在木地板上发出咔嗒咔嗒的声音。当摩吉打开门向外走时，它朝外面的那群人疯狂地吠叫。

摩吉骑上霍卡斯，在木屋后面盘旋，然后赶到地堡，血液在他的身体里涌动，冲击着他的耳朵。当那群人到来，其中一个身材高大的人摘下了他的头罩。是麦克塔维什。

"你不必关心这里，小伙子。"他说，"没有人会打扰你。我们要对付的是印第安人。"

"你们在入侵。"摩吉说。

"不要狂妄自大，小伙子。法律支持我们。政府在别处给印第安人找了一个不错的地方。如果我们让他们留下来，他们试图夺取我们的权利只是时间问题。"

麦克塔维什进入地下隧道，出来的时候拿着一个炸药箱。他打开箱子，把炸药塞满口袋，然后把剩余的传给了其他人。

鸽子，这个词刚刚跃入摩吉的脑海。他知道在这种时候，永远不要质疑这种灵光一现的信息。他骑马返回院子。在鸽舍里，鸽子们异常兴奋，不断地拍打着翅膀，一副跃跃欲试的姿态。他打开笼子，鸽子们飞了出来，飞上天空，在院子上空盘旋了一圈，然后直奔东部田野。在那里，它们啄村民的头、胳膊和后背，迫使他们瞠目结舌地返回到自己的车、马和骡子上。

蒂尔达姨姥走到外面，“这是怎么回事？”

“我们的鸽子不会有问题。”摩吉的语气中透着对鸽子的欣赏。

“你估计这要持续多久？”她问。他不能告诉她他的计划，他只是在拖延村民的行动，直到他和部落一起离开。“我不知道会持续多久，但它们就像我的家人，我的任务是保证他们的安全。”他说。

第六章

part 3

怀疑之门

进入三月，天空乌云密布，冰冷的雨水来势汹涌。摩吉在客厅里徘徊，雨水流到木屋里，使地板膨胀和变形。他扭绞着双手，来回踱步。当雨水从有漏缝的屋顶滴到水桶里，他咒骂雨水。栅栏倾斜，畜棚里骚动不安。春分只有几个星期就要到来了，可宁蒂还没有同意让摩吉加入部落。

摩吉一直尊重守则，至少，他已经救济了穷人。萨鲁坎一定是胁迫巴比伦尼亚接受婚姻，摩吉确信如此。与其说是爱，不如说她怕他。总之，这一切都归结到一个可悲的问题：部落会相信他吗？如果不相信，那该怎么办？失去即将到来的一个家庭将比死亡更糟。

摩吉快乐吗？上帝呢？上帝创造了这个世界，然后去度假了。他是家乡的弃儿，一个没有战争可打的战士，一个没有王国的国王。

他曾经相信奇迹，但那是很久以前的事了。

当雨停了，他发现萨鲁坎和几个英俊的年轻人在小溪边。他们用砍刀砍向岸边的灌木和树。

“你在干什么？”他问他们当中的一个人，“你不应该在这里。村民们会看到你。”

“为点火做准备。”男孩说。

“火，对。现在我们有火。”摩吉讽刺地说。

摩吉穿着散发着臭味的衬衫和牛仔裤——发臭是因为混合了汗水、干草和木材烟尘的味道。刚从花园里干活回来，他的手上满是污泥，靴子上沾着肥料。他看到巴比伦尼亚，为自己的模样感到尴尬。她笑了，她的眼睛发亮，眼神很温柔。

萨鲁坎走到摩吉跟前。“我看得出你看她的眼神。”他对摩吉说，“日落的时候来这里，到时我们一劳永逸地解决这个问题。”

“我的主人！”宁蒂大声呼喊摩吉。

“我只是……”摩吉举起他肮脏的双手，指向小溪。

她把他叫到她喜欢坐的岩石那里。“你对守则有了更多的想法，对吗，我的主人？”她问。

“哦，我种了很多西瓜种子，但是——”

“我的意思是说……你的爸爸已经回来了，而且——”

“天啊，你怎么知道的？”

她笑了。

“对！”他说，“你肯定知道。就像大地震和世界末日，你都知道。”他拾起一块岩石，把它扔到小溪对岸。

“你不想见他？”她问。

“总有一天，我要把钢铁谷仓接管过来。”

“你永远不会与他和平相处吗？”

“有些门不能打开两次。”

“我的主人，光无法穿过门照耀到屋里。”

一股热流涌上摩吉的脑门。“我不是门，我对你的谜语感到厌烦！”

“我的主人，星座已经连成直线了，大地震即将来临——”她一边说，一边把手放在他的胳膊上。

“无论你去哪里，我都跟你去。”他说。

“我的主人，回到地球是一条很长的路。你的爸爸——”

“哈！我的爸爸。你在开玩笑吗？你说爱无处不在，但其实不是。”说完，他愤怒地朝木屋走去。

日落时分，摩吉走出木屋。他心理上已经准备好与萨鲁坎的会面，并且兴奋地想象着用拳头猛捶他的脸和重新排列他的伤疤。他热情高涨，甚至不记得已经走到了小溪。他站在那里，突然，他的拐杖深深地杵进沙子里。萨鲁坎没有出现。但本该已经死去的美洲狮安娜希塔出现了——它全身肌肉紧绷，露出了下颌和牙齿。摩吉的心简直快要跳出胸口。当安娜希塔走向他，它那肌肉发达的躯体在两肩之间转移重心，摩吉环顾四周，他说：“耶稣啊，这里有一只漂亮的大猫，请别让它伤害我。”安娜希塔向他更靠近了，它低着头，眼睛定定地盯着他的脸。他退回到岩石背后。

安娜希塔咆哮起来，露出尖利的犬齿。摩吉举起拐杖，试图赶走安娜希塔，但它击落了拐杖，发出嘶嘶声，摩吉僵在那里，直到安娜希塔转身向树林走去。

是萨鲁坎让它出现的！在暮色中，摩吉失魂落魄地回到院子里。他在鸽舍前面徘徊，愤懑不已。他用力捶打自己的左臂和双腿。鸽子惊慌失措地拍打翅膀，“你们有翅膀。”摩吉说，与此同时，一股电流冲击他的脑门。他打开笼子，“走吧！你们可以走了！”鸽群挤在笼子的后部。令他自己感到非常惊讶的是，突如其来的愤怒、无助和绝望如此迅速地吞噬了他，以至于当山羊从谷仓里走出来，这些情绪彻底湮没了他。于是，他用强大的右手紧紧抓住鸽笼的底部，把它的一侧颠倒过来放在自己的膝盖上，对着鸽笼深深地哭泣。鸽子们惊惶地从破碎的笼口飞了出去。

宁蒂静静地走到他身后，把一只手放在他的肩膀上。

“忘了我们的约定，忘了守则吧。”他说。

“我的主人，你的追求和目标呢？”

“对，我的目标呢？”摩吉甚至怀疑存在目标这件事情。

“如果你的目标是一块面包，那么萨鲁坎只是面包皮。”

“什么？”

“听我说，你可以选择痛苦，也可以选择平和。你最大的目标是唤醒你的真实本性，而你的本性是仁慈的。你最鄙视的人，以及在你看来是最不可原谅的人正是你的引路人。”

摩吉叹了口气。

“想想吧，我的主人。”宁蒂离开之前说道，“无论你去哪里，同样的功课都会等你去做。你可以不听我说的话，当然，如果你愿意，你也可以接受。这是你的选择。”

在木屋里，摩吉在浴室的镜子前审视自己的倒影，就像看一个陌生人那般专注。但是，他不喜欢现在的自己。

那天下午，麦克塔维什突然造访圣伊西多尔牧羊场。当他看到鸽笼倒向一侧，他看着摩吉说：“我想是风吹的？”

摩吉感到自己的眼睛发烫，他不想让麦克塔维什看到自己哭泣或羞愧的红脸。麦克塔维什帮他把鸽笼摆回原来的样子。

蒂尔达姨姥邀请麦克塔维什一起吃腌牛肉和卷心菜晚餐，但这个苏格兰人只是敦促她和摩吉说关于部落的细节。比如，他们最后一次什么时候看到部落？部落的日常生活习惯是什么？摩吉假装什么也不知道，他很高兴蒂尔达姨姥及时地改变了话题。

“我怀念爱尔兰。你怀念苏格兰吗，麦克塔维什先生？”

烤果子面包和野生黑莓的气味使厨房的烟雾增添了甜蜜的味道。

“其实我也怀念，要是能吃上一大块羊肉杂碎布丁该多好啊！”

“这是我想念的书，大多是诗歌。”她说。她用盖尔语朗诵了一首诗。“诗歌是女孩最好的朋友。”

“你呢？小伙子，你想家吗？”麦克塔维什转向摩吉。

“这就是我的家。”摩吉说。其实他并不完全这么认为。他的家人食光族所在的地方。但他不能这么说。

“你的爸爸肯定会来找你。”麦克塔维什说。

“当然！”摩吉不无讽刺地说。

“离开这里会有一种强烈的孤独感。”麦克塔维什说，“女孩怎么办？你喜欢一个女孩对吗？”

摩吉脸红了。

“哎哟！”蒂尔达姨姥笑了，“这个臭小子害羞了！”

摩吉小心翼翼地谨防麦克塔维什知道任何关于部落的信息，他做了个鬼脸。蒂尔达姨姥从他的表情隐约看出摩吉试图躲避这个话题。她突然从椅子上站了起来，冲向柴火炉子。“司康饼？”

麦克塔维什一离开，摩吉就责备他的姨姥：“你差点儿泄露秘密！”

“不用担心，小伙子。我会保守秘密的。不管怎么样，我已经让亲爱的麦克塔维什先生误以为我是小可爱。”她眨了眨眼，“也许我们不应该那么仓促地离开这里。也许，我们应该再逗留一段时间。”

摩吉咧嘴笑了。姨姥的话让他感到宽慰。

“那是个漂亮的女孩，对吗？”她问。

他咬住嘴唇。

“你知道，有时爱情就像一个苹果，它太大了，所以不能一口全部吃完。”她说。

爱情。是的，他以前听过这个词。这一秒它还在这儿，下一秒就消失了。“但是从别人的树上摘走苹果是不对的。”他说。

第七章

part 3

下一个奇怪的转折

蒂尔达姨姥对麦克塔维什产生的新兴趣给了摩吉一些时间。但春分过后已经十五天了，他简直近乎崩溃！大地震随时可能发生，到时山会裂开，部落会离开却没有带着他！他站在神奇的花岗岩面前，大声呼喊宁蒂、马尼什和沙尔，但他们都没有回应。三月的每一天都很漫长，他又开始怀念妈妈。深夜里，他点了灯，把妈妈那落满尘土的日记本从架子上拿了下来。日记本里有一张老照片，那是两双脚，一双男人的脚和一双婴儿的脚。照片的背面写着：爸爸和摩吉，见面三天后留影。

扎格罗斯和巴比伦尼亚的教导使摩吉的阅读能力大大提高，他生平第一次能够理解日记的全部内容：

1888 年 2 月 21 日

提加丁院长领我们来到教区长家里的厨房。我永远不会忘记那新鲜出炉的南瓜面包和烛焰散发的味道。有两个男孩需要家。其中一个男孩那天在发烧，另一个没有。院长给我们带来了那个健康的孩子。“我可以抱他吗？”我问。她把孩子递给我，那是一个刚刚不到一岁的男孩。他对我笑，还触摸我毛衣上的纽扣。我走到窗前，在光线下端详他。他头发乌黑，目光镇定。天啊！一种非常确定的感觉涌遍我的全身，就像内陆的微风迎面吹来，我知道，我真的非常确信地知道他已经是我的孩子。橱柜上有一把面包刀，亨利看着它说：“如果有任何人试图带走他，我会剥了他的皮。”我对亨利的爱从来没有像那个时刻那样强烈。

他的爸爸曾经想要领养他，这令摩吉感到非常震惊。这确实是他第一次思考这个问题。落地式大摆钟现在已经修好，在深夜里叮当敲响。摩吉还非常清醒，躺在床上难以入睡。于是，他拖着脚步来到客厅，点亮另一盏灯，看了一下时间，此刻是凌晨 3:01。当他走到外面，他觉得有些不对劲。这是一个寒冷而潮湿的春天，每天山谷里都起风。但此时空气突然变暖了，世界非常安静，静得令人害怕，四分之三的月亮呈现出幽灵般的红色。空气变得黏黏的，有一股硫黄的味道。山谷里早已一片沉寂。没有蟋蟀持续吵闹的声音，没有猫头鹰的尖叫，也没有拖着脚步行走的浣熊。

羊群也在骚动。当摩吉去查看它们，他发现一些羊发出咩咩的叫声，像凤尾鱼那样围着畜栏打转。昏倒羊倒在地上，面朝星星四脚朝天。摩吉把羊群从羊圈里赶了出来，然后把它们全部送到田间。无花果树下，海鸥发出了警报。海鸥？从内陆三英里之外的地方赶来？他查看鸡舍，没有看到一个鸡蛋。他有些头晕又紧张不安地返回木屋，穿好衣服，在厨房的桌子旁等待——他不知道自己在等待什么。

蒂尔达姨姥穿着拖鞋迅速走到厨房。她烧上开水。“看看我们俩，一对僵尸。”她说。

“是啊，姨姥。”摩吉冷冷地说，“但事情总会有转机。”

她透过窗户凝视着外面的黑暗。“我们可以做一些改变，是不？”她把茶杯倒满水，然后塞进一个茶包。《圣经》和《华尔兹龙虾》就堆放在她旁边的桌子上。“在世界末日到来之前，你愿意喝杯茶和讨论一下这些书吗？”

“不喝茶，姨姥。不要烤饼。都不要，谢谢你，姨姥。”

摩吉无法激发自己去做任何事情。他不愿意交谈，甚至不愿意看书。《圣经》的问题是，他们没有教一个男孩如何捕获一个拥有如星光般闪耀的眼睛的女孩的芳心。他听说过爱情，但爱情似乎总是为其他人准备的，至少他自己和爱情绝缘。仿佛受到内心恶魔的驱使，他猛地抓起扫帚。当蒂尔达姨姥喊着亲爱的，哦亲爱的，哦亲爱的，他把扫帚在自己的膝盖上折成两截，扯下帕皮的伞柄，把它戳在扫帚的末端，然后站起来走了一步，跌倒在地，随即爬起来抓起厨房的桌子。砰地放下！

“哦，亲爱的上帝！”他的姨姥喊道。

他伸出手来阻止她帮助他。“我可以做到！”他站了起来，宣布说，“我要去洞穴！”

“现在离黎明还有几个小时！你疯了，是不是脑子出问题了。”

摩吉把他的拐杖留在身后，用新拐杖平衡自己，小心翼翼地走一步，然后又一步，就这样一步一步地走出门口，来到门廊上。灯笼的光线洒在一只长着斗鸡眼的野猫身上，它正叼着一只小猫走到一截空心的树桩上。摩吉误以为未成熟的无花果是被空中掉下来的石头砸落在地上，田鼠在院子里横冲直撞是为了冲水。爸爸在干什么，在村里？睡觉？显然是的。

“什么情况，小伙子？”蒂尔达姨姥透过纱门问道。

“开始了，姨姥。”

“什么开始？进来，亲爱的。”

“我又做了同样的梦，一艘船停在我爸爸的房子上。”摩吉说。

他从坡道上爬下去，停了下来。他想象着村子与欧洲大陆分离开，他的爸爸被海带卷入大海，像小牛一样被捆绑着穿过海沙。

“天啊！”蒂尔达姨姥走到外面说，“这里的天气先是比英国的母亲更冷，现在又比英国的妓女更热。”她解开披肩，“你在竖着耳朵听吗？”

巴比伦尼亚走进了昏暗的院子里，她背着谢尔曼。宁蒂、依米提图、沙尔和马尼什以及一群人跟在她身后，携着燃烧的火炬和竹竿无声地迁移。埃尔西和杂凑似乎在跳一种奇怪的舞蹈，不停地喷鼻息和跺着蹄子。

“是时候了。”宁蒂看着星星说，“火星……红色的月亮……连一丝风都没有。”

摩吉站在巴比伦尼亚身旁，能够闻到她的气息，那是鼠尾草和天空的味道。她手里的火炬散发的热量温暖着他的侧脸。

埃尔塞拉特山上空的光线变成金色，并开始轻柔地跳动。

“山口很快就会开裂，夫人。”巴比伦尼亚说，她的声音沙哑。

“红色的月亮，还有升起的硫火？明显是魔鬼的迹象。”蒂尔达姨姥说。

“别说话！”宁蒂说，“昨晚我有一个幻觉……地震后会有一场巨大的海啸……大海将席卷这个村子。”

她的这个消息像抽了摩吉一记鞭子。这个村子，他童年的家即将成为历史。

萨鲁坎和他的朋友在黑暗中站在不远处，偷听部落人们的谈话。

“我们必须告别了。”宁蒂用令人不安的语气说。

“等等！”摩吉走上前去，“等等！”

“我们一直等了几个世纪，不能再等了。”宁蒂说，“今天，我们要回到自己的家园。”

“难道还有另一个世界？”蒂尔达姨姥惊讶地问道。

“你来吗，我的主人？”宁蒂问摩吉。

“什么？”蒂尔达尖叫道。

摩吉无法解释自己的感受。他以前不知道有多想和部落一起离开，与新家庭开始一种全新的生活，无论付出多大的代价，他都愿意。

“不！”他说，“我不会离开。”他被灵魂深处的使命感唤醒了。

命运之手已经伸了出来，等着他接受。无论他对爸爸有多么不满，无论多少时间流逝，无论他多么想与部落一起离开，他都不能以爸爸的生命为代价而选择自己的幸福生活。

第八章

part 3

摩吉跨越自己的信仰

“你到底要干什么？”蒂尔达姨姥问，并用质疑的眼神注视着摩吉。此时，昏黄的天空闻起来有股酸腐的味道，田野里的奶牛在喷鼻息和跺脚。“谁能告诉我发生了什么？”

“正在告别。”宁蒂说。

“我去警告村民！”萨鲁坎一边说，一边走到亮处。他穿了一件女人的粉红色外套，这是蒂尔达捐给部落的衣服。他抓住巴比伦尼亚的胳膊说：“巴比伦尼亚小姐，我会留下来跟你一起等待下一次迁徙。”

巴比伦尼亚抽开自己的胳膊。困惑的神色出现在所有食光者的脸上。

“不，我去！村民们永远不会听你的。”摩吉说。

“那你从我的尸体上走过去！”蒂尔达姨姥大声喊道。

“那就这样吧。”宁蒂说，“萨鲁坎去。”

“夫人！”依米提图说，“恕我直言，当涉及萨鲁坎，你总是盲目。依我个人浅见，他是最无情和最不适合把村民引向安全之处的人。”

“你会乞求收回这句话的。”萨鲁坎说。

“这就是你遵守守则的方式。”摩吉对他说。

部落成员似乎都屏住了呼吸，所有的眼睛都盯着宁蒂。木屋里，米莉－梅在吠叫。

“往下说啊。别忘了你没有遵守守则中的第二条。”萨鲁坎说道，然后用他的手臂揽住巴比伦尼亚，“我们马上就要离开了。”

摩吉搓着冰冷的双手不相信这是真的。巴比伦尼亚扭动着身子从萨鲁坎的臂弯里挣脱出来，冲向宁蒂。

“现在就走，巴比伦尼亚小姐，现在。”萨鲁坎说。

“我不走，我要与部落同在。”她说。

“去马车上待着。”萨鲁坎说。

“不好意思，请让她自己选择。”摩吉说。

“去马车上等我！”萨鲁坎对巴比伦尼亚咆哮。

“不！”她说。

“不要考验我的耐心。”

“不！”她说。

萨鲁坎的一个伙伴说：“如果她是我的女人，我会把她变成一只猫，关在笼子里，直到她恢复理智。”

“够了！”宁蒂说。

令大家惊讶的是，摩吉向萨鲁坎更靠近了些。为了做最后的努力来证明他能与部落和平相处，他把所有的自尊放在一边，向萨鲁坎伸出右手以示和解——男人对男人、骑士对骑士、战士对战士的那种方式。

“决不！”萨鲁坎说。他挺直身板，仿佛完全卸下了戒备。

“萨鲁坎！”宁蒂喊道，她的声音响彻山谷，产生了回音。萨鲁坎向后退，钩住依米提图的脚，把他绊倒在地上。双胞胎抑制住大笑。

“我的主人。”宁蒂对摩吉说，“如果你选择去村里，我会祝福你。你的勇气可嘉。”她笑着说道。那是满意的笑容？她最终会接纳他吗？“项链在哪儿？”她问。

摩吉从衬衫下面拉出项链，宁蒂神色敬畏地摸了摸它。

“他是谁？”摩吉问项链上坐在宝座上的人是谁。

“耶稣，最伟大的引路人。”她说完之后，亲吻了项链，“好好戴着它，我的主人。”

宁蒂取来了一个三分钟的沙漏，每个人都带着悬念，一动不动地站在那里，直到蒂尔达姨姥拿着沙漏从木屋出来。

“地震发生之后。”宁蒂一边说，一边把沙漏递给摩吉，“在大海席卷村子之前，你只有将沙漏翻转一遍的时间。现在出发，赶紧的，亲爱的孩子。天使会引导你。”她拥抱了摩吉。

摩吉心情悲痛，因为他知道去村子的代价是失去朋友。这些朋友对他很好，比大多数人更好，宁蒂让他相信善良是没有尽头的。

宁蒂向部落的人指了指山上变化的光线，大声喊道：“阿特拉卡！去树圈！”她和大多数食光者们开始向山上奔去。

摩吉去谷仓找霍卡斯·普卡斯。

“停下！”蒂尔达姨姥一边大喊，一边从他身后追了上来。

“没事的，姨姥。”摩吉拉着她的手说，“没事。”

她抽噎地说：“你知道我为什么来这种地方？我来这里是因为我想帮你过更好的生活。亲爱的小伙子，亲爱的！亲爱的小伙子，我只是一个患有脚趾拇囊炎的又老又胖的女仆，你可以每天攀登一座山，而我只能爬过一个斜坡。但你现在要做什么？我想我永远不会理解。”

巴比伦尼亚靠近摩吉，萨鲁坎随即像一只从山洞里出来的蝙蝠那样猛扑过来。蒂尔达姨姥轻快地推了他一下。

“我来应付！”摩吉说。此时，他获得了更多的力量，并且能更好地使用他的腿和手臂。他不认为这是一个奇迹，也不认为是上天给他的特别恩惠。更重要的是，他几乎忘了自己身患残疾。

“回去！”摩吉对萨鲁坎说。

当其他人站在一边时，萨鲁坎扔下他的矛，抓住摩吉的右臂，把它弯在摩吉身后，然后把刀放在摩吉的喉咙上。他把项链从摩吉的脖子上切断，把它扔进杂草里。“你不值得，我才是新的引路人。”他说，“你看，我也改变了主意。巴比伦尼亚小姐和我不离开，我们要留在这里繁衍子嗣。”

“你在说什么？”巴比伦尼亚问道，她看起来很迷茫。

摩吉转过脸，如此飞快地打落萨鲁坎手上的刀，以至于萨鲁坎看上去软弱无力，仿佛任何人都可以把他打倒在地！但他冲过去捡起长矛，击中摩吉头部的一侧，使摩吉跌倒在地。

米莉－梅从木屋里冲出来，朝萨鲁坎咆哮并露出牙齿。萨鲁坎用像女巫的手指般的矛尖指着米莉－梅。火焰从矛尖喷射出来，烧向它背上的毛，米莉－梅尖叫着跳进马槽。当摩吉用尽全力站起来的时候，萨鲁坎把火焰转向他，同时念念有词地背诵某种邪恶的咒语。萨鲁坎的手臂开始振动，他似乎正想努力抓住长矛。一股巨大的电流直接冲击到摩吉的胸部，这股力量使他飞身仰面倒在地上。先是剧痛，然后是完全麻木，最后摩吉完全无法动弹。

“魔法！”萨鲁坎哈哈大笑。

巴比伦尼亚抓起摩吉的拐杖，帮助他站起来。

埃尔塞拉特山上的光线变成绿色。“你最好走。”摩吉对她说。

“你在干什么？”萨鲁坎抓住她的手臂，“离开他。”

她摆脱掉他的手。

“你敢跟我对着干？”萨鲁坎问。

摩吉蹒跚地向前走，萨鲁坎说：“得了，得了，”然后又用长矛把他击倒。“永远不要干涉恋人的争吵。”

“你真的要嫁给他？”摩吉问巴比伦尼亚。

她垂下眼帘。

“她想要我，所有的少女都想要我。我不仅英俊，而且强大。”萨鲁坎插了进来。

摩吉心想，这番话出自一个穿着粉红色外套的战士真是不知廉耻。

“闭嘴！”巴比伦尼亚对萨鲁坎说。

萨鲁坎看起来绝对震惊，他握住她的手臂。“你属于我。”

她挣扎着得到自由。“我不会留在这里！离开我！去找你的其他少女。”

“我应该把你留在宫殿里！”他说，眼睛里闪烁着轻蔑。

“我要杀了他！”摩吉咆哮道，同时走上前来。萨鲁坎试图用长矛阻止他，摩吉用拐杖把长矛打落在地。萨鲁坎转身用一记狠狠的右勾拳将摩吉打倒在地。

“看看他，他只是一只可怜虫。”萨鲁坎说，“他和他可怜的爸爸，让他们同其他愚蠢的人一同灭亡。”

“你阻止不了我，我要离开！”巴比伦尼亚说。

“你别无选择！”他说，“作为我的老婆，我去哪儿，你就要去哪儿。”

“如果这样，我不会嫁给你。”她从他手里挣脱了。

萨鲁坎咆哮着去捡他的长矛，但与此同时，双胞胎、摩吉和蒂尔达姨姥挽起胳膊，在萨鲁坎和巴比伦尼亚之间形成一道障碍。

“你必须先经过我们！”摩吉说。

“我要给你们上电刑，一次一个。”萨鲁坎说。他念了一句咒语，挥舞着长矛。空气因电压变得黏稠，巨大的压力从院子的上空压下来，形成一股巨大的力。

“纳赫兹！”马尼什说。

一个长着六个头和橙色眼睛、流着口水的怪物悬浮在萨鲁坎的头顶，然后钻进了他的长矛。

摩吉感到疲惫而虚弱，他向前一步，用低沉而沙哑的声音说：

“你和你的宠物蛇没法给任何人上电刑。你快点儿离开这里！”摩吉·利特曼，牧羊场的主人，种西瓜的奇才，此刻酷毙了。

萨鲁坎站在众人面前气得汗毛倒竖，眼睛里满是愤怒，发狂的愤怒。看起来似乎六头蛇已经控制了他。

“萨鲁坎要完了。”马尼什低声说，

萨鲁坎从地上拿起刀，把它扔向摩吉。随着迅速而优雅的嗖的一声，摩吉用他的左手把刀拂向空中。他的左手！完美恢复！然后，他抓住刀，仔细审视左手，把它翻过来，感觉到了它的活力。当他打开手掌，手里的武器已经变成了一只活生生的帝王蝶。

院子里忽然鸦雀无声。然后，蒂尔达姨姥爆发出大笑，双胞胎鼓起掌来，巴比伦尼亚被那只蝴蝶惊呆了。它简直是奇迹！

萨鲁坎猛地夺走蝴蝶，迅速把它塞进嘴里，他的手像蜥蜴的舌头一样快。

“天哪！”蒂尔达姨姥说。

摩吉朝萨鲁坎冲了过去，把他按到地上，然后迅速地用挂项链的皮索把他的手绑在一起。萨鲁坎内在的邪魔在蠢蠢欲动，通过他的嘴开始吐火。摩吉知道他没有什么可害怕的，只要保持冷静，邪魔出现在他面前也不会造成伤害。摩吉、双胞胎和巴比伦尼亚一起把萨鲁坎拉到一只驴子身上。“带他去树圈。”摩吉对双胞胎说，“宁蒂会在那里等着。”

“跟我们一起去吧，我的主人。”马尼什说。

“也许有朝一日我会去，哥们儿。”摩吉说，“现在，我有一些种子要照顾。你一直是我的好朋友。我不会忘记你。”他双手交叠，低下了头。

“每当看到紫色，我会想到你的。”马尼什说。

“我也是。”沙尔说。

“你夺走我的爱！”萨鲁坎大喊着，当双胞胎带他离开的时候，“我会召唤烈火烧焦你的肉！”

埃尔塞拉特山上的光亮变成了黄色。当摩吉看着巴比伦尼亚被火炬点亮的脸，又一波悲伤袭来。接下来是一段难以言喻的沉默。

“留下来！”他说。

“我——”

“你知道，我和我爸爸好几年都没有说过话。也许我死了，他不在乎。我可以和你一起走，一切都会很好……而且……”

“而且？”

“我不知道自己想说什么。可是，我爸爸需要我。”

“因为他是你的爸爸。”她说，“所以他一定是个好人。”

“也许我相信宁蒂对我说的话。”他说，“慈悲是通向自由的门。很奇怪，我只知道，如果我不这样做，我永远不知道自己能做什么。”

“我祈祷你原谅我。”她说，“我不能留下来，因为我不属于这里。但我也不会嫁给萨鲁坎。我依靠了他这么久，以至于我都忘了自己的力量。”她把手掌放在摩吉的胸口，“你是个好儿子。”

埃尔塞拉特山上的光变成了粉红色，摩吉觉得自己的心脏快要爆裂了。

“赶紧的，巴比伦尼亚小姐！”马尼什在田野里呼唤她。

摩吉怀疑自己是否总是爱上自己所不能拥有的人，他在心里向蒂尔达姨姥的绝境守护神圣裘德祈祷，一边陪着巴比伦尼亚走到田野的边缘。他脸上淌着泪。他抓住她的手，注意到她手腕上有一个完美的心形伤疤，恰好与几个月前他在她手腕上画的红心一模一样。“你看，你在我身上留下了印记。”她说。

他用手指触摸那颗小小的心。他抬起头，挺起胸膛，笔直地站在那里，不是出于自傲，而是出于爱，因为他爱巴比伦尼亚，他知道这意味着他必须让她自由，那是他的部分目标——爱一个人，并给她自由。

然后，他把妈妈的音乐盒从口袋里拿出来给她。

“我希望你能——”她说。

他轻轻地吻了她，以那种他想象中战士在上战场之前亲吻自己女人的方式。突然之间，他觉得过去这一年所受的所有折磨都烟消云散了。一只白色的鸽子像一束光线那样飞了起来，张开翅膀，他的耳边响起了一句话：一切都是光。

她的身影消失在拂晓中。

在木屋的门廊上，菲尼亚斯和它的情妇正在互相触碰鼻子，舔对方的脸。

“这简直是自杀！”蒂尔达姨姥说。她看到摩吉把驴子百吉和霍卡斯·普卡斯套上缰具领到马车跟前。

“是的，也许是。”摩吉说。

“你为什么要救你的爸爸？”她问。

“我不知道。他是我的家人。”

“鱼有家人，细菌也有家人。它们不会为彼此去冒生命危险。”

“也许在我的生活中，我第一次能够帮助别人过更好的生活。”他重复着她曾说过的每个字，“我爱你，姨姥。”

这是他第一次说这样的话。

她有些迷乱，“我希望你知道自己在做什么。”

“我当然不知道。”摩吉爬上马车，拉紧缰绳。

第九章

part 3

灵魂的黑夜——摩吉感到前所未有的屈辱

摩吉会死吗？他并不在乎这一点——他的人生到目前为止就像一本不断折损的书。摩吉摸索口袋里的沙漏，马车正沿着黑暗的山谷通道朝西奔去，百吉和霍卡斯已经拼尽了全力。摩吉回想起他的爸爸在葬礼结束后说过的话：“你的妈妈搭建了一个不牢靠的房子，而你亲手毁了她的一切。”

宁蒂称他的爸爸是“一面大镜子”。

“是的。这是一面我不想照的镜子。”摩吉说。

“它会使你受益。”

“镜子里太黑暗了。”

“我们必须克服里面的黑暗。”

“我不能——”他说。

“你肯定可以。”

正是她的语气道出了一切。一个声音怎么能传达如此多的信息？它透着信心、期望，宛如洪亮的鼓声在敲打，宛如夜莺在歌唱。

三分钟。那是从地震到海啸袭来之间他所拥有的全部时间。他要么毫不畏惧，要么退缩逃避。他希望自己知道得更多。陈旧的马车东倒西歪地前行，就像一艘沉重的木船，马蹄踏击在地面，令摩吉感到头疼。每过一分钟，他感觉都像是过了十分钟。

前面有一只庞然大物出现在陆上，就像见鬼了。摩吉迅速放慢速度，猛地停了下来，马车侧滑撞到一棵树上。透过尘埃，他看到那是一只美洲狮，安娜希塔，没死的安娜希塔！

它无畏、庄严地站在他面前，就像他妈妈昔日在的感觉，一动不动，仿佛在默默地打定主意做一件事。在昏暗的光线下，摩吉看到它的眼神锁定在自己身上，那闪烁的琥珀色的目光凝视着他，直抵他的内心，这使摩吉不禁起了鸡皮疙瘩。

摩吉迅速松开刹车，拉紧缰绳，“走啊！”但霍卡斯和百吉并没有向前移动，轮子卡在了树上。摩吉非常惊慌，现在怎么办？现在我该怎么办？他闭上眼睛，深深地呼吸，此刻正是抉择的紧要关头。外面的世界看起来很大很可怕，他不知道如何祈祷或祈祷什么，只能尽力保持冷静。他走进自己的内心，试图寻找某种更大的能量，无论这种能量是什么，只要能使星星、月亮和星系都按正常的秩序运行就行。平和，安静。他周围的空气突然充满了温和的能量，那是一种无形的存在，是他身体的一部分。

“是你吗，上帝？”他问。

硫黄散发出的腐烂的气息从地球上升起，又刺鼻又令人恶心。

摩吉下了马车，一只肩膀靠在马车上，用尽全身力气使劲推，“霍卡斯走起来！百吉走起来！”它俩抬起头，蹄子深深地陷进泥土，车轴扭曲，缰具绳展开，马车重获自由。

当他到达温布利伍德11号，摩吉拄着拐杖跳下马车。在前面的马棚里，爸爸的马处于激动状态。摩吉敲了敲房子的前门，打开它，走了进去。

“爸爸！”他大声喊道。

他找遍了整个房子，包括卧室、马车房还有壁橱。透过厨房的窗户，他看见他的爸爸跨坐在后院橡树的树枝上。他冲到后门，一阵迟疑后又把手从门把手上移开，仿佛门把手是烫的。我为什么要帮助他？他抛弃了我。何必呢？他可能永远不会认我这个儿子。然而，他用手背擦了擦额头，还是打开了门。

虽然摩吉对这个男人仍怀有戒心，但某种无法解释的原因，促使他直接向他走过去。他深吸了一口气，看见他爸爸那乱蓬蓬的头发已经从棕色变成了白色。他睡衣上的纽扣没有系齐，一只手的手指在流血。爸爸？他看起来不知道摩吉在，而是恍恍惚惚地沉迷于横在两腿之间的蓝白相间的小罐子。

树的后面，院子的不远处，是那片致命的安静的海。

“一个地图制作师曾经告诉我，永远不应该忽视海。”摩吉说。

“让我一个人静静。”爸爸说。

摩吉脑子里闪过六年前他刚开始说话时的记忆，当时爸爸说：“你把我们都骗了。”是的，爸爸有时是残忍的，像一块冰冷的石头，但某种莫名的召唤使他向爸爸更靠近了些。

东部山谷的天空已经开始变化。一道极光闪烁在红色月亮的表面。摩吉的心跳加快，他笨拙地爬上树干旁边的梯子，朝爸爸身边靠近。

“那是什么？”摩吉问他爸爸手里的东西。

“她不应该死，她还很年轻。”爸爸说。

“我也想她。”想起妈妈，摩吉眼含热泪地说。

“我说过让我一个人静静。”

“你需要离开这里，爸爸。”

摩吉伸出手，这似乎吓着了他的爸爸。他跳了起来，那只漂亮的罐子摔到地上破碎了，撒出看上去像是沙子一样的东西。

“重新振作起来，爸爸！”摩吉说。他抓住他爸爸的手臂，撕裂了爸爸的袖子，他们俩双双掉进下面的常春藤上，爸爸像一把软垫椅子那样压在摩吉身上。灰尘令摩吉窒息，他试图推开他的爸爸，但爸爸比他想象中更强壮。他把摩吉翻转过来，按住他的下巴。

“你是什么样的儿子？真让我崩溃！”爸爸说。

“啊！”摩吉几乎透不过气来。忽然，他用尽全身的力气推开爸爸，用一只胳膊把他的手臂别在身后。“我想和你一样，爸爸。每天，我都想和你一起去田野，我想了解这个世界，但你从来不带我去。”

“是的，一切都很好，直到……”爸爸的声音有些嘶哑。

“我知道是我搞砸了……我的身心也是一团糟。对不起，爸爸。”

爸爸在不断地抽泣。“我还记得我们领养你的那一天，”他说，“你的妈妈说，就要这个孩子。我记得当我看到你的时候，怀有很多的期望，因为我即将有自己的儿子。作为一个父亲，我期望我的孩子跟我说话，我也跟他说话。”他哭得更大声，“我想教育你，带你去看世界。你知道吗？孩子说话和走路都是自然而然的，但你却不会。然后，你开始调皮搞破坏。”

“对不起，我——”

“你恨我们，不是吗？你因为自己的残疾而怪我们。你认为我们应该做得更好，但我们却辜负了你。”

他的话似乎冻结在空气中。

尽管摩吉与他没有血缘关系，但爸爸的痛苦他却看在眼里。爸爸头发里满是叶子，耳朵里充满污垢，穿着撕裂的睡衣，脚上的另一只鞋不知所踪。摩吉的内心在涌动，是一首赞美诗，一曲交响乐，一束变化的光线，就像阳光照耀着树木，他丢下爸爸不管的想法已经变得不可能。

“不管发生了什么，你还是我的爸爸！”摩吉说，“没有时间争论了，你和我一起走。”爸爸试图捡起破碎的罐子和里面溢出的东西。

“快点儿，爸爸，一场可怕的大地震即将到来。”摩吉说。

爸爸给了他一个奇怪的眼神。

“我知道你很奇怪为什么我知道这件事，我以后会解释。现在请相信我。”摩吉说，同时伸出一只手帮助他站起来。爸爸把头发、灰和破碎的瓷片放在地上，抓住摩吉的手。

当他们来到马车前，爸爸把他的母马绑到马车后面。在他爬上马车座位之前，摩吉拦住了他，匆匆地把他的衬衫脱下来。

“你究竟要干什么——？”爸爸说。

“给我你的衬衫。”摩吉一边说，一边撕下衬衫袖子。爸爸神思恍惚地站在那里。“你的袖子！我需要你的袖子！”

“好吧，为了应付危机！”爸爸说。然后他撕破了睡衣的袖子。

摩吉把袖子套在霍卡斯和百吉的眼睛上。“我知道！”他一边说，一边抚摸激动的霍卡斯，“我也害怕。握紧缰绳，让我们回家。”

当他们来到弗鲁姆街，地震发生了。马车疯狂地颠簸，树木摇曳，墙壁坍塌，建筑物像被煮沸的茶壶那样吱吱作响，街道像被摇晃的野餐毯子那样晃动。尖塔倒塌，差一点儿砸到马车上。“天啊！”爸爸大喊道。前面的路被一个坍塌的乳制品商店堵住了。

没有别的选择，只能调转车头，朝海洋奔去。摩吉记得宁蒂对海啸的描述，于是把手伸进口袋摸索那只三分钟的沙漏。它破碎了。

所有的隆隆声和颠簸的感觉戛然而止。糕点店在诡异的寂静中像一艘倾斜的船那样，木板摇摇欲坠，向外拉伸。在远处的某个地方，传出一声尖叫。糕点店的输气管道爆炸了，被点燃的木材、砖块和糕点都散落在街道上。一位妇人摇摇晃晃地站了起来，她在哭泣。有一个老人被坍塌建筑物的灰尘呛得几乎喘不过气来，他在呕吐。有个人站在曾经是蒂莉酒馆的瓦砾旁边，抓着一个木桶和一根钓鱼竿。

海水开始从沙滩上后退。

“哦，天啊，我们现在该怎么办？”爸爸问。

“没事，爸爸。没事！我们会离开这里。”摩吉试图保持冷静。此刻，他最想要的就是离开这里。和他爸爸一起回到牧羊场，吃一顿美味的午餐，重新组建一个家庭。所以，如果他能驾驭并推动霍卡斯和百吉勇往直前，他们就能在海啸之前爬上那座山……

但是，他周围的人们都在试图寻找一条出路离开村子，他们像惊弓之鸟那样震惊和茫然。他怎么能离开而不帮助他们？

他停了下来，向那个妇人和老人挥了挥手，示意他们到马车上来。

“你疯了吗？你这样会害死所有人！”爸爸瞪大眼睛说。

混杂着面包店烟雾气味的海水湮没了摩吉的感官，飘着咸味的海滩，烧焦的糖，酸海带泥——这些童年里最后的气味。在弗鲁姆街的尽头，鱼和螃蟹从新暴露的湿润沙子中跳出来。摩吉将马车转向北，然后转向东南，沿着一条小街摸索前行，然后经过圣米格尔公园，格丽塔和乌玛曾经住在这里，摩吉和他的妈妈也曾经在这里野餐。

“我们不会有机会。”爸爸一边说，一边回头看恶魔般的海水。摩吉不停地说再上一个，再上一个，而事实上马车上可盛装的人数已经到了极限。他拉了五个男人、六个孩子、八个女人、一只狗——“上来！上来！”当马车奋力冲向山上的时候，车上的人们都呈半挂的姿势，村子已经被海水淹没。

当他们到达圣伊西多尔牧羊场，太阳还没有升起。出现极光的天空旋转着粉红色和绿色，蒂尔达姨姥冲到门口来迎接他们。“天啊！你做到了！”她上下打量摩吉的爸爸，“很高兴看到你。”

“蒂尔达！”爸爸很正式地点了点头。

“这真是一个很不一样的黎明！”马车上的一个女人看着埃尔塞拉特山上仍在变幻的天空说道。

摩吉在院子里发现了一条红色的头巾，他立刻知道麦克塔维什正在行动。他匆忙解开霍卡斯·普卡斯的套具，“我知道你已经很累了，姑娘，但你能再为我做一件事吗？”它跪了下来。摩吉骑上马背，他们在不断变化的天空下穿过田野。麦克塔维什会向部落开枪吗？到半山腰的时候，霍卡斯不停地沉重地喘着粗气，摩吉从它身上跳下来，用拐杖步行跋涉，被一块松动的岩石绊倒在树根上。

在树圈的中心，所有二十个食光者们像受惊的羊挤在一起，麦克塔维什站在一边用步枪指着他们。

摩吉小心翼翼地不被发现，移到了灌木丛的后面。

“好了，骨瘦如柴的长腿蜘蛛，我们走。”麦克塔维什对宁蒂说。

摩吉并不惊讶麦克塔维什来了。麦克塔维什已经跟踪部落好几个月——总是四处探寻，在树林里，草地上，并且向摩吉打听消息。

宁蒂站在原地，一动不动。

“你们今天哪里也不能去，你们要留下来赎罪！”麦克塔维什提高声音说道。

起风了，天空开始旋转，麦克塔维什冲部落喊道：“你们以为我在吓唬人？”他一边说，一边抽掉步枪的前护木。

“我们没有责难你们。”宁蒂一边说，一边举起一只手，“我们为和平而来，也会和平而走。”

萨鲁坎挑衅地向前冲。麦克塔维什对着他头顶上空开了一枪。年轻人发出尖叫。巴比伦尼亚和老年人用自己的身体保护他们。萨鲁坎也蹲了下来。

摩吉的心怦怦直跳，他偷偷地溜过去扑向麦克塔维什，用自己的身体完全压在他身上，使他不得不扔下步枪。他们在激烈的争斗中双双倒在地上。摩吉抓着步枪，麦克塔维什站了起来，把摩吉的手指踩在脚下。

“啊！”摩吉痛苦地大喊。

麦克塔维什拿起步枪，瞄准摩吉。

风刮了起来，空中的光线旋转得更快。“什么——？”麦克塔维什一边说，一边遮住眼睛。一个很大的白色物体在旋涡的中心辐射光芒。

“移动到树圈！”宁蒂在喧闹中大声喊道。部落人们站了起来，聚集在树圈的中心，风吹在他们的头发上。

“哦，不，不要！”麦克塔维什喊道，一边用步枪瞄准他们。

突然，蒂尔达姨姥蹒跚地赶到现场，像河马在浮出水面后大口地吸着气，挥舞着帕皮的猎枪。“麦克塔维什先生，放下武器，举起手，否则今天我用你的肉做杂碎布丁。我会的！”

麦克塔维什看上去被打败了。他放下武器，举起手，说道：“天啊，一个多么好的女人！小心谨慎，充满爱心，所以你不会受伤。

我不想让你受伤。”

摩吉拿起猎枪，把它扔到灌木里。麦克塔维什急忙冲过去，但摩吉用拐杖绊倒了他，迫使他脸朝下，手臂弯在背后。

看着部落在炫目的白光下挤在一起，令摩吉感到痛苦。如果没有宁蒂和双胞胎，没有巴比伦尼亚，生活会是什么样？肯定是很乏味的。巴比伦尼亚对他笑了笑。他看到的最后一件事情是，她把胳膊举到头顶上，伸向天空中那个可怕的洞，就像孩子在伸手去够自己的父母。光线如此炫目，以至于他不得不遮住眼睛。

第十章

part 3

咆哮的地球，尖叫的猫头鹰，新时期的新功课

木屋里的钢琴声唤醒了摩吉。

他安静地躺在自己的床上，试图回忆所有奇怪的梦。地点是在圣米格尔或某个遥远的地方，色调是黑暗的，整个世界分崩离析。天空中有一道美丽而令人望而生畏的光，但是在那之前有一个漂亮的少女、一个浑身疤痕的战士、一个年龄足有两千岁的婴儿。这肯定是个梦。这一定是梦境。

然而，这个梦境似乎超越了科学所能解释的范畴。

他起床，循着音乐走进客厅。透过清晨的薄雾，他看见钢琴旁有一个幽灵般的身影。爸爸。摩吉走到他身边，把手放在他的肩上。他的爸爸停止弹钢琴，低下头，双手交叉。

“不要停！”摩吉说。

“是我不好。”爸爸说，“我需要更多的教训。”

“很高兴听到你这么说。”

“我，呃，我不——”爸爸说。

“对，是你不好。”蒂尔达姨姥插了进来，“你这个愚蠢的家伙。”她点燃水壶。

“凯特试过——”爸爸说，他用一块手帕擦了擦鼻子，“她试过教我以不同的方式看待事物。”

“她应该用你的铅锤敲你的头。”蒂尔达姨姥说。

“我，我只是……”爸爸结结巴巴地说。

“没关系，爸爸，一切都会好起来的。”摩吉说。

蒂尔达姨姥朝纱门走去。“亨利，亲爱的！”她去外面之前说，“他们说你的儿子是个英雄。”米莉－梅在吠叫，仿佛在赞同她说的话，然后跟着她走到外面。

摩吉和爸爸走到窗前，蒂尔达姨姥和麦克塔维什在院子里。他打开一个卷轴，那是食光族的无花果纸卷轴，并把它平放在一张临时搭建的桌子上。他究竟怎么得到它的？他和蒂尔达姨姥在端详它，在众多村民当中像少年情侣那样手牵着手。有些村民在井边排队，有些在漫无目的地乱转，另一些挤在橄榄树下。当看到蔬菜水果店老板阿布先生通过奶嘴一个劲地把牛奶注入孩子们的嘴里时，摩吉和他的爸爸笑了起来。推车、马车和婴儿车排列在车道上。在西部的田野，一群孩子围着无头稻草人跳舞。在离他们不远的地方，成年人和大龄儿童成群结队地聚集在一起。他们正在搭建由竹竿制成的圆锥形框架，将拖把浸泡在盛满热蜡的桶里，桶悬挂在火焰上方，然后把热蜡喷溅到附在框架上的纸张上。

天哪，宾利·马克姆和他的伙伴正与来自公园的格丽塔和乌玛并肩工作吗？

“圆锥形帐篷！他们正在建造帐篷！”爸爸说。

“我一定是在做梦，宾利帮助格丽塔？”摩吉说。

他把手伸进口袋里，拉出宁蒂送他的项链。他怎么可以怀疑？他们能怀疑发生过的事情——红色的月亮、地震、海啸。

茶壶发出呜呜的响声，蒂尔达姨姥回到屋里尖声喊道：“他是个苏格兰人！没有一杯茶伺候，他都不记得他母亲的名字！”她的手镯叮当作响。

门廊上，摩吉和爸爸听到一群村民兴奋地聊起前一天晚上发生的事。“天哪！”一个女人说，“天空变成粉红色、绿色，然后又变成粉红色，就像天使的光！”一个男人说：“我说女人啊，那只是一场流星雨。”蒂莉酒馆的老板插了进来：“你们俩都是蠢货。那是这个时代结束的标志。我告诉你们，是时代的结束！”一个渔夫谈到他经历了悲惨的折磨，从席卷而来的海水中逃生，然后乘坐一辆马车逃离村庄。“圣伊西多尔牧羊场，圣伊西多尔牧羊场，这些话一直在我耳边回荡。”他说。

蒂尔达姨姥端了两杯茶出门，从门廊楼梯上走下去，经过一些妇女和女孩。“让路！我是这个小伙子的姨姥！”

摩吉拖着步子走到院子里，让客人们拿着筐子去苹果树和梨树下，他说：“我们不能让客人饿着。”他转过身去，看见爸爸为一个小男孩把井水抽到桶里。他记得在双胞胎的眼里，一切都是光。于是在那个时候，他看他的爸爸是光，水是光，那个孩子也是光。这使他露出了笑容。

“帮帮我！”一个声音传来。

大家沿着小径走向小溪，市长的游艇停在那里，受到上游海啸波的反冲，船身翻到一侧。

“我母亲的腿受伤了！”市长喊道，一边从面朝天空的舱门上探出头来。格拉贝神父打开一扇窗户，挥手示意人们过来。“在这里！在这里！”他和提加丁院长从窗口递出来一把椅子，扶赖驰吉夫人走出船舱，她的腿已经血肉模糊。三个男人把她扶到椅子上，然后把她抬到木屋。当蒂尔达姨姥用煤油和糖为她清理流血的伤口时，摩吉坐在椅子上默默地赞美世界上的光。他赞美生命之灵，赞美万物之源，赞美他开始了解的恩典。然后，他召唤神奇的、有治愈力的光，并给予感谢，由此内心变得非常平静。很快，可怜的赖驰吉夫人坐了起来，像白痴一样地傻笑，她去外面的羊圈，在新鲜的稻草上睡午觉，小鸡亲切地啄她的额头。

其他人开始寻求摩吉的帮助，大多数是由于地震造成的情绪紊乱：有个人突然很害怕树；有个女人一看到非洲绿猴爬上墙壁，皮肤就会剧烈地瘙痒；一个参加过内战的老将无法入睡，因为他觉得磁极会把他的梦拉向两个不同的方向。摩吉望向天空，眼睛里闪着光，鼻子张开，浑身充满感激。这么多的奇迹！他想到了蜻蜓，还有宁蒂说过的话：“你看 ，我的主人，一切都为他准备好了，爱永远围绕着他。”他意识到，他从来就不是一个真正意义上的孤儿。帕皮、宁蒂、双胞胎、蒂尔达姨姥、霍卡斯·普卡斯，蜜蜂，鸽子……总有一些人、一些事在照顾他。他不再担心，因为他的心里没有一丁点儿恐惧的空间，他没有感受到父亲对他有任何恶意，这个他突然意识到深爱的人对他有种难以名状的大爱。他不明白，也说不出他们相依为命的原因，也许这个原因早已被存储在宇宙的阿卡西记录中。所以，他的故事——始于被抛弃在教堂的门廊上——可以很容易地被埋藏在圣米格尔教堂的水下墓地；它可以沉淀，就像下沉的船只，沉到海底。但生活中还有更多的事等他去做，去发现。具体什么事，他不知道，但有一件事他很确定。

他走进自己的房间，脱下他的腿支架。他站了起来，把拐杖扔到一边。缓慢地，小心翼翼地走了一步，然后又走一步，努力保持平衡。他第一次独立地走路，直接走到了门廊上。每个人都停下手中的事，看着他走下台阶，他的腿从没有章法的动作终于转变成优雅的步态。

“对大家说些什么，亲爱的。”蒂尔达姨姥热泪盈眶地说。

他平静地看着院子里的人们。我该说什么？我只是个孩子。不。我想说的不是这个。他看着村民们的脸，深深地吸了一口气：“今天，在蓝色的天空下，太阳照耀在我们身上。你们的家没了。你们的村子也没了。重新开始很难。但是你们在这里，你们还活着。这已经足够了。”

村民们彼此更靠近了一些，大人们和小孩们，甚至奶牛埃尔西、杂凑和霍卡斯都走到篱笆前来倾听。

“告诉我们，年轻人，你是上帝派来的使者吗？”格拉贝神父问。

这个问题令摩吉有点儿不知所措，因为他不习惯引人注目。

“其实，我曾经对生活感到很恼火，对一切都感到恼火。”他说，“然后，我被唤醒了。用了很长时间唤醒。当你被困在监狱里，你感到心碎，你无法移动一根手指，因为你不知道该怎么办，这就是你被唤醒的时候。以后，监狱和悲伤都不重要，因为你已经不再害怕。这是你们称为印第安人的那些人教我的。‘生活就是做选择，每天有一百万个选择。有时，它们堆叠在一起，就像堆在一扇关闭的门后面，直到锁无法再支持下去。’他引用扎格罗斯的话。”

大家赞许地点点头。爸爸的下巴颤抖着，泪水模糊了他的眼睛。

“我并没有打算救你们所有人，当时，我只是做了该做的事情。”摩吉说，“我无法解释。就像是有一种无形的力量，把我们带入自己的故事。我说不出它到底是什么。”他抹去了泪水。“总之，欢迎你们留在这里。这是一个看星星和聆听树木声音的好地方。留下来。在野生丁香花中漫步。待在能让你感到平静和安全的地方，永远不要再害怕变幻的天空或汹涌的大海。”

每个人都注视着他。然后，他们拍手鼓掌和欢呼。

“他很有语言天赋。”爸爸对提加丁院长说。

那天晚上，天空中繁星闪烁，摩吉和爸爸坐在门廊上，蒂尔达姨姥和麦克塔维什确保幸存者们吃饱喝足后，在帐篷、草席或稻草铺就的床上香甜地入睡。早晨，他们将去海岸寻找幸存者，并在必要时帮助埋葬逝者。

摩吉已经错过了部落，但现在，他不会说起他们，他只会感觉到他们存在于微风里，存在于随风飘动的叶子里。摩吉的世界已经与以往不同。圣伊西多尔牧羊场之于他的意义也与以往不同。这里不再是一个充满令人烦恼的日子和不安的夜晚的地方。爱是衡量生活的标准吗？我们爱谁？如何去爱？爱着多少人？如果这一切是真的，那么自从摩吉来到牧羊场已经恍若过了几生几世。带着一种神圣的紧迫感，摩吉感到命运温柔的手在爱抚他。他笑了。大家等着看我的下一个阿里巴巴历险记！但现在，他可以上床好好地睡一觉了，因为他终于找到了真正的家。

致　谢

以下各位对本书的出版提供了帮助，让它展翅高飞：

乔恩和朱利安，一对充满爱心的父子，是共同发动写这本书的人，也是喜剧演员，杰出的人物。

感谢坎迪斯、迪尔德丽、珍妮、乔伊、赛丽、埃迪、奥利安娜、莱斯利、罗德、林妮以及斯坦福大学的朋友们：玛莱娜、马克、吉姆、阿琳、简恩、凯瑟琳、苏拉、西栗、玛丽、苏哈、罗宾、迪帕、莫莉、乔尼、米歇尔、西摩和哈利。是你们启发了读者和作者。

感谢杰伊、卡罗琳、女作家小姐罗莉和凯伦编辑向导页面。

感谢安迪·克雷切（J. 弗里德里克清天文馆）哈特内尔学院提供天文数据。

感谢帕特里克基金会埃德蒙的婚姻观与黄金时代项目；《少数天才》（*The Genius of the Few*）的作者芭芭拉·乔·布里恩启发了部落食光族的灵感。

感谢伦敦大学的安德鲁·乔治翻译阿卡德语。

感谢卡丁·维尔茨－斯坦设计的令人惊叹的封面艺术。

感谢南希·克利里身兼出版商、管家、杰出的经理人，为本书注入了生命力。

感谢您，亲爱的读者朋友，我衷心感谢您与我一起领略这个疯狂的神秘之旅。